元運送ギルド員
マルチェラ
元運送ギルド員
メッツェナ
魔物討伐部隊の美形騎士
ヴォルフレード

ロセッティ商会員
イヴァーノ
ガンドルフィ工房
フェルモ
服飾魔導工房 工房長
ルチア
転生者の女性魔導具師
ダリヤ

今回もだめか、そう思ったとき――
「合わせる」
彼がそう言うのならば、
きっと大丈夫だ。
他のことはともかく、
魔導具師の仕事では、
いまだ彼を信頼できると思える。
元婚約者の兄弟子
トビアス

魔導具師ダリヤはうつむかない
～今日から自由な職人ライフ～

甘岸久弥
Amagishi Hisaya

6

CONTENTS

大鶏ソテーと部屋掃除

「音からして、おいしそうだ……」

テーブルをはさみ、黒髪の青年がしみじみと言う。

その美しい黄金の目が見つめる先、鉄皿の上でじゅうじゅうと焼けているのは、なかなかに厚いお肉である。

ここはオルディネ王国の王都、中央区のレストランだ。

ランチタイムのお勧めを聞いたところ、いま目の前にある限定メニューを勧められた。

二人とも同じものを頼み、個室に鉄皿が運ばれてきたのが今である。

「『大鶏《ビッグチキン》』のお肉ですか。初めてです……」

限定メニューは『大鶏《ビッグチキン》ソテー』。

隣国から輸入した大鶏《ビッグチキン》を使った焼き物は二種。片方は楕円《だえん》でコロンとした肉、もう片方は平たいが、どう見てもソテーというよりステーキの厚さである。大変食べごたえがありそうだ。

前世でも鶏は食用として品種改良されたものだと聞いているが、大鶏《ビッグチキン》もそうなのだろうか。今世でも品種改良は行われているというが、主に畜産の盛んな隣国が主流らしい。

こんなふうに前世、今世の比較ができる自分――ダリヤ・ロセッティは、転生者である。

前世では家電関連の会社員だったが、今世もその影響が少しはあったのか、職業は魔導具師。

主に生活に役立つ魔導具を作る職人だ。

テーブル上にある銀の花瓶に映るのは、赤髪緑目と色だけは華やかで、顔立ちは地味な女性、それが自分である。

対して、その向かい、大鶏《ビッグチキン》ソテーにとろけそうな笑顔を向けているのは、ヴォルフレード・スカルファロット。

夜空を思わせる艶《つや》やかな黒髪、彫刻もかくやという整った顔《かんばせ》、無駄のない顎《あご》のライン、そして何より目立つ、まぶしい黄金の目——女性にもてるなどという次元を超え、数々のトラウマを積み上げた美貌の持ち主である。

オルディネ王国騎士団、魔物討伐部隊員であり、伯爵家の四男。

そんな彼と庶民のダリヤとは、偶然を二度重ねた出会いの後、親しい友人となっていた。

「やっぱり限定の『ソリレス』から行くべきだよね」

「ええ、そうしましょう」

二人は楕円でコロンとした肉に向き合った。これが、一日十皿の限定メニューだそうだ。

ソリレスとは、鶏を含む鳥類の腰骨の付け根、その内側にある楕円の肉である。左右に一つずつあるのだが、鶏のものだとピンポン玉くらい。本当に小さな部位である。

目の前の皿にのるのは、ピンポン玉の三倍ほどの肉。大鶏《ビッグチキン》は鶏の三倍くらいの大きさなのかもしれない。想像するとちょっと怖い。

ナイフで一口大に切り、白い湯気が立つそれをそっと口に入れる。ふわりと焼いた鶏の香りが広がり、熱が口に広がった。ゆっくり噛《か》むと、もちもちとした独特の柔らかさがわかる。鶏の肉の味がぎゅっと詰まっていて、飲み込むのが惜しい。

味付けは塩胡椒《こしょう》だけとシンプルだが、それがよく合う。肉の旨《うま》みをよくよく味わえる部位である。

「ダリヤは、ソリレスが好きなんだね」

もちもち感を楽しみつつ咀嚼《そしゃく》していたら、ヴォルフに納得された。

いつもは彼の咀嚼回数の多さでおいしさを計るのだが、逆に確認されてしまったらしい。ちょっと恥ずかしかった。

「ええと、ヴォルフもソリレスは好きですか？」

「ああ。家で子供の頃に食べたことがあって――兄上の好物なんだけど、なんとしても俺に食べさせようとしてきて……ずっと忘れていたよ」

ヴォルフの兄、グイードは、弟に好物のお肉を譲ろうとしたらしい。よほどかわいがっていたのだろう。今の彼を見ても納得するが。

「いい思い出なんですね」

「ああ。思い出せてよかった。ダリヤは鶏をお父さんと食べてた？」

「冬祭りのときに丸焼きを買ってきて――ソリレスは父と一個ずつ分けていました」

前世のクリスマスの記憶があるせいか、年末の冬祭りには、ダリヤが言い出して鶏の丸焼きのディナーとなった。父もそれなりに気に入っていたように思う。ワインが進みすぎるのが難点だったが。

「それにしても、大鶏《ビッグチキン》って、かなり大きいんでしょうね」

「ああ、脱走されたら大変そうだ」

通常の鶏は、王都の近くの村々で育てられている。昔は王都の中にも養鶏場があったそうだが、騒音問題や鶏が逃げ出したりすることも多く、今はほとんど王都の外だという。

なお今世の鶏は、前世のものよりかなり飛ぶ。羽をある程度切ることで飛べなくすることも可能だが、そうすると今度は味が落ちると言われている。前世で言うストレスかもしれない。

よって、広い場所でしっかり餌を与えつつ、逃がさぬようにすることが必要なのだそうだ。

二人でソリレスを味わい終え、もも肉のソテーに移る。キツネ色にこんがりと焦げ目をつけたお肉で、こちらもおいしそうだ。

「ソースは、香辛料とリンゴ、そして赤エールか……ちょっと珍しいね」

料理の説明は皿の横に置かれた紙に書かれていた。

大鶏《ビッグチキン》のソテーにサラダ、焼きトマトとチーズのスープ、デザートは木の実のミニタルト。飲み物は冷やさぬ赤エールである。テーブルに一度に皿を置いてもらったので、一皿ごとの給仕で緊張しなくていいのがありがたい。

ヴォルフがお肉にたっぷりとソースをかけると、鉄皿の上から大きく跳ねた。

「まだだいぶ飛ぶな。ダリヤの皿には俺がかけようか？」

「ありがとうございます、お願いします」

ありがたい。本日は白いブラウスだ。できればソースが飛ぶのは避けたい。

彼にソースをかけてもらい、二人で一緒に食べはじめる。

大鶏《ビッグチキン》のもも肉は大きさ的に骨付きではなかった。表面がカリッと焼けているため、ナイフの通りがいいとは言えない。刃が滑らぬようゆっくり通すと、じゅわりと肉汁がこぼれた。

小さめに切って口に入れれば、ソースのリンゴ風味がぱっと広がった。

噛みしめた肉は、しっかりした身の味わい、鶏らしい香りと柔らかさ、脂はくどくなく、それでいてほのかに甘く――こちらも大変においしい。

向かいでは、ヴォルフが咀嚼回数多く、しみじみと味わっている。彼はこちらのお肉の方が好みだったらしい。

「こっちのお肉もおいしいね。食べごたえがあるし。『燻《いぶ》しベーコン』にできないかな……」

魔物討伐部隊の遠征では、食べられるものがかなり限られている。硬い黒パンに干し肉、チーズにドライフルーツなど、同じメニューが続いていたそうだ。

最近、ダリヤが制作した魔導具、遠征用コンロでようやく温かいものが食べられるようになったばかりだ。そんな中で、大豚《ビッグピッグ》の燻しベーコンは隊員達に大変好評なおいしい一品だった。この大鶏《ビッグチキン》を同じようにしたいと思うのも無理はないだろう。

「そうしたら遠征に持っていけますね、『大鶏《ビッグチキン》の燻しベーコン』」

「うん、そうだね。兵舎の部屋でも焼けそうだ。『人寄せベーコン』になりそうだけど」

「『人寄せベーコン』？」

「夜、部屋であれを焼くと、呼んでいないのに、もれなく誰かが酒瓶を持って現れるという」

「とてもいい匂いがしますからね」

「今まで俺のところに飲みに来るのは、ドリノとランドルフぐらいだったのに、最近増えてて。部屋が男臭くなるから、最近は食堂の隅で飲んでる。そうすると、小型魔導コンロを持ち寄って、干物を焼いたりなんだりで、いつの間にか宴会になる」

言いながらも、ヴォルフは楽しそうだ。少なかった友人の他、隊や兵舎の仲間とも最近は距離が縮まったと聞いている。本当によかった。

「ヴォルフ、飲みすぎには気をつけてくださいね」

「ああ、気をつけるよ。この前、飲みすぎた先輩のおかげで騒ぎになって、皆もある程度気をつけてるから、すぎることはないよ」

「飲みすぎて悪酔いですか？」

「いや、熟睡。先輩は既婚なんだけど、休みなのに兵舎の飲み会に参加して、酔ってそのまま食堂で寝ちゃったんだ」

「それは駄目ですよ。ご家族がものすごく心配するじゃないですか。事故とか、病気とか」

「うん、その次の日、大変に心配された奥様がいらっしゃって、俺達に先輩が本当に兵舎にいたかどうかをよくよく確認された。なお、先輩の奥様は現役の魔導部隊員で氷魔法の使い手。皆で『先輩の家は冷蔵庫も冷凍庫もいらない』って結論になった……」

寝落ちで疑いが晴れてよかったが、状況確認が大変怖そうだ。

ダリヤは急ぎ、違うことを尋ねることにする。

「隊員の皆さんは、兵舎の他だと、やっぱり近くのお店で飲むことが多いですか？」

「そうだね。あとは隊員の家で飲むこともあるって聞くけど、俺は行かないから」

「やっぱり気を使います？」

「その……未婚の娘さんのいる家には行かないことにしている。後輩のカークにも誘われたんだけど、よく婚約者の子も来るっていうから……自意識過剰なのはわかっているんだけど」

整いすぎた面立ちに影がさす。自意識過剰などではない。友人の彼女に言い寄られた経験すらあるヴォルフとしては、当然のことだろう。

「安全対策ですね。でも、ヴォルフはナンパしたりしないじゃないですか。それでもそこまで言われ続けるんですね……」

「火のないところに水煙、それが貴族。最近、アルテア様を迎えに行く回数が減っていたら、美人富豪と遊んでいるからだと噂《うわさ》が流れてるって」

「うわぁ……水の一滴もないところに」

どこまでも苦労の対象らしい。

もはやヴォルフの周囲には、ドライアイスでも置かれているのかというレベルだ。

「あきらめたよ。俺はダリヤとおいしいご飯が食べられればそれでいい」

どきりとした。いきなり勘違いしそうな台詞《せりふ》を言わないでほしい。

「ええと、私も、こうして食事ができるのはうれしいです。最近は、皆忙しいみたいで……」

「ああ、マルチェラもそう言ってた。運送ギルドの仕事が立て込んでるのかな？」

「イルマもです。手紙を出したんですが、忙しくて予定がつかないみたいで。美容室の予約が多くて、マルチェラさんが家事を手伝っているのかもしれません」

「なるほど、そうだよね……美容室も忙しい時期があるだろうし」

「ええ。でも、本当に忙しくなったら、美容室の手伝いの人を増やすか、家事代行をしてくれる業者さんを頼むと思いますよ。三日に一回来てもらうとかもできるそうなので」

「ダリヤもだいぶ忙しいよね。頼む予定はある？」

「いいえ。私は一人分の家事だけなので。それにお洗濯は繕いもしてくれるお店に出してますし、掃除は使う部屋だけで、屋上や塔の壁なんかは年に一度、掃除業者さんを呼びますから」

塔の石が割れていないかのチェックと共に、苔《こけ》むさないように壁用洗浄機と魔法で洗ってもらうのだ。石造りの塔は丈夫だが、それはそれで手間がかかる。

「手伝えることがあったら言って。力仕事でも、掃除でも。『緑の塔食堂』で無銭飲食をしている身として懸命に働くから」

「何を言うんですか」

ダリヤの家は食堂ではない。ついでにヴォルフは無銭飲食もしていない。

彼はしょっちゅういい食材や酒を持ち込む上、魔導具の素材まで持ってくるのだ。

そして、食後は必ず後片付けと皿洗いまでして帰っていく。先日はとうとう専用洗剤持ち込みで、台所の床までぴかぴかにしてもらった。

雇えるものならば、ヴォルフを雇いたい――不意に浮かんだ斜め上の考えを、ダリヤはあわてて振り払う。

そんな自分の向かい、黒髪の青年は、にっこりと笑う。

「いつでも声をかけて。喜んで働くよ」


ヴォルフはダリヤと食事を終えた後、本屋を回って、塔に移動した。

本屋では、隣国の魔導具の本が入荷したとのことで、ダリヤがとても喜んでいた。

国によって魔導具の発展は大きく異なるらしい。隣国では、魔物の捕獲や飼育に関する専用の魔導具があることを彼女に説明され、ちょっと驚いた。

いつか見てみたいと目を輝かせる彼女が微笑《ほほえ》ましい。

だが、説明を深く読み込む姿に、実際に見たら次は作ってみたいと言い出しそうな気がする。

魔物討伐部隊でも、いずれは討伐だけではなく、ダリヤの作った魔導具で捕獲をすることになるかもしれない――ヴォルフはそんな予感を覚えつつ、魔導具の話を聞いていた。

塔の二階に上がると、居間の本棚に本日購入した本を並べはじめる。

主に、料理の本と魔導具関連の本が並んだ本棚だ。

一段低い本棚の上には、先日、ヴォルフの購入した魔物図鑑の箱があり、その横には白い手袋が二つそろえて置かれていた。手袋の大きさの違いから察するに、ダリヤと自分のものだろう。それがなんだかうれしかった。

「本棚がそろそろ一杯みたいだね」

今日買ってきた本を入れ終えると、本棚の空きがほぼなくなった。

「四階に大きな本棚があるので、そろそろ部屋を片付けないといけないですね……」

言いよどむダリヤに、確かな陰りを感じた。

ダリヤの部屋は三階だと聞いたことがある。四階は父、カルロの部屋なのだろう。

まだ捨てるに捨てられぬ思い出の品があり、片付けようとして辛《つら》くなることがあるかもしれない。

「ダリヤの気持ちが落ち着くまで、お父さんの部屋はそのままでいいんじゃないかな」

「気持ちとしては、もう大丈夫です。父が亡くなって一年過ぎましたし、そろそろ片付けようとは思っていたので。ただ、本棚のある書斎というか、物置部屋が少し入りづらくて……」

「辛いなら無理しなくても……」

「いえ、そうじゃないんです。その……『男の浪漫《ろまん》』とかが置かれているので」

「『男の浪漫』？」

彼女はしばし固まり――自分から視線どころか体の向きをずらし、壁に向かって話しはじめた。

「私が高等学院の頃、父があまりにもその部屋を掃除しないので、留守のときに掃除をしようと開けたんです。そしたら、床に女性の姿絵がいっぱいありまして……」

「姿絵……」

「ええ。目につく限りすべてゴミ袋に入れ、庭で強化ドライヤーで焼き捨てました」

「……そう」

ヴォルフは興味なさげに相槌《あいづち》を打った。

『強化ドライヤー』の単語がちょっと気になったが、他のリアクションができない。

「帰ってきた父が、『男の浪漫が詰まっているので、今後は自分で掃除をするから入らないでくれ』と。三日ほど存在を無視しましたが、捨てられたのがショックだったらしく、あまりに憔悴《しょうすい》したのでやめました」

「あぁ……」

それは姿絵を捨てられたのがショックなのではなく、ダリヤに知られたのと無視されたのがショックだったのだろう。だが、それも言えない。

「以来一度も入っていなくて、父が亡くなってからもそのままで。たまに虫除《むしょ》けのお香を入り口で焚《た》いてたんですけど……虫が湧くと困りますし、そのうちまとめてゴミ袋に投げ入れます」

やりたくなさが前面に出ているダリヤの顔に、ヴォルフはつい言ってしまう。

「なんなら俺が片付けようか？　俺は別に気にならないし」

「……気に入ったものがあれば、持ち帰ってくださっていいですよ、ヴォルフ」

対魔物用の一番ひどい罠《わな》を、素足で踏み抜いた気がする。背中が一気に冷えた。

加えて、新人の頃に訓練で受けた、グラート隊長の強い威圧を思い出す。

「いや、持ち帰りたいとか思ってないよ、本当に！」

「別に怒りませんよ」

ダリヤの声はひどく平坦《へいたん》に響いた。

「怒る理由がないじゃないですか。私にはわかりませんけど、ああいったものは浪漫らしいですし。

ヴォルフは腰派と言ってましたし、父は脚派でしたし、もしかしたら好みが合うところはあるかもしれません」

「いや、ちょっと待って！　一緒にされると……」

「あ、すみません。そのあたりは細分化してるんでしょうか？　腰派と脚派ってまったく違うものです？」

真顔で尋ねてくる彼女に、もはや、何と答えていいのかわからない。

とりあえず表情筋は何事もないように全力で固めた。

「その……夏も過ぎたし、一年たってると虫が心配だから」

「そうですね、虫だけは遠慮したいですね……」

ぞわりとしたらしい彼女が白旗を上げ、ヴォルフは書斎のゴミをまとめる役目を引き受けた。

緑の塔の屋上には何度も行ったことがある。だが、四階の部屋に入るのは初めてだ。

二つの部屋があり、片方はカルロの寝室、片方が書斎だという。

だが、整頓があまり得意でなかったらしいダリヤの父は、寝室を書斎と兼ねてしまい、書斎だった方はいつの間にか物置になってしまったらしい。

その物置が、大問題の部屋である。

「これは……ちょっとすごいな」

ドアを開けた時点で、ヴォルフは苦笑するしかなかった。

床に散らばった肌色多めの女性の姿絵、メモらしい紙、隙間に見える本――とりあえず見える床部分の方が少ない。ダリヤが怒るわけだと納得する。

「ヴォルフ、嫌な場合は無理しなくていいので……」

「いや、この袋に全部入れればいいんだよね」

廊下で困り顔のダリヤから麻の袋を受け取ると、とりあえず部屋に踏み込んだ。

足が進められないので、とりあえず床のものをまとめて山にする。

あっさり積み上がったのは、膝までの高さ三つ分の、主に脚のきれいなお姉様の姿絵。

正直、よくここまで集めたと思う量だ。

それなりに目の保養になりそうだが、その後、ダリヤに冷たい目で見られるまでがセットである。

慎んでご遠慮したい。

ヴォルフは準備された麻袋に、とりあえず手に取った一束を入れようとする。が、一つめの束を手にしたところで、魔導具関係のメモらしい紙がひらりと落ちた。

それを持って廊下に出ると、ダリヤに確認する。

「ダリヤ、こういうのがはさんであるみたいだけど、とっておく方がいいかい？」

「これ、大型給湯器の設計案ですね……すみません、この手のメモがあったら残してもらえますか？　いつか参考にできるかもしれないので」

「わかった」

結果、一気にまとめて処理するわけにはいかなくなった。

姿絵をぱらぱらとめくってメモやノートを引き抜いてから、麻袋に入れる。出てきたメモやノートについては袋に入れずにまとめておき、後でダリヤに選別してもらうことにした。

次の山の途中、開かれたままの厚いノートに、日付と『ダリヤ、防水布』という文字が見えた。仕事の日報か、日記かもしれない。捨ててはいけないし、自分が読むのもだめだろう。ヴォルフはそう判断し、ノートを閉じ、メモと一緒にまとめておく。

その後も、機械的に姿絵をめくり、確認後に麻袋に放り込む。

一瞬、手が止まりそうになったものもあったが、躊躇《ちゅうちょ》なく捨て続けた。

一通り仕分け終えると、袋の口をきつくきつく、紐《ひも》でくくる。

この作業でわかったのは、カルロと自分は、おそらく趣味が合うということだった。

ダリヤには絶対に言えないが。

「これで全部かな……」

ヴォルフはようやく見えた床を見渡し、ふと気づいた。

机の下、大きめの平たい茶の革箱が紙の山で隠すように置かれている。丈夫そうな革箱なので、魔導具関係のものかもしれない。

だが、一応、姿絵の可能性もあるので、蓋《ふた》を開けて確認することにした。

入っていたのは、赤茶の革の表紙に橙紅榴石《オレンジ・ガーネット》のついた、分厚い本だ。魔法陣らしいものが表紙に刻まれているので、おそらくは魔導書だろう。

無理に開くと、本体が燃えたり手が凍ったりすることもあるので、そのまま箱に入れ直す。

ヴォルフはその箱を廊下に運ぼうとし、動きを止めた。

立ち上がった時に見えた椅子の上、少し埃《ほこり》をかぶった画用紙帳と、白いハンカチがあった。

画用紙帳の方は、表紙に版画で剣が刷られている。少し黄ばんではいるが、中には何も描かれていない。紙自体は質がいいので、まだ使えそうだ。

白いハンカチは少し古めいていて、なんとも拙《つたな》い刺繍《ししゅう》がされている。赤い糸で花を描いているらしいが、形になっていない。

刺繍入りの白いハンカチは、貴族女性の告白の品だ。『あなたは私の初恋の人です』という意味だと言われている。中には初恋を増産し何人もの男性に贈る淑女もいるらしいが。

この部屋にあるということは、カルロが若い頃に受け取ったものだろうか。もしかすると、ダリヤの母親が渡したものかもしれない。

ちょっとだけ迷ったものの、すべてを持って、ダリヤの待つ廊下に出た。

「麻袋の中身は全部姿絵。後で一階に運ぶよ。こっちはメモとノート。数字だけのメモもあるけど、後で確認してほしい」

「ありがとうございます。ヴォルフに面倒なことを頼んでしまって、すみません」

困った顔をしつつ礼を言うダリヤへ、先ほど見つけた革箱を差し出し、蓋を開ける。

「これも床にあったんだけど、魔導書じゃないかな？」

「そうですね。父が書いたものかもしれません。あ……これ、私では開けられないですね」

魔導書を開きかけた手を止め、彼女は視線を落とした。

「お父さん専用？」

「いえ……オルランドさん用だと思います。この魔石の色は、たぶんそうなので……やっぱり、魔導書は、兄弟子が先ですよね、私じゃなく」

区切るように、少し低く声が響いた。

「ダリヤ、急なことだったから、お父さんは君に準備する時間がなかっただけだと思う」

「ええ……ちょっと残念ですけど、私はオズヴァルド先生のところで、もう魔導書を持っていますから。これの中身は、ちょっと気になりますけど」

「君が開ける方法はない？」

自分の問いかけに、ダリヤは首を横に振った。

どこかさみしさを込めたまなざしが、魔導書の橙紅榴石《オレンジ・ガーネット》に向いている。

「上級魔導師に魔法付与を剥《は》がしてもらうという方法もありますが、付与を剥がそうとしたら発火するという感じで、安全対策を何かしら組み込んでいると思います。オズヴァルド先生からそう教わりました。それに、オルランドさんが紅血《こうけつ》設定をした魔導書なら、渡さないと……」

「俺は渡す必要はないと思う。ダリヤを傷つけておいて、受け取る資格はないよ」

「私の方はもう済んだことですし、それでも、オルランドさんは父の弟子ですから……」

そこまで言って黙り込むと、ダリヤは魔導書の箱を自分から受け取る。わずかに触れたその指先は、思いがけぬほど冷えていた。

「ちょっと考えます。渡すにしても直接ではなく、誰かに届けてもらうか、立会人を立ててギルドで受け渡すかになると思いますので……」

彼女の表情に痛々しいものを感じ、ヴォルフは急いで他の話題を探す。

「この画用紙帳、まだ使ってないものらしい。表紙が凝ってるね」

「それ、童話の『水の魔剣』ですね」

「『水の魔剣』……あの炎龍《ファイヤードラゴン》を倒す騎士の……」

『水の魔剣』は、子供の頃、母が読んでくれた童話にあった。

国で暴れる炎龍《ファイヤードラゴン》に困り果て、騎士が魔剣を探しに旅に出る。そして、水の魔剣を持ち帰った騎士が、炎龍《ファイヤードラゴン》を倒し、姫と結婚してずっと幸せに暮らす――そんな子供向けの王道のお話だ。

自分からせがんで、何度も母に読んでもらった記憶がある。

「私が学院生の頃、そんなふうに表紙に版画を刷った画用紙帳が流行《はや》ったんです。かっこいい感じだと魔剣とか龍や獅子で。かわいいものだと花や子猫なんかがありました。魔導具科は画用紙帳に魔導具の外観や展開図を描くことが多かったので、まとめ買いしたものかもしれません」

「魔導具科はそうなんだ。騎士科は絵はあまり描かなかったな。地形把握の地図は結構描かされたし、今もたまに遠征先で描くことはあるけど」

『水の魔剣』と言われれば、確かにそれっぽい形だ。

王城にも水の魔剣はある。鞘《さや》と持ち手は海のように青く、ずっしりと重い、長剣だ。

しかし、誰も鞘から抜くことはできず、光ることもなく主《あるじ》不在のまま置かれている。

王城の騎士であれば、申請を出せば、誰でも鞘から抜けるかを試すことができる。

ヴォルフも王城騎士団の入団後に二度試したが、縁がなかった。

魔剣が求めると言われる強い魔力もなければ、魂の高潔さもないので当然だろう。

今となっては、王城の魔剣より、ダリヤの作ってくれる魔剣の方が楽しみなので、なんの未練もない。

「ヴォルフ、古いですけど、メモ帳にどうですか？」

画用紙帳の魔剣を見ながら考え込んでいたせいだろう。ダリヤが気遣ってくれたので、ありがたく受け取ることにした。

「あと、これなんだけど、大事なものじゃないかと思って……」

次に手にしたのは、白い刺繍入りのハンカチだ。少し迷ったが、先ほどの部屋で埃まみれにしておくのも気がひけた。

「あー、そのハンカチはいらないです。縫ったのは私なので」

「ダリヤが？」

「ええ。六、七歳ぐらいの時ですね。父が誕生日近くに、刺繍の入った白いハンカチを一度ももらったことがないと言うので、つい、欲しいかと聞いてしまって……父は気を使ったらしくて、私からでも欲しいと……それで縫った私も私ですが……」

ダリヤは渋い顔をしつつ、ずれた縫い目を眺めている。

幼い彼女が父親へ渡したものと聞いて、なんとも微笑ましくなった。

「ダリヤは、他に刺繍のハンカチをあげたことは？」

「父以外ないです。くれと言われたこともないですし……今見ると、すごい下手ですね。使わないので、ゴミ袋に入れてください」

「……これ、手拭きにもらってもいいだろうか？」

「ええ、どうぞ。すみません、部屋、埃っぽかったですよね。とりあえずそれを使ってください。今、濡《ぬ》れタオルを持ってきますから」

ダリヤは階下へと早足で歩いていった。それを見送りつつ、ヴォルフは思い返す。

自分は今まで、恋人どころか、女友達もいなかった。母が亡くなってからは、女性の家族もいなかったため、親しい女性から刺繍入りの小物をもらったことがない。

名も知らぬ者、顔も覚えていない者から刺繍入りのハンカチを押しつけられそうになったことは多々あるが、一度も受け取ったことはなかった。

もてると言われるが、刺繍入りの白いハンカチどころか、友情や親愛の表現である青い糸の刺繍の入った小物も一つも持っていない。遠征の無事を祈る赤い縫いとりを、シャツの背中にされたこともない。

そういったことを思い返すと、ダリヤが縫ったというこの刺繍ハンカチは、ちょっとばかりうらやましい。

大変いけないことではあるのだが、手は拭かず、そっと上着のポケットにしまい込む。

カルロの部屋には、確かに浪漫が詰まっていた。

願う者と願われる者

「討伐に行っているのに知らないことが多いな……」

塔での夕食後、先日買った隣国の魔物図鑑をテーブルに開き、横並びで座って読んでいた。

美しい絵で描かれた天狼《スコル》に一角獣《ユニコーン》、迫力満点の森大蛇《フォレストラスネイク》、恐ろしげな九頭大蛇《ヒュドラ》と、どれも目を奪われる。魔蚕《まかいこ》の飼い方や、紅牛《クリムゾンキャトル》、魔羊《まよう》の放牧に関してなどの詳しい記載もあり、隣国が魔物の牧畜を重視しているわけもよくわかった。

だが、ヴォルフの方は、その魔物を討伐をしたことがあるにもかかわらず、知らなかったことを見つけて驚いていた。

「コカトリスって、石化のブレスの前のタメが長いのか。ある意味、弱点だよね。そこを狙えばいいかも……隊では普通に戦って、頭ばかり狙ってたよ」

「知りませんでした……私はここの説明で——コカトリスの嘴《くちばし》が石化防止になるのは知ってましたけど、羽根も本数さえあれば使い切りの石化防止素材になるんですね」

「羽根もか、今まで捨てることもあったから、もったいなかったかも」

魔物の弱点に関する記載ではヴォルフが、素材の使用方法ではダリヤが驚くこととなった。

それなりに知識はあるつもりでいたのだが、隣国では普通に知られていることが、この国では新しいこともある。やはり別の国、知らない情報の書かれた本は貴重だと、二人で納得した。

「あれ、もうこんな時間か」

ヴォルフが窓の外を見て、その暗さに驚きの声をあげた。

二人で夢中で話をしていたので、思わぬ時間が過ぎていたらしい。すっかり夜が更けていた。耳を澄ますと、雨音らしいものが聞こえる。窓に近づくと夜闇に細い銀色の線が流れていた。

「雨、降ってますね……もう少しいます？」

「いや、あまり遅くなるのも……」

ヴォルフの声を遮るように、いきなり雨脚が強まった。

窓の向こう、わずかな時間でどしゃぶりになった景色に、二人は顔を見合わせて笑う。

「ヴォルフ、もう少しだけ、いませんか？」

「そうさせてもらうよ、ありがとう」

続く激しい雨音に、ふと、ヴォルフが眉をひそめた。

「誰か来たみたいだ」

「え？　この時間にですか？」

どしゃぶりの中、門のベルの音が確かに聞こえた。

窓から見れば、マントを羽織った者が立っている。何か急な用事だろうか、そう思いつつ、ダリヤは急いで外へ出た。

「悪い、こんな時間に来て……」

「マルチェラさん！」

門の前にはびしょ濡《ぬ》れのマルチェラが立っていた。ダリヤは慌てて塔に招き入れる。

マルチェラは、ドアから一歩だけ室内に入ると、深く頭を下げた。ぽたりぽたりと、その砂色の髪から滴《しずく》が落ちる。

「ダリヤちゃん、すまない、イルマを助けてくれ、頼む……！」

「イルマがどうしたの⁉　まさか怪我《けが》？」

「イルマが妊娠した。けど、具合が悪くて……危ないんだ」

顔を上げたマルチェラの目は、ひどく赤かった。

「マルチェラさん、イルマがどんな状態なのか、教えて」

彼にタオルを渡し、ダリヤがその場で尋ねる。

びしょ濡れの彼は、二階に上がるのを断り、石の階段に腰を下ろした。タオルで目元を強く拭《ぬぐ》った後、ようやく話しはじめる。

「少し前、四人で食事をした時、イルマが、塔の階段を下りられなかっただろ？」

「……夏祭りの日ね」

マルチェラがイルマを抱き上げて帰っていったので、よく覚えている。

あの日から、すでに三週間近くたつ。その間、ダリヤは一度もイルマ達と会っていなかった。

一度手紙で連絡したことはあったが、『ごめん、手一杯！』という返事がきた。だから、仕事が忙しいから会えないのだとばかり思っていた。

「あの後からイルマがおかしくて……吐くようになって、本人は食いすぎか風邪だって言ってたけどなかなか治らなくて。無理に医者に連れていったら妊娠だと。その時は喜んだんだが、そのまま動けなくなって……」

「今、イルマは、お医者さんのところ？」

「いや、医者じゃもうどうしようもなくて、神殿にいる」

「神殿って、悪阻《つわり》に治癒魔法をかけられるの？」

「いや……悪阻じゃない。『魔力過多症』だ。子供の魔力が強すぎて、もうイルマの体がもたないと言われてここに来た」

「そんな……！」

あまりの話に息を呑《の》む。

魔力過多症は、本人の魔力に体が耐えきれなくなるものだ。

心臓が止まったり、呼吸ができなくなったりする。また、大きな魔力を制御できず、火傷《やけど》や凍傷を負うといったこともある、そう聞いている。

学院時代、貴族の子弟で稀《まれ》に生まれることがあると聞いたが、なぜ、イルマがなるのかがわからない。

「どうして、魔力過多症に？　イルマの魔力は一か二よね。マルチェラさんの魔力はいくつ？」

「……十四」

「え？」

一瞬、聞き間違えたかと思った。

貴族の母を持ち、魔導具師として働くダリヤより、ずっと高い。

十四といえば高位貴族の血筋でもおかしくないほどの魔力量だ。一般庶民ではめったにいない。望めば高等学院の魔導師科に、特待生として入ることのできる数値である。

「……マルチェラ、もしかして、『後発魔力』かい？」

ヴォルフの遠慮がちの問いかけに、マルチェラは目を伏せてうなずいた。

「ああ。俺が十七のとき、馬車の事故で死にかけて、後発魔力で魔力上がりした。それまでは四だった。そのとき知ったんだが、俺の親父とお袋って、本当は叔父と叔母なんだ。本当の母親は花街で働いてて、俺の父親はわからない。おそらくは貴族だろうが……」

「マルチェラ……」

「なあ、ヴォルフ、ダリヤちゃん。俺の名前、男なのに『マルチェラ』って、女みたいだって思ったことはなかったか？」

マルチェラは、今まで一度も見たことのない、陰りのある笑いを浮かべた。

男性なら『マルチェロ』、女性なら『マルチェラ』と名付ける方が、この国では確かに多い。だが、あくまで多いだけで、どちらの名前もあるので、気にしたことはなかった。

『『マルチェラ』って、本当のお袋の名前そのまんまなんだよ。もし、親父が探しに来たら、自分がいなくても見つけられるようにって、お袋が付けたんだとさ。意味はなかったけどな」

「マルチェラさん、お母さんは……」

「俺を産んですぐ亡くなった。かなり早産だったって。もしかしたら、魔力過多症だったのかもしれない……」

マルチェラの苦い声が、雨の滴と共に床に落ちる。

「結婚前、魔力が十以上違うから、イルマと俺ではまず子供ができないって医者に言われてたんだ。結婚前にも話してたんだが、今になってこれで……」

「そうだったの……」

イルマからは、美容室を建てた借金もあるし、仕事をがんばりたいから、子供は考えていないと聞いていた。彼女は子供好きだけれど仕事を優先する選択もあるのだろう、そう思っていた。

「神官に治癒魔法をかけてもらってたんだが、食事が全然できなくて……あいつの指が、石みたいに固くなって、動かなくなって三日になる……なんで俺がろくに使わない土魔法なんか持ってるんだろうな、うちの子は」

いつも頼りがいのある笑みを浮かべる顔は、今にも泣きそうで。

マルチェラは唇をきつく噛《か》んで立ち上がると、目の前で深く頭を下げた。

「頼む、ダリヤちゃん。イルマに子供をあきらめるように説得してくれ！　でないと、あいつが死んじまう……俺が話しても、何回願っても、だめなんだ……ひどいお願いだってのはわかってる、でも、ダリヤちゃんの言うことなら、聞いてくれるかもしれないから……」

「マルチェラさん……」

友の懇願にダリヤはうなずけず、視線をヴォルフに向けた。彼は自分の意図を察してうなずいた。

「馬車を呼んでくるよ、一緒に神殿に行こう。ダリヤは出かける準備を」

「お願い、ヴォルフ。マルチェラさん、皆で神殿に行きましょう。それでイルマと話をさせて」

「……二人とも、本当にすまない」

雨音が、三人の会話を打ち消すように強くなった。

再度頭を下げたマルチェラが、いつもよりひどく小さく見えた。

王都の北東、王城の近くにある神殿まで、馬車で移動した。

神殿は前世の教会とフォルムが少し似た大きな建物だ。白い水晶のような外壁は、昼間はきらきらと美しいが、雨の夜には暗い空を映しているだけだった。

イルマは神殿隣の治療館にいるとばかり思っていたが、マルチェラが御者に頼んだのは、神殿本館の横だった。そこには正面より小さい出入り口がある。

その先は通常の治療館ではない。ひどい状態で完治の見込めない者や延命中の者、そして、亡くなった者を確認する場所でもある。

この入口を通るのは、カルロの葬儀以来だ。ダリヤは少しだけ身を固くする。

横のヴォルフも、はっきりわかるほど眉を寄せていた。

灰色の壁、濃灰の通路を少し歩くと、椅子に座っていた神官に挨拶をする。神官はマルチェラとすでに面識があるようで、同情のこもった視線を向けつつ、三人に会釈して通してくれた。

さらに進むと、少し奥まったところに、白いドアが見えた。

「イルマはこの部屋にいる。ダリヤちゃん、すまないが……」

「マルチェラさんの言うことはわかったわ。でも、イルマとも、ちゃんと話をさせて」

彼がその先を言う前に、ダリヤは請う。マルチェラは何も言わず、ただうなずいた。

「俺とマルチェラは待合の部屋にいるよ。ここをまっすぐに行って突き当たりを右だから」

「わかったわ。あの……お願い」

「ああ」

マルチェラを見ていてくれとは口にしづらかったが、ヴォルフはわかってくれたらしい。

ダリヤは一度だけ深く呼吸をし、ドアをゆっくりと開けた。

「イルマ……」

「産むわよ」

遠慮がちに声をかけたが、すぐにわかりやすい返事が返ってきた。

部屋の中央のベッドにイルマはいた。その身を毛布に包み、なんとか起き上がっている。その目の前には大きめの盥《たらい》が置かれていた。

一回りは絶対に痩せた。その顔は白蝋《はくろう》のようで、唇さえも赤みがない。いつも見事な艶《つや》を持っていた紅茶色の髪は、老女のように色あせていた。

「もう、イルマったら。私、何も言ってないじゃない」

「マルチェラに説得してくれって頼まれたんでしょ？　あたしはあきらめないわよ、絶対に産むわ」

「そう言うと思ったわ……」

予測していた。自分の友である彼女であれば、そう言うとわかっていた。

予測していなかったのは、その声があまりにかすれて傷んでいることの方だ。

「イルマの魔力って、今いくつかわかる？」

「元々が二、この子が一緒になってから八。すごいでしょ」

お腹に手を当てて言いながら笑った後、いきなり身を折って盥《たらい》に吐く。もう血の混じる水しか吐くものはないらしい。

盥《たらい》をなんとか押さえる手、その細い指先が薄茶の水晶を貼ったように変わっていた。おそらく子供の強すぎる魔力で、土魔法が発動しているのだろう。

慌ててサイドテーブルにある水差しからコップに水を注ぎ、イルマの口元に持っていく。なんとかうがいをした彼女は、浅い呼吸を繰り返した。

「ありがとう。心配しないで、ダリヤ。あと数ヶ月大人しくしていればいいだけだもの」

イルマには不似合いな、弱々しい笑みが返ってきた。

すでにこれだけ衰弱しているのだ、その数ヶ月が乗りきれるのか、口に出して聞けない。

「ダリヤも忙しいでしょ。仕事、大丈夫なの？」

「平気よ、私はそんなに忙しくないの。商会の方も、イヴァーノさんがうまく回してくれているから。残業も禁止されているくらいだし」

こんなときにまで自分の心配をしないでほしい。そう思っていると、イルマの落ち窪《くぼ》んだ目が、じっとこちらを見つめているのに気がついた。

「ねえ、ダリヤ……ヴォルフさんとは、本当に恋人じゃないの？」

「ええ、違うわよ。友人として付き合っているわ。いきなり何？」

まったく違う話をふって、自分の説得をやめさせる気なのだろう。

イルマにできるだけ小さな声で楽に話してもらおうと、ダリヤはさらに近づいた。

「あたし、ダリヤに、お願いがあるの」

「何？　私にできることならいいわよ」

「ダリヤにしか、お願いできないの……」

イルマの赤茶の目が揺れ、細い指が自分の腕を思いがけぬ力でつかんだ。その指の冷たさと硬さに、ダリヤは愕然《がくぜん》とする。

「ダリヤ、あたしにもしものことがあったら、マルチェラと一緒に、この子を……」

「冗談はやめて、イルマ!!」

悲鳴に似た声が口からこぼれた。

「イルマはこれから元気になって、マルチェラさんと赤ちゃんとずっと幸せに暮らすの！　そう決まってるの！」

「……そうできたら、いいわね」

あきらめをこめた友のまなざしに、心の底から叫びたくなる。

ふざけないでほしい。

なぜ自分が、イルマの代わりにマルチェラと子育てをしなくてはいけないのだ。

マルチェラの隣はイルマしかいないし、イルマの隣はマルチェラしかいないのだ。

喉で叫びを殺し、ダリヤはきつく爪を噛む。

思い出せ。学院時代、魔力過多症で生まれたが、助かったという学生がいたではないか。

貴族なら、きっと助けるための魔法や魔導具、ポーション系の薬品など、何かしらあるはずだ。

幸い、貴族への伝手《つて》と多少の金銭的余裕はある。母体まで救える方法を探せばいい。

「イルマ、あきらめないでいいわ。貴族なら魔力差のある結婚もよくあることだもの、方法を聞いてくる。私だって王城に出入りしているんだもの、聞ける人はいるわ」

「でも、ダリヤに迷惑が……」

「ヴォルフもいるから、きっと大丈夫」

「ヴォルフさんにも迷惑になるわ」

「ヴォルフだって、マルチェラとイルマの友達じゃない。イルマは、お母さんになるって決めたんでしょう？　だったら、友達に少しくらい手伝わせてよ……！」

ダリヤは目の前の女に、懇願めいた声を投げる。

「もう、ダリヤったら、泣きそうな顔になってるわよ」

「ええ、本気で泣くわ」

からかうように言ったイルマに、取り繕うことはなしに、まっすぐ告げた。

「『イルマお姉ちゃん』まで私を置いていったら、間違いなく、ひどく泣くわよ」

「ダリヤ……」

母は最初からいなかった。

親しいメイドは、自分が学院に上がると実家へ帰った。

ようやく笑い合えた友は、家の都合で学院を去った。

優しい父は、出かけた先で突然に亡くなった。

共に歩むはずだった婚約者は、結婚前に別れた。

幼い頃から自分と親しかったイルマは、友というだけではなく、姉のような存在でもある。

自分勝手でもわがままでもいい。これ以上、誰も失いたくない。

「わかったわ、甘える。できることだけでいいの、力を貸して、ダリヤ。ヴォルフさんにも、お願いしますって伝えて」

「任せて、イルマ！」

「でも、無理はしないでね」

「何を言っているの、そこはがんばれって言って」

「……そうね。お願い、がんばって、ダリヤ」

「イルマも、がんばって」

震える手をなんとか持ち上げ、イルマは自分と手を合わせる。

その指先が結晶化しかかっているのを気づかぬふりで、奥歯をきつく噛んで笑った。

◆◆◆◆◆◆

「マルチェラ、ちょっと出てくる」

「ああ。今日はすまない、二人きりのところにいきなり付き合わせて……」

「かまわない、友達だろ」

ヴォルフは人の少ない待合の部屋を出て、通路を逆に戻る。

自分がこの区域にいたこともあれば、魔物討伐部隊員の様子を見に来たことも何度かある。覚えている通路を進み、神殿の職員がポーションを販売しているところへ向かった。

「お世話になっております。魔物討伐部隊のヴォルフレード・スカルファロットと申します」

妖精結晶の眼鏡を外し、丁寧に挨拶をする。

「あ、はいっ！　いらっしゃいませ！」

飛び上がりそうな勢いで、受付の女性が立ち上がった。目はヴォルフに釘付《くぎづ》けだ。

「ハイポーションを一本と、ポーションを二本お願いします。お手数をおかけしますが、ハイポーションの方は、ポーションの瓶に移し替えてもらえないでしょうか？　友人の見舞いで気を使わせたくないので……」

「はい！　わかりました」

受付の女性は慌てて隣室へと消えていく。周囲の者が数人こちらを見たが、とがめることはなかった。

本来、ポーションは別の瓶へ移し替えてはくれない。ハイポーションと偽ってポーションを売るといったことを防ぐためだ。

だが、今回は逆であること、見舞いと言っていること、そして依頼したのが魔物討伐部隊員であるヴォルフのため、やってくれるらしい。揉《も》めなかったことにほっとした。

ハイポーションはポーションより強い効果がある。しかし、一本が大銀貨十五枚と高額だ。

ハイポーションを渡せば、おそらくマルチェラもイルマも気にするだろう。

ポーションだと思えば、少しは気負わずに飲んでくれるかもしれない。わざと蓋《ふた》を開けて渡せば、飲まざるをえないはずだ。

たとえ吐いてしまっても、一度体内に入れれば、わずかに修復が効く。

経験上、ハイポーションを飲めば、死が近い者でも死期を少し延ばせた。騎士団では『死者の延命』とも呼ばれている方法だが、それでも助かる可能性が上がるのならしておきたかった。

ハイポーションとポーションを受け取ると、ヴォルフは足早に待合の部屋に戻った。

「マルチェラ、これ、お見舞いに。蓋は開いてるから、飲めるときに飲んでもらえれば」

「恩にきる、ヴォルフ」

本日何度も深く頭を下げる友は、どことなく遠く感じる。

「よければ、神官になんて言われたか、教えてもらえないだろうか？」

「……子供をあきらめるか、治癒魔法をかけ続けるしかないと。それでも、イルマは厳しいだろうと……子供は、ぎりぎりまで母体にいれば、助かるかもって言われた」

それはどちらかを選び、どちらかをあきらめろという選択だ。

互いに無言で唇を噛んだとき、聞き慣れた足音が近づいてきた。

「ダリヤちゃん、その、イルマは……」

「産むって決めてたわ。私も応援する」

「だけど、それじゃイルマが！」

マルチェラの悲痛な声に、ダリヤは懸命に言葉をつなぐ。

「マルチェラさん、イルマも赤ちゃんも、どっちも助ける方法があると思うの。貴族なら魔力差のある結婚も多いはずだもの。魔導具や魔法でなんとかならないか、教わっている先生に聞いてくる」

「マルチェラ、俺もこれでもいちおう貴族だから、家で聞いてみるよ。家でだめなら部隊で聞いてくる。隊長は侯爵だし、何か方法はあるはずだ。それまでは、ポーションを飲ませて、治癒魔法をかけ続ければいい」

「けど、治癒魔法だけでも一日大銀貨五枚なんだ、とても続くとは……」

大銀貨五枚は、ダリヤの感覚としては一日五万ほどの金額だ。それに容態によっては、ポーションの大銀貨五枚がかかる。庶民には高額すぎるだろう。

だが、自分の口座にも、商会にもゆとりはある。やってやれないことはないはずだ。

必要ならどれだけ残業しようとも、誰に頭を下げようともかまわない。

「俺が出すよ、多少は貯《たくわ》えがある」

「いや、それは……」

ヴォルフの言葉を止めきれないマルチェラに、ダリヤも続けた。

「マルチェラさん、私とヴォルフに借りて。私も商会の方があるから、二人でなんとかできるから。マルチェラさんはロセッティ商会の保証人でしょう、それぐらいさせて。それに、マルチェラさんなら、一生かかっても返してくれるでしょう？」

「ああ、必ず……！」

「じゃあ、今はイルマについていてあげて。二人で聞いてくるから」

ようやく表情の和らいだマルチェラと少しだけ会話をしてから、神殿を出た。


神殿の外、雨はすでにやんでいた。東の空がうっすらと赤みを帯びている。

上着を着ていても、少し肌寒い。

「朝になったら、オズヴァルド先生のところに使いを出して、予定がとれ次第行ってくるわ」

「俺は兄に聞いてくる。おそらく魔導具か魔導師の魔法があると思う。それでわからないようなら隊長に相談してくるよ。馬車はダリヤの方で使って。俺は一度家に戻ってから馬で移動する。その方が早い」

「ありがとう、ヴォルフ」

「お礼の言葉は、皆で笑えるようになってから、マルチェラとイルマさんから二人そろって言ってもらおう。何かわかり次第、塔かオズヴァルドのところに使いを出すよ。ダリヤは馬車の御者に伝えてくれればいい」

「わかったわ。グイード様との話し合いは、ヴォルフの良いと思うように進めて。私の方も、オズヴァルド先生と話してできるだけ早い方法を探すから」

マルチェラとイルマには、なんとかなると啖呵《たんか》を切ったのだ。多少不安ではあるが、ここで取り乱すわけにはいかない。少しうつむいただけでも、気持ちが暗い方へもっていかれそうだ。

「ダリヤ」

不意に自分の名を呼んだヴォルフが、腕にわずかに触れた。

「大丈夫、きっとうまくいく。俺達の腕は、少しは長いはずだ」

「……うん」

こくりとうなずき、一度呼吸を整えて、ヴォルフに笑いかける。彼も同じように笑った。

ヴォルフは、伯爵家の一員で、騎士団の魔物討伐部隊員。

ダリヤは、魔物討伐部隊の相談役で、商会長で魔導具師。

イルマを救える可能性は、二人が庶民であるよりきっとある。

互いの腕をできるかぎり広げ、友を助けるのだ。


しばらく後、オズヴァルドの屋敷、その応接室にダリヤはいた。

急ぎの相談と手紙にしたためたせいか、まだ魔導具店を開けるにも早い時間だというのに、彼と妻であるエルメリンダがそろって迎えてくれた。

ダリヤは急な連絡を詫《わ》び、魔力差がある結婚での魔力過多症について尋ねはじめる。

話が詳細におよぼうとしたとき、オズヴァルドはエルメリンダに席を外すように告げ、続きの部屋へと移動させた。

「さて――ご夫婦のそれぞれの魔力は？」

テーブルの向こう、盗聴防止の魔導具をかけながら、オズヴァルドが尋ねてきた。

「夫側が十四、妻側が二です」

「夫が貴族で、妻と呼ぶ方が庶民ですか、それとも花街の方ですか？」

「いえ、夫婦二人とも庶民で、本当の夫婦です。その、夫側の父親は貴族かもしれませんが、わかりません」

「……ダリヤ」

オズヴァルドが、静かな声で自分の名を呼んだ。

いつものやわらかな笑みは完全に消え、どこか凍《い》てついた表情に変わる。

「この件については、あなたは踏み込まない方がいいのではありませんか？　お二人が今幸せなら、今回のことを水に流し、静かに暮らすという方法もあります」

「それは、友人が望みません。私も、望みたくありません」

イルマがあきらめるわけがない。自分もあきらめたくはない。厳しい顔のオズヴァルドに、ダリヤは必死に問う。

「妊婦の魔力過多症に対応する魔導具というものは、ないでしょうか？」

「そういった魔導具は確かにあります。希少素材を複数使い、複合付与をした魔導具です。ただ、一般的に魔力が十以上違えば子供はできないと言われています。それを補う魔導具の制作は、かなり難しいと思ってください」

「オズヴァルド先生か、その他の商会での販売はありますか？」

「いえ、その妊婦の魔力や魔力量に合わせて、個別制作になります。貴族の家であれば、結婚前に数ヶ月以上かけて準備するものだと聞いています」

その回答に一気にあせりが増す。イルマにそんな時間はない。

オズヴァルドや自分では作れないのだろうか。ダリヤは失礼を承知で尋ねた。

「あの、先生なら、急ぎでお作りになれますか？」

「一人では無理ですね。その魔導具は魔導具師が二人必要ですので。私とあなたで作れるか作れないか……やってみないとわからないとしか言えません」

完全に自分の考えを見透かした言葉が返ってきた。その銀の目が、まっすぐに自分に向いた。

「夫側がその魔力量であれば、侯爵家以上の縁者かもしれません。子供が生まれてから面倒ごとに巻き込まれる可能性があります。ヴォルフレード様でも、あなたをかばいきれないかもしれません。それでも、ダリヤはその二人を助けたいですか？」

「助けたいです……」

そこでようやく、オズヴァルドをも巻き込む可能性があることに気づく。

自分がどれだけ無茶なお願いをしているのかを自覚し、立ち上がって深く頭を下げた。

「オズヴァルド先生を巻き込むようなご相談をして申し訳ありません。ご迷惑がかかるようでしたら、やり方だけをお教えください。塔に戻って、誰か魔導具師を頼んでやってみます。今後のご迷惑になるなら、先生と距離も置きます。ですから、どうか……お願いします！」

下げたままの頭の向こう、オズヴァルドが静かに息を吐くのがわかった。

「いいでしょう、かわいい生徒のお願いです。巻き込まれてさし上げます」

「すみません！　ありがとうございます！」

跳ねるように姿勢を戻した自分に、オズヴァルドが告げる。

「作業場へ移動しましょう。そのご夫婦の年齢と職業、体格、体質、思い出せるかぎりの情報を。それに合わせて仕様を出しましょう。ところで、その奥様の今の状態は？　魔力がいくつになっているかわかりますか？」

「妊娠してからは八になっているそうです。子供が土魔法に強いようで、指先が結晶化しはじめています……」

「回復魔法はかけていますか？」

「はい、今は神殿にいますので」

「神殿でも結晶化が止められないとなると、あまり悠長なことを言っていられませんね……七日過ぎて固定されてしまうと厄介です」

怪我や火傷は魔法やポーションなどで治さないかぎり、七日過ぎると状態が固定され、自然治癒を待つだけになる。土魔法の結晶化も同じらしい。

「その、友人は、イルマは、腕のいい美容師なんです。結晶化して、今、四日目で……ご無理を申し上げているのはわかっています、でも」

「腕のいい美容師が、ハサミを握れなくなるのは困りますからね。王都の女性の美しさが減るといけない」

目が潤むのをこらえるダリヤに、オズヴァルドは冗談めいた言葉をかけた。

「作業は今日から明日、徹夜となりますのでご準備を。必要素材をメモしますので、塔に在庫があれば持ってきてください。イヴァーノにうちの作業場に二日ほどこもると連絡を。妻達に交代で待機させますので、彼の付き添いはいりません。作業中の商会は任せなさい」

「はい、わかりました」

「ヴォルフレード様にもこちらにいるとご連絡をお忘れなく。ご心配なさるでしょうから」

「そちらは大丈夫です。夫婦とも彼の友人なので知っています。あと……失礼ですが、先生へのお支払いはおいくらでしょうか？　必ずお支払いしますので」

希少素材を使っての魔導具作成。店と商会の仕事を二日休ませて、オズヴァルドの手を借りるのだ。高額になるのは覚悟している。

「素材代と蠍酒《スコルピオ》一ダースを。あとは、金銭以外でもかまいませんか？」

「もちろんです」

「では、今後、大型魔導具を制作したり、メンテナンスをしたりするときの助手を、うちの息子のラウルエーレと共にお願いできますか？」

「はい。でも、それだけでは、先生の方にマイナスではないでしょうか？」

「そんなことはありませんよ、私は慈善事業をしているわけではありませんから。期間をかけても、きっちり価格分は手伝って頂きますので、魔導具師としての腕を上げてください。あとは……商会長としての勉強を、もう少しがんばりましょうか」

先日、冒険者ギルドで会い、男爵位のお祝いを述べられたとき、ダリヤの対応は補習が必要だと言われた。

自分はそれをすっかり忘れていたが、オズヴァルド先生は忘れてくれなかったらしい。

ダリヤは少しだけひきつった笑みで答えた。

「が、がんばります……」

⬢ ⬢ ⬢ ⬢ ⬢ ⬢

ヴォルフは王城に向かう馬車の中、グイードとヨナスと向き合っていた。

朝、本邸に行って使用人に伝言を頼んだところ、なぜか出てきた兄と共に馬車で登城することになってしまった。忙しい兄は、この時間帯しか予定がつかないのかもしれない。

「兄上、お忙しいところ申し訳ありません」

「かまわないよ。急ぎの用と聞いたが、どうしたね？」

「ご相談したいことがあります。魔力差のある夫婦で子供ができ、妻側の魔力が低く、魔力過多症となった場合の対処方法をお教えください」

グイードは無言でヴォルフをじっと見ると、一度だけ瞬《まばた》きをした。

「お前の体内魔力が十二前後、ロセッティ商会長が九だったか、そのくらいの差なら心配は」

「俺とダリヤではありませんっ！」

ヴォルフは怒鳴る勢いで答えた。その声が馬車内に大きく反響する。

グイードの横、ヨナスが横を向いて何度か咳《せき》をした。

「すまない、冗談がすぎた。で、そのご夫婦はどれぐらいの差だね？」

「十二です。夫側が十四、妻側が二です」

それを聞いた兄は、眉間にくっきりと皺《しわ》を寄せた。ヨナスも同じような顔になる。

「ヴォルフ、悪いことは言わない。他家の貴族の揉め事に関わるのはやめなさい」

「いえ、両者、庶民です。俺の大事な友人です。どうしても助けたいのです」

「……詳しく聞こうか」

ヴォルフはそれまでの経緯を話した。マルチェラとイルマのこと、神殿でのことも説明する。

「妊婦の魔力過多症への対応策はないでしょうか？」

「多すぎる魔力を取り、母体と赤子を守るための魔導具はある。ただ、それなりの貴族でなければ入手は難しい。オーダーメイドで時間がかかるので、妊娠前に準備するのが普通だ」

「魔導具の方は、ダリヤがゾーラ商会長のところへ聞きに行っています」

「ロセッティ殿とゾーラ商会長であれば、なんとかできるかもしれないね……」

顎《あご》に指を当て、グイードはその青い目を伏せる。

「一時しのぎだが、魔導師による強化魔法で、母親の魔法防御力を上げる方法がある。一日一回必要だが、結晶化は少しゆるやかになるはずだ。今日中に強化魔法の使える者を行かせよう」

「ありがとうございます、兄上！」

まずはひとつ見つかった対応策に、ヴォルフは笑顔で礼を言う。

だが、兄はヴォルフに反して険しい顔になった。

「ただ、指が結晶化しはじめているなら早めに治さないと固定するし、体内がもう結晶化している可能性もある。今後を考えるなら、一度、『完全治癒魔法』をかけた方がいい。王族の治癒を行っている上級魔導師か、神殿の大神官、銀襟の高位神官ぐらいしか使えないが……」

「家では、お願いすることができないでしょうか？」

「簡単ではないね。それなりのコネと金銭は必要だ。ヴォルフ、我が家はそれなりに豊かな方ではあるが、誰でも簡単に助けられるわけではないよ。お前の友達でも、軽々しく援助はできない、それはわかるね？」

兄の目が、幼子を見るように自分に向いた。

マルチェラ夫妻は庶民であり、自分の友人であっても、家との関わりはない。兄が言っていることはよくわかる。

「わかります……あの、この件は、アルテア様にご相談をしてもいいでしょうか？」

「気持ちはわかるが、お前はアルテア様に『代価』を払えるのかね？」

「……いえ」

「ヴォルフが払えないのであれば、いずれ家が払うことになる。貴族に代価のない願いはない」

珍しく冷えた兄の声に、己の甘えを認識して反省した。

自分に支払える対価といえば、貴族としては少なめの貯金ぐらいである。前公爵夫人であり、金銭も権力もあるアルテアに渡せるものなど何もない。

確かに今以上に借りを増やしてしまうと、家としての引け目も出てくるだろう。

だが、イルマへの完全治癒魔法もやはり願いたい。子供が生まれてからも、体内の結晶化で具合が悪くなったり、万が一につながるのは避けたい。

なんとか方法は、自分にできることはないものか――ぐるぐる巡る思考を、兄の声が止めた。

「ヴォルフ、うちが動ける方法もある。ただし、お前がそのご夫婦と『友人』でいられなくなるかもしれないが」

「かまいません、彼らと子供が助かるなら」

「お前が夫の方を説得し、スカルファロット家に仕える騎士にしなさい。それならばこちらで動いてもいい」

「うちの騎士ですか？　彼は今、運送ギルドに勤めているのですが……」

マルチェラは土魔法もあまり使ったことがないと言っていた。

今の仕事を辞めさせ、騎士として仕えさせたとして、家に馴染《なじ》むのは難しいだろう。逆に、家の方でも騎士としては扱いづらいのではないだろうか。

「家に名をおかせ、ロセッティ殿の商会員に推しなさい。最近、ロセッティ殿の護衛を探していただろう？　その友人であれば安心ではないかね？　騎士になるために少々急いで学んでもらう必要はあるが。お前が保証人となっている商会を守る、私が貴族後見人となっている商会長を守る、その護衛騎士の妻が病なので援助する――対外的にはそれで通せる」

「ありがとうございます、兄上……！」

もはや、その言葉しか出てこない。自分には絶対に考えつかない方法だった。

「それと、生まれる子供は囲っておきなさい」

「あの、囲うとは？」

「おそらく魔力がかなり高いだろう。親が庶民では、狙われたりやっかみを受けたりするかもしれない。高等学院まで行き、魔導師か魔導具師になったら、スカルファロット家で働くことが決まっていると触れ回っておくといい。うちが予約した子供となれば、手出しや嫌がらせは減るはずだ。実際に働くかどうかは、本人が了承したらでかまわない。やる気のない者はいても無駄だからね」

「なるほど……」

さらに考えつかないことを重ねられ、驚きしかない。

ヨナスが平然としているところを見ると、これがいつもの兄の考え方、貴族のやり方なのだろう。自分の勉強不足を恥じ入るばかりだ。

「あとは、夫側に、スカルファロット家とロセッティ殿に従う、危害を加えないという神殿契約を入れさせなさい」

「マルチェラに限って、そんなことは絶対にありえません」

「ヴォルフ、その絶対こそが、絶対ではないと覚えておくことだ。マルチェラという男は、妻子を人質にとられても、スカルファロット家を裏切らないと言い切れるかい？」

「それは……」

「防御のアクセサリーをどれだけそろえても、防げないものはあるのだよ。その者に信用があっても、抑止力をつけておかなければ、他の誰かの悪意は防げないんだ」

噛み砕くように言う兄に、ヴォルフはようやくうなずく。マルチェラは気分を害するかもしれないが、自分からきちんと説明し、わかってもらうしかないだろう。

「これから部隊の方に行って休みを取り、マルチェラと話をしてきます」

「そうしなさい。グラート殿の方へは私からも詫びておこう、急な家の用事だとね」

「すみません。何から何までありがとうございます、兄上。この礼はいずれ……」

「いらないよ。兄弟で何を言っているんだい。うまくいったら東酒《あずまざけ》で祝おうじゃないか」

「はい！」

グイードは、馬車が止まった途端に降りていく弟を、少しまぶしげに見送った。

「……グイード」

馬車の扉を音もなく閉めた従者に、グイードは苦笑する。

「わかっているよ、ヨナス。問題があると言いたいのだろう？」

「当たり前だろう。父君がなんとおっしゃるか……」

眉間に皺を寄せたヨナスは、ひどく心配そうだ。

「父上からの小言も承知の上だ。土魔法の十四だよ、しかもまだ上がる可能性がある。もったいないじゃないか。水魔法の強いうちの家に土魔法が加わったなら、面白いことになるかもしれない。それに、高位貴族が絡んでいたなら、さらに話がおいしくなる可能性もある。守りを固められる前に調べておかなくては……」

「おいしいだと？　厄介の間違いだろうが」

「己の血筋が入った魔力の高い子供と孫が、新参侯爵の家に囲われているというのは、あちらにとってどんなものだろうね？　いずれ、条件のいい養子縁組か、見合いの話がくるかもしれない。

この先が楽しみだよ」

ヨナスは錆《さび》色の目でグイードを見つめた後、深くため息をついた。

「……お前は本当に、『貴族』に成ったな」

「褒めてもらってありがたいよ。さて、来年までには、もう少し『侯爵』らしくならなくては」

グイードは微笑《ほほえ》みながら、窓の向こう、ヴォルフが去っていった方を見る。

弟の高い背は、すでに見えなくなっていた。


ヴォルフは神殿に戻り、神官にマルチェラを呼んでもらった。付き添いの家族が借りられる小部屋に移動すると、盗聴防止の魔導具をかけ、前置きなく切り出す。

「マルチェラ、すまないが、イルマさんの命を守るために、俺の家に騎士として仕えてほしい」

問いかけではなく、すでに願いの形になっているそれに、友は鳶《とび》色の目を丸くした。

その後、困惑を込めた表情を自分に向けてくる。

「イルマの命が守れるなら喜んで受ける。けど、騎士って……俺は礼儀も知らなきゃ、魔力の使い方もよくわからないんだが、何か役に立てるか？」

「運送ギルドを辞めて、スカルファロット家から派遣の形で、ロセッティ商会長であるダリヤの護衛をしてほしい。マルチェラは信頼できるし、身体強化と土魔法がある。訓練はあると思うけど、護衛としてこれ以上の適任者はいないよ。ただ、護衛だから、けして安全な仕事じゃない」

「俺はありがたいかぎりだ。あと、誤解があるようだが、運送ギルドも運ぶ中身によっちゃ安全じゃないからな。貴族や大きい商人のところへの届け物で狙われることもあるから、荒事《あらごと》は少々あるんだ。あ、これ、イルマとダリヤちゃんには内緒な」

いつもの笑みに戻ったマルチェラにうなずき、ヴォルフは話を続ける。

「あと、生まれてくる子供の魔力が高いと、狙われたり嫌がらせを受けたりすることがあるそうなんだ。だから、子供が生まれたら、高等学院まで行って、魔導師か魔導具師になり、スカルファロット家で働くことが決まっていると言ってほしい。実際に働くかどうかは、本人が大きくなってから決めてもらっていいから」

「わかった。気遣ってもらってすまん。しかし、そっか。入学試験で魔力がわかるから、そういうこともあるのか。俺は後発魔力だったし、知られないままでいられたからな……」

後発魔力でも、土魔法が十四もあれば、商人や貴族へ売り込みをかける方法もあっただろう。いい養子の口や結婚の話も受けられたはずだ。

それをしなかったのは、マルチェラが今までの生き方と暮らしを大切にし、魔力を使って生きようとは思わなかったからだ。

彼は運送ギルドに勤め、イルマという伴侶を持ち、魔力など使わなくても、幸せそうだった。

その静かで幸せな暮らしを壊すかもしれぬ提案を自分がしている、そう改めて認識する。

だが、イルマと子供を助けるためには、マルチェラも自分も、ダリヤもひけない。

「もうひとつ。その、申し訳ないけれど、スカルファロット家とダリヤに従う、危害を加えないという神殿契約を入れてもらえないだろうか？」

「もちろんだ。別に謝ることじゃねえだろ」

一瞬の迷いもなく、マルチェラは笑う。ヴォルフは少しばかり拍子抜けした。

「すまない、マルチェラ。愛着のある職場を奪うことになって。友人の家に仕えるというのも、気持ちのいいことじゃないのはわかるつもりだ」

「俺は助けてもらえてありがたいとしか思わねえよ。それとも『ウルフ』、俺がお前の家に仕えたら、もう友達だとは思いづらいか？」

『ウルフ』、それは下町へ飲みに行くとき、マルチェラが自分を呼ぶ名だ。

スカルファロット家という身元を隠すために使い、いつの間にか耳慣れていた。

「いいや、それはない。俺は変わらない。きっと、ダリヤも」

ふと、兄の背後にいつもいるヨナスを思い出した。

従者である前に親友だと、兄は彼を紹介した。

自分がいる時は丁寧な言葉を使っているが、雇い主である兄を呼び捨てにするほど親しい。

そう考えたら、マルチェラと自分は、案外、今と変わらないのかもしれないとも思えた。

もっとも、このままでありたいという願望が大きいだけかもしれないが――

「なんだ。じゃあ、今とそう変わらねえじゃねえか」

自分の考えたことと、マルチェラのあっさりした声がそのまま重なる。

ヴォルフは安堵《あんど》と共に笑ってしまった。

「了承を得られたと兄に伝えて、できるだけ早くイルマさんに魔法をかけてもらえるように頼んでくる。そのあと、ダリヤが魔導具師の先生のところにいるから、そっちに行ってくる」

「魔導具か……ありがたいんだが、ダリヤちゃんに無理はしないように伝えてくれ」

「それは――俺は言えない。ダリヤは魔導具師だ。イルマさんのためなら、ダリヤは無理をしてもきっと作る」

「ヴォルフ」

「俺の時もそうだったんだ」

手にした妖精結晶の眼鏡、そのレンズがわずかに青みを帯びて光る。

自分の目立つ金色の目を隠し、穏やかな緑の目に変えてくれる偽装の魔導具だ。

体力も魔力も精神力ももっていかれるような辛《つら》い制作だったのに、ダリヤは迷うことなく作り上げ、笑顔で自分に渡してきた。

「ダリヤは無理をして、俺のためにこの眼鏡を作ってくれた。これで俺は初めて、王都を一人で自由に歩けたんだ。俺があきらめていたいろんなことを、彼女が救いあげてくれた。この眼鏡だけじゃない。他にも作ってもらった魔導具はたくさんある。作るのは簡単じゃないし、危ないのも、しんどそうなのも見てきた」

「だったら余計に無理はやめてくれ。俺は確かにイルマが一番大事だが、ダリヤちゃんに何かあったら――その前に止められるのは、ヴォルフ、お前だけだろうが！」

「『魔導具師のダリヤ』は、それを望まない」

今回の魔導具制作がどんなに大変でも、止めようとすれば拒否され、場合によっては怒られる。

自分には、それがはっきりとわかる。

「イルマさんに使える魔導具があるなら、ダリヤは本気で作る。ダリヤには腕の立つ魔導具師の先生がいる、イヴァーノもいる、俺も、兄もいる。もし疲労がひどければポーションを飲ませる、魔力が足りなければ魔力ポーションを渡す、どんな怪我をしても神殿で治す。命がかかるなら止めるけれど、それ以外では、俺は止めない」

己に言い聞かせるように言葉を終え、ヴォルフは立ち上がった。

「マルチェラ、俺達は今回、がんばってくれって、ただ応援するしかないんだよ」

「イルマは妊娠で、ダリヤちゃんは魔導具作りで、俺は待つだけか……まったく歯がゆいもんだ」

困り顔の友は、自分に続いて立ち上がる。

「ちょっと神殿本館に祈りに行ってくる。こういう時の神頼みだろ。ヴォルフも一緒に行ってくれるか？」

ああ、と返事が一拍遅れたが、マルチェラにうなずく。

神殿本館はすぐそこだ、時間はかからない。兄のところへ行く前に寄っても問題はない。

ただ、神殿本館はなんとなく苦手だった。

自分の黄金の目を呪いではなく祝福だと言われたからか、母が亡くなった後に行って大泣きしたからか、子供の頃の記憶なので曖昧だが、ひどく落ち着かぬ場所になっていた。

それでも、今日はマルチェラと二人で真摯《しんし》に祈ろう。

イルマと子の無事とダリヤの成功、そして、四人と増える一人でテーブルを囲んで、笑い合える日を願って。

魔導具師の兄弟子と吸魔の腕輪

ダリヤはオズヴァルドの屋敷から塔へ戻る前に、商業ギルドでイヴァーノに事情を説明した。

マルチェラに関する個人的なことは少々迷ったが、今回の魔導具を作る時点で、商会の半身であるイヴァーノも巻き込む。謝罪と共に、マルチェラのこと、魔導具のこと、貴族に関する危険、商会に影響がおよぶかもしれないことをすべて話した。

イヴァーノは一言もダリヤを責めず、快く留守を引き受けると共に、イルマの無事を願ってくれた。今日の仕事が終わったら、オズヴァルドのところへ顔を出すという彼に見送られ、ギルドを後にした。

そのまま塔に戻り、作業着を持ち、素材をかき集める。自分がよほど切羽詰まった顔をしていたのだろう。いつもは馬車で待つ大柄の御者が、荷物運びを申し出て、手伝ってくれた。

そうして、オズヴァルドの屋敷、作業場に戻ってきたのが今である。

彼はすでに白の作業着を羽織り、素材が入っているらしい魔封箱を作業机に並べていた。

「妊婦の魔力過多症では、余剰魔力を一定量引き出す魔導具が必要です。夫婦の魔力差を考えると、指輪では大きさが足りないでしょうから、『吸魔の腕輪』を作りましょう」

「はい！」

前置きはほぼなく、すぐに説明と作業準備が始まる。

「妻側の魔力が二、今は子供からにじみ出ている魔力で八に上がっているわけですね。母体の安全のため、子供から流れている余剰魔力を引き出します。それと共に、土魔法による結晶化の防止、魔力差で不安定になる妊婦と胎児を守る働きが必要です。あとは、これだけの魔力を蓄え続けると腕輪自体がもたない可能性もありますので、排出機能が必要になります」

付与として必要な効果は『魔力吸引』『結晶化の防止』『妊婦を守る』『胎児を守る』『魔力の排出機能』の五つ。一つずつでも難しそうなものがずらりと並ぶ。

まさかの五重付与――ダリヤ一人では絶対に作れぬ魔導具だ。

「付与する素材は、余剰魔力を引き出すための天狼《スコル》の牙、過剰な土魔法での結晶化を防ぐコカトリスの嘴《くちばし》、妊婦の状態安定と体調を戻すための雌の一角獣《ユニコーン》の角、胎児に十分な魔力のある母体だと錯覚させるための雄の二角獣《バイコーン》の角、魔力の排出機能のためのバジリスクの爪。この五つになります」

ダリヤは塔にあった天狼《スコル》の牙や一角獣《ユニコーン》、変異種の二角獣《バイコーン》の素材などを、あるだけ持ってきた。

幸い、コカトリスの嘴とバジリスクの爪は、オズヴァルドの手元にストックがあるという。もし使い切っても、冒険者ギルドには在庫があると言われ、ほっとした。

「魔力量を考えると、腕輪はミスリルでないともちません。内側を四つに分け、それぞれの素材を組み込みます。魔力干渉が起きないよう、一角獣《ユニコーン》の角で部分ごとに魔法防壁を作り、バジリスクの爪を外側に付与して、魔力バランスをとりましょう。妊婦には一角獣《ユニコーン》の持つ癒やしの力が一番安心ですから」

一角獣《ユニコーン》の角で魔法防壁ができる――これで魔力干渉対策の一つがわかった。

こんな時だというのに、ついヴォルフの魔剣に応用できると思ってしまった自分を反省する。

「何か質問はありますか？」

「ミスリルの腕輪に蓄えた魔力は、バジリスクの爪で魔素に戻るのでしょうか？」

少し気になったのはミスリルとバジリスクの爪の働きだ。この組み合わせだと、魔力を魔素に変換できるのだろうか。

「いえ、魔素への変換ではないですね。ミスリルに魔力を保持し、バジリスクの爪を利用して、一日に一回程度、妻側に土魔法を使って頂くことで体外に排出します。これは母親側が感覚的にすぐできるらしいです。妊娠期間中限定ですが」

イルマは一時的に土魔法使いになるということだ。なんだかちょっと不思議である。

「申し訳ありませんが、私は『吸魔の腕輪』を作ったことがありません。私とあなたの魔力を考えると、成功は五分五分だと思ってください」

「はい……」

「とはいえ、素材には少し余裕があります。もしできないとしても、魔物討伐部隊のバルトローネ隊長に治癒魔法師のご紹介を願う方法もあります。肩に力を入れすぎてはいけませんよ」

厳しい話を聞き、固くなっていたダリヤに、オズヴァルドがすかさずフォローを入れてくれた。

つくづくオズヴァルドは、先生に向いていると思う。

「このコカトリスの嘴を魔力で削って、腕輪に合う平らな円を作ります。気をつけるのは、魔力を込めすぎないこと、石化しないように絶対に防御の魔導具を忘れないことですね」

「そうですね、作業中に手が石化したら困りますから」

「ええ。ドアノブが回せず、窓も開けられないと、助けを求めるのに大変苦労しますので、お勧めしません」

真顔で答えた彼に笑いが嚙《か》み殺せない。まさか石化経験者だったとは思わなかった。

「コカトリスの嘴は数に余裕があります。せっかくですから、ダリヤが定着魔法をかけてみませんか？」

「ありがとうございます。ぜひやってみたいです」

コカトリスという魔物は、上半身が雄鶏《おんどり》、下半身が蛇の姿をしている。

前世では、『胴と翼は龍』と本で読んだことがあったが、今世で見たら翼は小さめで、胴はトカゲのようだった。もっとも、今世は龍のことを『大きいトカゲ』とたとえることがあるので、案外間違っていないのかもしれない。

「最初に糸鋸《いとのこ》で大まかに形を作り、腕輪の幅に組み込める、平たい円を作ります。それを腕輪に入れ込んで石化防止を、その後に一角獣《ユニコーン》の角の粉をかけて、定着魔法をかけます。糸鋸での成形は私がやりましょう」

オズヴァルドが手にする嘴は、雄鶏のものであり、下側の片方だけだ。

嘴を観察させてもらったが、外側は濃い黄色で、内側はオレンジ、触れてみると鉱物のように硬い。これでつつかれたら痛いどころの騒ぎではないだろう。

オズヴァルドは魔導具制作用の糸鋸を取り出すと、瞬く間にコカトリスの嘴から、黄色く小さな円を切り出した。

嘴と共に、ミスリルの腕輪も用意された。ミスリルは銀色を基調とし、角度によって青みを帯びる金属だ。前世にはない色合いと輝きは目を引かれるが、どこか冷たさも感じる。

腕輪は手首から落ちないよう、半分のところで曲げて開くことができ、その反対側に留め金具がある。その内側には溝が彫られており、そこに加工した素材が入れられる形になっていた。

ダリヤは、薄い円となった嘴を、落とさぬようにそっと持ち上げ、腕輪の裏にはめ込む。

そして、右手の人差し指から魔力を出し、魔法回路を綴《つづ》って、石化防止の働きを固定する。固定するだけなので、小さな円の上でも問題なく描けた。

魔力の流れを確認すると、その上に一角獣《ユニコーン》の角の粉をかける。飛び散らないかと心配したが、純白の粉は魔力を入れた途端、コカトリスの嘴に貼り付いていく。

しっかりと定着魔法をかけると、嘴は淡く輝く黄色に変わった。

「成功です。どちらも大変お上手ですね」

「ありがとうございます」

褒められてようやく肩の力が抜けた。

だが、これでやっと五つの付与のうちの一つである。安心はできない。

「では、次は天狼《スコル》ですね。ダリヤの方でストックはありますか？」

「はい。こちらが在庫にあった天狼《スコル》の牙です」

ダリヤは、持ってきた魔封箱を開ける。

オズヴァルドが一度眼鏡をずらし、金色の輝きをまとう白銀の牙を確認した。

「二人でなら、この大きさの天狼《スコル》も扱えるでしょう。夫婦の魔力差が大きいですから、私のストックよりも、こちらの牙がいいですね。魔力を入れて飽和させ、結晶体にします。それを腕輪の内側に組み込みます。念のため、安全確保をしておきましょう」

作業場のドアを開くと、オズヴァルドはエルメリンダを呼ぶ。彼女はちょうど黒髪の客人を隣室に招き入れているところだった。お互いのタイミングに、少しばかり驚く。

「ようこそ、ヴォルフレード様。いきなりで申し訳ありませんが、ダリヤ嬢の作業で、安全確保をお手伝い願えませんか？」

「ええ、かまいませんが……」

「エルは私の方をお願いできますか？」

「はい、お任せください」

挨拶もそこそこに、二人が作業部屋に入ってくる。

ヴォルフは黄金の目を少しだけさまよわせた。オズヴァルドの広い作業場に驚いたのだろう。緑の塔のそれの、軽く十倍はあるのだ。艶《つや》やかな濃灰の大理石の床、天井まで届く棚にみっしりと詰め込まれた魔封箱と本――魔導具師としては理想にしたい豪華さである。

「私とダリヤで天狼《スコル》の牙に魔力を入れ、結晶体にします。もし、どちらかが倒れるか気を失ったら、二人ともテーブルからひきはがしてください。少々手荒になってもかまいません」

「天狼《スコル》の牙……？」

不安げに口にする彼に、ダリヤはあえて笑顔で言った。

「天狼《スコル》の牙にイルマの魔力を安全に吸い取らせたいので、結晶体にするために魔力を入れるんです。今回は先生と二人がかりなので、大丈夫です」

「魔力量から考えれば許容範囲ですが、安全のためです。天狼《スコル》の牙の近くで倒れると危険ですので」

オズヴァルドの後ろにはエルメリンダが、ダリヤの後ろにはヴォルフが立つ。

いきなり人数が増えたことと、後ろのヴォルフから漂う緊張に、ちょっと落ち着かない。

「止めるのはどちらかが倒れるか、気を失った時だけです。他のことでは止めないでください」

「……わかりました」

「はい、旦那様」

オズヴァルドが手袋を外す。ダリヤも作業着の袖口を二回まくった。

「時間をかけずに一気に入れましょう。後で魔力ポーションを出します」

「はい、お願いします」

双方が右手を出し、オズヴァルドは親指だけを内側に、ダリヤは人差し指と中指の二本を向け、残りの指を軽く握り込む。

魔導具師の魔力の出し方はそれぞれだ。魔導師のように杖《つえ》や指輪を使うことは少ないので、魔力を動かしやすい手の形を自分で決めることが多い。

ダリヤは子供の頃に父カルロの真似をして、そのまま今の形になった。

「では、始めましょう」

先に天狼《スコル》に魔力を与えはじめたのは、オズヴァルドだった。銀の風に虹の粉を混ぜたような魔力が、まっすぐ牙に入っていく。

ダリヤもそれに続き、虹色の半透明の魔力を向ける。

だが、以前はまっすぐだった魔力は一段急に上がったことで、まだ不安定だ。出力を上げるほど、リボンのように揺れてしまう。懸命に制御しつつ、魔力を天狼《スコル》に向けた。

銀の光と虹色の光を吸い込んだ牙は、わずかに震えながら白銀の輝きを増す。

四人は無言でそれに見入った。まぶしくなった輝きに、結晶化は時間の問題かと思えた。

しかし、安心しかけた魔導具師二人は思い知る。

二人でやるのだから、一人で魔力を入れるよりは楽だろう、そう思った甘えを。

「これは、計算外ですね……見た目で判断しましたが、甘かったようです……」
七、八分ほど過ぎたところで、オズヴァルドが顔をしかめる。その首筋を汗が流れ落ち、作り笑いをする余裕もなくなっていた。
オズヴァルド一人でも、通常ならここまで注いだ魔力でとうに足りている。ここまで魔力を吸ってなお、目の前の牙は結晶化しない。二人がかりだというのに、時間が長すぎる。

思い浮かんだのは、天狼《スコル》の変異種の可能性——見た感じでは一切わからなかったが、ダリヤが前回使った欠片《かけら》が、ただの天狼《スコル》のものとは限らない。

もし天狼《スコル》の変異種の牙であれば、ダリヤは本当に運がよかった。

一人でこれを付与し、ヴォルフの腕輪を作り上げ、無事、生きていたのだから。

「……っ！」

不意に、ダリヤの方から取られる魔力が倍以上に増えた。

オズヴァルドの魔力の流れはそのままなのに、天狼《スコル》はダリヤの魔力を好んだのか、奪い、引きずるように魔力を吸いはじめる。

「ダリヤ、出力を下げなさい！」

「これぐらい大丈夫です！」

叫ぶ勢いで答えたが、本当はまずいかもしれない。

だが、自分の持つ天狼《スコル》にスペアはない。大きさ的にはオズヴァルドの持つストックより、こちらの方が大きく、イルマにはいいはずだ。それに、失敗して再度魔力を入れることになれば、確実に魔力が足りない。この後の腕輪制作での付与もあるのだ。

魔力をすでに四上げているというオズヴァルドに、魔力ポーションを続けて飲ませるようなことはさせられない。もし魔力を上げて体を壊したら、それこそ、父カルロの二の舞ではないか。

ダリヤは天狼《スコル》の牙をにらみ、歯を噛みしめて、己の魔力を整える。

自分の魔力は、安全範囲で一上がっただけだ、制御できないわけがない。

イルマは魔力が二しかないところを、八に耐えているのだ。

今、ここで自分が引くわけにはいかない。

必死に魔力を送り続けると、腕が震えはじめた。魔力の余力はまだ少しあるが、力を入れて制御していたため、腕の筋肉と足がもたず、痙攣《けいれん》しはじめている。

「ダリヤ！」

「すみません、ヴォルフ！　支えてください！」

本来、付与中の魔導具師を他者が支えることはない。その者の魔力の影響を受けることが多いからだ。だが、ヴォルフには外部魔力がない。今ここで自分を支えてもらっても、付与する魔力は混じりも落ちもしない。

「わかった！」

腕が痙攣しようが、立っていられなくなろうが、倒れなければ、まだ魔力は出せる。

ヴォルフが下がりかけたダリヤの右手を持ち上げる。それと同時に、倒れかかる体を引き起こし、背中を支える形で抱き止めてくれた。

「これで大丈夫かい？」

「はい！」

倒れる心配がなくなったので、魔力の配分を考えるのはやめた。

両手を持ち上げ、指先すべてを天狼《スコル》に向ける。くらりとめまいがするが、もうかまわない。

天狼《スコル》の望むがまま、全力で魔力を渡そう。自分の限界の魔力を注ごう。

両の指から流れる虹色の魔力は、きっと今までの人生で一番強い。

「素材に負けていたら、魔導具師は務まりませんね。ねじ伏せましょう」

正面のオズヴァルドが、たぶん笑った。額からの汗が目にしみて、もうよく見えない。

ただ、彼も両手を牙へと向けたらしい。まぶしい銀が瞬いて見えた。

数十秒か、数分か、時間の感覚が消え失《う》せる。

突然、魔力がはじかれて、入らなくなった。慌てて目をこすり、天狼《スコル》の牙を確認する。

作業台の魔封板の上にあるのは、小さく丸い白銀の結晶体だけだ。

その結晶の中、虹色の光の球がくるくると勢いよく旋回している。どこか小さな子供の動きのようにも見えた。

オズヴァルドが銀色の手袋をつけ、ミスリルの腕輪の内側に結晶を慎重にはめ込む。

そして、先ほどダリヤがしたように、一角獣《ユニコーン》の角の粉をかけた。その上から定着魔法をかけると、粉はすべて結晶体にくっつき、一度だけ青白く光った。

「これで天狼《スコル》の付与は完了です」

「よかったです……！」

安心した瞬間、かくんと両膝の力が抜けた。

「ダリヤ！」

「大丈夫、です」

なんとかそう答えたが、もう動けそうにない。

ヴォルフに支えてもらっているのに、頭をがくりと前に落とさぬようにするので精一杯だ。

彼も心配なのか、自分を支える手をまったくゆるめようとはしない。

ごまかしようがないほどの消耗にあせっていると、オズヴァルドが声をかけてきた。

「いったん隣の部屋で休憩としましょう。ヴォルフレード様、ダリヤ嬢は少々お疲れかと思いますので、運んで頂けますか？」

「わかりました」

当たり前のようにヴォルフに抱き上げられて運ばれるが、動けないので拒否できない。まさに『お荷物』になっている自分が、なんとも情けない。

そして気づく。ここのところ楽しい飲食が続いているおかげで、ちょっとばかり重みが増えた。おまけに今は、化粧もはげかかるほど汗びっしょりだ。

恥ずかしさと申し訳なさが一気に押し寄せてきて、ダリヤは小声で謝る。

「すみません、ヴォルフ、その、重くて……」

彼は首をしっかり横に振ると、以前、星空の下で見せた笑顔で言った。

「軽いじゃないか」

ダリヤはヴォルフによって隣室の長椅子へと運ばれた。

その後、エルメリンダからポーションと魔力ポーションを受け取ると、なんとか飲む。

オズヴァルドは着替えてくるとのことで、エルメリンダもついていった。

ヴォルフは二人きりになると、イルマへの完全治癒魔法、兄からマルチェラを騎士にするよう提案されたこと、神殿でマルチェラから同意を得たことを話してくれた。

イルマの安全は防御を上げる魔法でカバーできること、完全治癒魔法をかければ結晶化している指も戻せると聞き、心から安堵《あんど》する。

その後、ダリヤもオズヴァルドと作っている『吸魔の腕輪』について話した。

簡単な工程ではないが、完成すればイルマも子供も問題なく過ごせると説明すると、今度はヴォルフがほっとした顔になっていた。

「内容はわかった。疲れているんだから、オズヴァルドが戻ってくるまで、少しでも横になっていた方がいい」

ポーションを飲んでから平気な顔を装っていたが、彼には気づかれていたようだ。

備え付けの毛布を借りると、ダリヤは素直に長椅子に横たわった。ポーションを飲んでも疲労感は残る。今のうちに少しでも回復しておきたい。

「あとは一角獣《ユニコーン》と二角獣《バイコーン》の角と、バジリスクの爪だけなので。オズヴァルド先生がいますから、きっとうまくいくと思います」

「……そうだね。うまくいくよう、祈ってる」

どこか歯切れの悪いヴォルフは、おそらく自分をとても心配している。

「ヴォルフ、そんなに心配しなくても大丈夫ですよ。ポーションはちゃんと飲みましたから」

「マルチェラからは、ダリヤが無理をしていたら止めてくれって言われた」

「いえ、その……今回は、少し魔力が、足りなかっただけで……」

答える声が、消え入るように小さくなる。動けなくなるまで魔力を出し、彼にここまで運ばれたのだ。無理と言われても仕方がない。

「止めないよ。これは、君の魔導具師としての仕事だから」

意外な言葉に、思わずヴォルフの顔を見上げる。

見慣れたはずの黄金の目が、見たこともないせつない色を宿していた。

「正直に言えば、今すぐ止めたい。でも、ダリヤは、俺が赤鎧《スカーレットアーマー》なのを、止めたことはなかったよね」

確かに、止めたことはなかった。けれど、止めたいと思ったことはあった。

赤鎧《スカーレットアーマー》だけではなく、魔物討伐部隊もやめてほしいと、安全な場で生きてほしいと、そう思ったことはあった。

それが今、どうしても言えない。

「マルチェラ達のためなら、ダリヤが無理をするのはわかっている。今回はオズヴァルドがいるし、俺の方でもポーションと魔力ポーションは持ってきた。もしも、ダリヤが倒れたらいつでも運ぶし、どちらかが怪我《けが》をしたなら、すぐ神殿へ連れていく。だから、君の思うようにすればいい」

「ありがとうございます」

小さくお礼の言葉を告げると、それまで横に立っていた彼は、隣のソファに移動した。

「……君が生きていてくれれば、それでいいよ」

静かに落ちた声は、祈りに似て。

自分は大丈夫だと、死ぬことなど絶対ないと、そう言おうとしたとき、ノックの音が響いた。


その後、オズヴァルドと共に、紅茶とサンドイッチなどの軽食を済ませ、作業部屋に戻る。

隣室には、ヴォルフと第二夫人のフィオレが待機することになった。フィオレがエルメリンダと交代したようだ。

「私ではお話をするにも不慣れですし、待ち時間というのは長く感じるものだと思いますので」

フィオレは薄緑の目で微笑《ほほえ》みかけ、ヴォルフの前に各国の武器や騎士関連の本を何冊も積んだ。

そして、自身の手元には縫いかけの刺繍《ししゅう》糸がついたハンカチを用意していた。

ヴォルフは気遣いに礼を述べていたが、ほっとしているのが透けて見えた。

あまり接点もなく、忙しいであろう二人をただ待たせてしまうのが、なんとも申し訳ない。

それでも、作業場のテーブル前に来ると、髪をバレッタで留め直し、気合いを入れる。

「妊婦の状態安定に雌の一角獣《ユニコーン》の角を、胎児に魔力のある母体だと錯覚させるために雄の二角獣《バイコーン》の角を使います。こちらもカットしてから、魔力を付与します。ただし、これを作る際は、二人の魔導具師で魔力を同時に付与し、両方の角に均等に魔力を注ぐ必要があります」

「一人ずつ、それぞれの角に付与すると効かないのですか？」

「ええ。着けるのは妊婦ですが、使うのは妊婦と子供の二人ですから。角それぞれの魔力の流れが違うと、具合が悪くなるそうです」

魔力の流れが体内に二つあるのは、確かによくなさそうだ。

だが、それならば、一人で両方を一度に付与できたらいいのだろうか。

尋ねる前に、オズヴァルドが続けた。

「魔力が多い魔導具師や魔導師が、一人で二つ付与しても、効果は芳《かんば》しくないそうです。魔力にある程度の多様性が必要なのではという説もありますが、確かなことはわかっていません」

作業台の魔封板の上、純白の角と黒曜石のような角がそろえられた。

「今回使うのは、変異種である紫の二角獣《バイコーン》の角ですが、こちらでも問題はありません。むしろ魔力は強いので安心でしょう。角は真横からスライスする形です。角の中の魔力線が中央にくるよう、腕輪に合う大きさで丸く削ります。一本で四つほど採れるはずです」

互いに糸鋸を手に、ダリヤは一角獣《ユニコーン》の角を、オズヴァルドは二角獣《バイコーン》の角を削る。

前にも一角獣《ユニコーン》の角を切ったことがあるが、やはりかなり硬い。押さえている手に、少し温かい魔力が揺れるのを感じる。手のひらの汗で滑らぬよう、慎重に二つほど削りあげた。

ふと視線を上げれば、オズヴァルドはすでに四つとも仕上げており、腕輪の確認をしている。

ダリヤは慌てて純白の角を持ち直し、糸鋸の歯を当てた。その瞬間、斜めに逃げた刃が、左手の親指に痛みと朱線を走らせる。悲鳴は押し殺したが、オズヴァルドには気づかれた。

「ダリヤ、指に怪我を？」

「いえ、たいしたことはありません」

隠そうとして右手で押さえたが、オズヴァルドは即座にポーションの瓶を開けた。

「手を。指を怪我したままでは、この先の付与に差し支えます」

その言葉に、反省しつつ左手を出す。

思いのほか傷は長く、血がたらりと傷口から流れ落ちようとしていた。

そこに少ししみるポーションをかけられ、思わず眉間に皺《しわ》を寄せる。

「すみません、ご迷惑をおかけして……」

「生徒は先生に迷惑をかけて当然でしょう。私も学院時代は、だいぶリーナ先生にご迷惑をおかけしましたよ」

「オズヴァルド先生がですか？」

「ええ。魔導具研究会では、カルロさんと一緒にいろいろとやらかしましたし」

それは以前にも聞いた。

自分には優しい父だったが、学生時代は魔導具に夢中になると手に負えなかったらしい。

『暴風雨《ウラガーノ》』の渾名《あだな》もあったという。

だが、その父と一緒になってやらかしていたオズヴァルドというのが、今ひとつ想像できない。

「冷凍の時間短縮ができないかと氷の魔石を使いすぎ、凍傷になったことがありました」

「……危ないですけど、わかる気がします」

自分も冷蔵庫の急速冷凍を試そうとして、扉も開かぬほど氷を作ってしまったことがある。

魔導具師であれば、やはり試行錯誤といろいろな稼働実験はしたいものだ。

「作った毒消しの腕輪が本当に効いているのか試したくて、外して毒キノコを食べたこともありましたね。効いているとわかって、すぐ腕輪を着け直そうとしたのですが、キノコの毒は回るのが早くて……毎回、リーナ先生が、治癒魔法のできる先生を連れてきてくださいました」

「『毎回』……？　オズヴァルド先生も、その、ずいぶん……活動的な生徒だったんですね」

一度や二度ではなかったらしい。オズヴァルドも大概だと言いかけて、なんとか言い直した。

正直、父の『暴風雨《ウラガーノ》』と大差ない気がする。いや、だからこその先輩後輩か。

「ええ。当時は私も『猛吹雪《トルメンタ》』と呼ばれておりましたね」

「『猛吹雪《トルメンタ》』……」

銀の目に銀髪のオズヴァルドならば、なかなか似合いそうな二つ名である。

「当時の私としては、怪我人をえんえんと冷たく叱《しか》るリーナ先生の方が、よほど『猛吹雪《トルメンタ》』だと思いましたが。ダリヤはあのリーナ先生の助手をしていて、怒られたことはなかったですか？」

「ありませんでした。軽い注意はありましたが、いつも落ち着いていて、優しい先生でした」

「……時がたてば、丸くなるものなのですね」

オズヴァルドが、微笑んで魔封板の上に指を伸ばす。

いつの間にか、一角獣《ユニコーン》の角がもう二つ、きれいに丸く仕上げられていた。

なつかしいリーナ先生の話のおかげで、気負いがとれた。

「では、一角獣《ユニコーン》と二角獣《バイコーン》の付与に移りましょう」

作業机の上、もう一枚の魔封板を出し、一角獣《ユニコーン》の純白の角と、二角獣《バイコーン》の漆黒の角をくっつけて並べる。丸く加工された艶やかな角に、前世のリバーシの石をふと思い出してしまった。

二人で作業台をはさんで向かい合い、右手で魔力を出しやすい体勢をとる。

そして、ゆっくりと魔力を付与しはじめた。

二つの角に均等に魔力を注ぐ――字面《じづら》ではそれだけだが、二人の魔導具師で同時にそれをやるのはかなり難しい。

魔力は各自でクセがある。お互いに相手に合わせることを考え、探り合う状態がしばらく続く。

当然、そんな魔力は不安定で、一角獣《ユニコーン》の純白の角の方が先に固定し、遅れて二角獣《バイコーン》の角が固定する。

しかし、どちらもまだらの白と黒となり、魔力差で真ん中からヒビが入ってしまった。

「最初は仕方がありませんね」

「はい……」

オズヴァルドとダリヤの魔力は、かなり質が異なる。

ダリヤの魔力は、以前は半透明の虹色で細い線のような感じだったため、少なめではあったが一定で長時間保持が可能だった。が、最近魔力が上がったことで、微妙に不安定になっている。ゆるくカールしたリボン状で、時々切れる感じだ。

対して、オズヴァルドの魔力は、銀に虹色の粉を混ぜたような色合いで、一定の間隔で点が打たれる感じだ。規則性があり魔力量も一定だが、点なので、ダリヤの線とは微妙に一致しない。

お互いにそれを確認し、二つ目に移った。

しかし、わかったからといって、すぐに合わせられるものではないらしい。

オズヴァルドが自分に合わせようと、点のような魔力の間隔をかなり狭くしてくれた。ダリヤはそれを自分の魔力に合わせようと、少し無理をして魔力の幅を広げる。

結果、必要以上の魔力が一気に流れ、一角獣《ユニコーン》の角が粉々に砕けた。

そこから立て続けに、残り二つも失敗した。

その時点で、魔力の使いすぎと体力の消耗を防ぐため、一度休む。夕食を勧められたが、食欲がなく、また長椅子で休ませてもらうことにした。

ヴォルフは隣のソファーにいてくれたが、失敗の残念さと疲れから、ぽつぽつとした会話になってしまった。それでも、同じ部屋に友人がいるというだけで、ダリヤには心強かった。

そこへ、イヴァーノが差し入れを持ってやってきた。

オズヴァルドの方へは蠍酒《スコルピオ》、三人の妻向けに微風布《アウラテーロ》のショール、そして、シュークリームとクッキーの箱を並べる。

フィオレには微風布《アウラテーロ》のショールが大変喜ばれていた。

ダリヤはなんとかシュークリームをひとつ食べ、ヴォルフに夕食をとってくるように勧める。

彼は頑《かたく》なに断っていたが、イヴァーノが交代できる間でないと食べに行くとは思えないため、無理に部屋の外へ出した。


数時間の休憩後、また作業部屋に戻った。

先ほど使い果たしてしまったので、一角獣《ユニコーン》と二角獣《バイコーン》の新しい角を削り、また魔力を付与しはじめる。

だが、次の一角獣《ユニコーン》の角にいたっては、双方が魔力を重ねた途端、真ん中からきれいにパキリと割れてしまった。たまたまだろう、そう思いたくて、二つ目に移ったが、結果は同じだった。

「……魔力が、違うんでしょうか？」

問いかけのように言ってはいるが、感覚で理解してしまった。

オズヴァルドとダリヤでは、お互いの魔力そのものが合わない。合わせたとしても、まるで左右に分かれるがごとくにズレが出る。

オズヴァルドも気がついたのだろう。ひどく険しい表情になっていた。

「そのようですね。私とダリヤでは、魔力の質か、方向性が異なるようです。これは、なかなか難しそうですね……」

額の汗を手の甲ではらい、オズヴァルドが眉を寄せる。

時間はすでに深夜を過ぎている。その顔には疲労感が色濃くにじんでいた。

「すみません、ここまでして頂いているのに……」

「いえ、魔力には相性がありますから。先輩である私の方が合わせてさし上げられればいいのですが、仕事ではあまり人と魔力を合わせることがなく、ここまできてしまいましたので……」

オズヴァルドは眉を寄せて思案する。

「ダリヤ、学院の同級生や仕事仲間で、あなたと魔力が近い、あるいは、魔力の流れを合わせられる魔導具師はいませんか？」

その問いかけに、父が生きていればと切実に思う。

魔力が近く、おそらくは自分に合わせてくれる余裕もあり、お願いもできた。いいや、イルマを助けられるならと、父はきっと自分から言ってくれただろう。

自分と魔力が近い、魔力の流れを合わせられる魔導具師――今、生きている者の中で思い当たる者は、一人だけだ。

「一人、心当たりがあります……」

二度と連絡はすまいと思っていた。

だが、彼とならばおそらく、魔力の流れを合わせられる。

「トビアス・オルランドさんなら、魔力は合わせられるかと思います。その、ここに呼んでもいいでしょうか？」

「私はかまいませんが、あなたにとって、最も頼み事はしたくない相手ではありませんか？」

「この魔導具は、どうしても必要なんです」

イルマと子供を助けられるなら、己のプライドなどどうでもいい。いくらでも頭を下げて頼もう。

「それに彼は、この魔導具を使う友達の、友達でもあります……」

自分との婚約破棄から関係が悪くなってしまったが、マルチェラとトビアスは二人で飲みに行ったことがあるくらいには、仲が良かった。きっと力になってくれるはずだ、そう思いたい。

「わかりました。助力を願いに、いいえ、『借り』を返してもらうためにお呼びなさい。彼が魔導具師ならば、きっと来るはずです」

「ありがとうございます。すぐに行ってきます」

ダリヤはオズヴァルドに頭を下げ、作業部屋を出ようとした。

「ダリヤ、そのままオルランドさんのところへ行く気ですか？」

「はい、できるだけ急ぎたいので……」

「おやめなさい。あなたはロセッティ商会長として、オルランド商会の魔導具師に依頼をしに行く立場です。たとえ急いでいても、明け方に乱れた髪で、作業着を着て行くべきではありません」

ゾーラ商会長であるオズヴァルドの言葉に、はっとした。

確かに、それでは商会として失礼だし、兄弟子に妹弟子がすがりに行くような形になってしまう。

「すみません、考えがおよびませんでした。塔に戻って着替え、朝になり次第行ってきます」

「そうなさい。ヴォルフレード様、どうぞダリヤ嬢のエスコートを――」

すでに立ち上がっていたヴォルフに対し、オズヴァルドは丁寧に頼んだ。

「……わかりました」

足元のふらつく自分に、ヴォルフは当たり前のように手を差し伸べる。

その腕を借り、ダリヤは歩き出した。


オズヴァルドの屋敷から塔に戻ったのは、空が白みはじめる時間だった。

ダリヤは緑の塔に戻って最初に、薄いコーヒーを淹《い》れた。自分の分は砂糖とミルクを多めに入れ、甘いカフェオレにする。ヴォルフにはブラックコーヒーとともに、チーズトーストと目玉焼き、ソーセージなど、簡単なものをそろえて出した。

「ダリヤ、もう少し君も何か食べた方がいい」

「あまりお腹がすいていなくて。それに緊張しているときに食べるとお腹が痛くなるので……」

自分がいかに小心者かを告げるようで恥ずかしいのだが、緊張しすぎると、胃にくる。

「そうなんだ。ダリヤはいざというときとか、緊張に強いタイプかと思ってた」

「それはヴォルフの買いかぶりです。私は普通の庶民で小心者なんです」

「いや、それは無理があるんじゃないかな……」

「それより！　冷める前に、ヴォルフはちゃんと食べてください。もし、また私を運んでもらわなきゃいけなくなったとき、力が出ないと困りますから」

必死に話をすりかえたところ、なんとか食事を始めてもらえた。

ダリヤはその向かいでカフェオレを飲みつつ、少し痛む頭で考える。

最初にオルランド商会に行って挨拶し、トビアスを呼んでもらうのが筋だろう。

汗臭いからシャワーを浴び、商会長らしい服に着替え、化粧をしなおさなくてはいけない。

トビアスはおそらく受けてくれると思うが、支払いはどのぐらいすればいいのだろう、先にイヴァーノと相談するべきだろうか。

もし、トビアスとの制作でも失敗し、素材が足りなくなった場合、オズヴァルドに頼むか、冒険者ギルドに行って追加をお願いしなくては——そこまで考えたとき、疲れきった右手が飲みかけのカップを滑らせた。

「あ！」

テーブルの上にこぼれるカフェオレと落ちるカップに覚悟したが、どちらもない。

目の前のヴォルフが半分になったパンをくわえたまま、片手でダリヤの手ごとカップを持ち、もう片手をテーブルについてバランスをとっていた。

ヴォルフはカップをそっとテーブルに置くと、手元の鞄《かばん》から出したポーションを即座に開ける。

「やっぱり疲れてるね。ポーションを飲んで、時間が許すかぎり、眠った方がいい」

「……すみません、体力がなくて」

拒否も遠慮もしない。おそらくはそれが一番いい方法だ。ダリヤは礼を言ってポーションを受け取った。

オルランド商会が開くまではもう数時間ある。これを飲んで、少しでも眠り、その後に準備をする方がいいだろう。

「ダリヤ、オルランド商会へ依頼しに行くのは、本当に平気？」

「……ええ、大丈夫です。もう終わったことですから。あ、ついでに魔導書を渡してしまえばいいんですよね。この先、会う機会もそうないと思うので」

「俺はこのままでもかまわないと思うけど、やっぱり渡すのかい？」

「私では本自体を開けないので、教えがあっても継げませんし、父が彼宛てに残したのなら、渡さなきゃいけないと思うんです。私はオズヴァルド先生のところに魔導書がありますし……やっぱり兄弟子ですから」

自分は、父の書いた教えを知らないままになるかもしれない。トビアスへのうらやましさか嫉妬か、どうにもひっかかる思いを、ダリヤは振り払う。

たとえそうなっても、父の書いた教えが無駄になるよりは、ずっといい。

「とりあえず、二時間寝ます。ヴォルフも休んでください。すみません、うち客室がなくて」

「そこのソファーを借りられれば十分だよ」

「でも、ヴォルフの身長だと、はみ出しますよね？　私のベッドを使いませんか？　ロングタイプのセミダブルですから。シーツは替えますし、私がソファーで寝れば問題ないので」

「ダリヤ、それは絶対にだめだ」

あまりにきっぱり言い切られ、言葉が返せなくなった。

「ええと……魔導具作りで体力も魔力もいるんだから、とにかくダリヤが一番回復するようにしないといけない！　それに、ソファーで寝ていて、寝返りで落ちても困る」

「……それ、マルチェラさんから聞きました？」

「え？」

「イルマの家に泊まりに行ったとき、私、ソファーで眠ってしまって、夜中に寝返りを打って落ちたことがあるんです。背中が痛くて、ひっくり返った亀みたいになっていたら、マルチェラさんに見つかって……あんまり情けないので、そのときはイルマにも内緒にしてもらってたんですが」

「いや、マルチェラからは聞いてないから、偶然だから」

懸命に弁解するヴォルフが、少しばかり気になる。

だが、マルチェラが人に言うとは思えないので、本当に偶然なのだろう。

「じゃあ、すみませんが、ヴォルフはソファーを使ってください。毛布を持ってきますので」

「ありがとう。こちらこそ手間をかけてすまない」

毛布を取りに向かうダリヤの後ろ姿を、黒髪の男は、なんとも複雑な表情で見送っていた。

◆◆◆◆◆◆

「ああ、よかった。間に合いました」

仮眠後、準備を終えたダリヤとヴォルフが塔から出ると、ちょうどイヴァーノが馬車でやってきた。彼はすでに紺の三つ揃《ぞろ》えをきちんと着込み、髪も整えている。

「オズヴァルド先生からお手紙を頂きまして。オルランド商会へ行くなら、俺も同行させてください」

ダリヤにしてみれば、とてもありがたいことだった。

三人で馬車に乗り込み、移動しながらイヴァーノに状況を説明する。

「……そういうことでしたか。大丈夫です、きっと魔導具作りに協力してもらえますよ」

「でも、今、急ぎの仕事が入っていたりしたら……」

「入ってるとしたらうちの仕事ですから、ずらせます。それに、オルランド商会に会長への拒否権はありません」

「イヴァーノ、うちが仕事を多く出しているとしても、それは言いすぎではないかと……」

整いすぎたイヴァーノの笑顔に違和感を覚え、ダリヤは語尾を濁した。

「オルランド商会と業務提携をしているご報告はしましたよね。今はあちらが下請けのような状態ですので、多少の無理は利きます。それにイレネオとトビアスには神殿契約を入れさせています。うちの商会にも、会長にも危害は一切加えられません」

「神殿契約って……いつからですか？」

頭が混乱している。神殿契約の話は、今、初めて聞いた気がする。

それとも、自分がイヴァーノの報告を聞き逃していたのだろうか。

「提携契約をするときですね。俺がオルランドと取引をするのに、信用が足りないので入れさせました。会長にはご不快な話題かと思い、神殿契約についてはご報告しませんでした」

淡々と告げるのに反し、彼の紺藍の目は、少し迷ったように自分を見ていた。

「あの、イヴァーノ……私、そんなに頼りないですか？」

「は？」

怒られるか、気を悪くされるか、そう覚悟していたであろうイヴァーノが目を丸くする。

「ダリヤ、イヴァーノは、君が心配だったんだ」

「ええ、それはわかります。オルランド商会が信用できないのは、私のことがあったからでしょうし。商売に関しては、全部イヴァーノに任せていますから、業務提携での取り決めをどうこう言うつもりはないです。神殿契約というのは、ちょっと驚きましたけど……」

確かに驚いた。どうしてそこまでするのかと正直思う。

でも、自分がひっかかるのはそこではない。

「でも、イヴァーノは、前に私に言いましたよね。本音が欲しいと、自分に話してまずいことはないと」

「はい、言いました。今もそう思ってます」

きっぱりと言い切る声に一切の迷いはない。だからダリヤも、まっすぐ返す。

「それなら、私にも本音をください。話してもらっても、私がうまく咀嚼《そしゃく》できないことも、受け止め方が違うこともあると思います。でも、私は商売の邪魔をできるかぎりしません。だから、イヴァーノの本音を、私もできるだけ知りたいです」

「ダリヤさん……いいえ、会長、申し訳ありませんでした。俺、会長のことを子供扱いしてましたね」

イヴァーノが向かいの席で、深く頭を下げた。

「頭を上げてください、イヴァーノ」

「俺の本音ですが……ダリヤさんと、カルロさんの期待を裏切ったトビアスに、いえ、オルランド家にずっと腹が立っていました。俺に娘がいるせいも少しあるかもしれません。あとは、俺の薄汚い私怨《しえん》です」

「イヴァーノの私怨？」

ヴォルフが怪訝《けげん》な顔で聞き返す。ダリヤにも思い当たるところはなかった。

「実家の商会が傾いたとき、すぐに手を引いたところのひとつが、オルランド商会だったんです。まあ、前商会長のときの話なんで、イレネオとは関係ないですが」

「イヴァーノ……」

「仕返しのつもりはないですよ。ただ、オルランド商会に勝てれば、少しは商人として力がついたと実感できるかなと。実際はなんの実感もありませんでしたけど。まあ、ちょうど下請けは欲しかったですし、条件的には最高ですし。でも、現状、俺が信用できないので神殿契約は必要だと思います。怒られたとしても、ここは引く気がありません」

「いえ、怒るつもりはないです。イヴァーノがそういう判断をしたのなら、それでいいです」

ダリヤの答えに、彼は少しだけ目を見開き、その後に表情を崩した。

「会長、本音はできるだけ言いますが、商売人、いえ、男として、報告したくないこともあります。言えと言われれば、もちろん全部報告しますが……少々の内緒と『腹黒い』のは見逃してもらえませんかね？」

「……それは、イヴァーノが『危なくない』ことですか？」

「会長って、そういうところは勘がいいですよね」

イヴァーノは否定しなかった。

ダリヤが続けて問いかけようとしたとき、彼は笑って続けた。

「ぶっちゃけ、今、グイード様に、うちの妻と娘に護衛をつけて頂いてます」

「イヴァーノ、俺、それ聞いてないんだけど」

「わざわざ言うまでもない、当然の感覚なんだと思いますよ、グイード様にとっては。ロセッティ商会を動かしたかったら、会長か俺を狙う、あとはその家族を。で、ちょうどいいことに俺の妻子は庶民でガードが緩い、そう考えられてもおかしくはないわけです。俺も全然気がつかなかったんですけど」

「イヴァーノ、すみま」

「謝らないでくださいよ、会長」

ダリヤの言葉の上に声を重ね、謝罪を途中で止められた。

「俺は、いえ、俺達はそれだけ無視できない、『重い』商会になれたんですよ。気をつけなきゃいけないことは確かに増えましたけど、いろんな素材も手にできる、ギルドにも顔が利く、侯爵家にも相談ができる。だから、マルチェラさん達を助けられるかもしれないんじゃないですか。これを『悪用』しなくてどうします？」

わざと悪徳商人めいた笑顔を作る彼に、ダリヤもつられて笑ってしまう。

「……わかりました。イヴァーノがどうしても言いたくないことは、それでいいです。でも、本音はできるだけ聞きたいです。本当に危ないときは、ちゃんと教えてください。私からのお願いはそれだけです」

「俺からもお願いしたい。危ないことに巻き込まれそうになったら俺に、俺が遠征でいないときは兄に、遠慮なく頼ってくれ。きちんと話はしておく」

二人の言葉をうなずいて了承した男は、整えてきたはずの頭をカリカリとかく。

「ありがとうございます。しかし……そこまで言われると、俺の方が過保護にされている気がするんですが」

「そんなことはありません。私は商会長で、一応、イヴァーノの上にいるので当たり前です」

「俺も一応、商会の保証人だから、当たり前だね」

そろった声を聞いたイヴァーノは、こらえきれずに笑いだす。

答えながらそっくりな笑顔を浮かべていることに、二人はまるで気がついていなかった。

◆・・・◆

「ロセッティ商会のダリヤ・ロセッティです。魔導具師トビアス・オルランドさんへ、急ぎご依頼したい件で参りました。お約束はしておりませんが、お取り次ぎをお願い致します」

オルランド商会の受付で、ダリヤは背筋を正して声を出す。

部屋の視線が一斉に自分に向き、その後、半数は背後のヴォルフに流れるのがわかった。

ひそひそという声を覚悟したが、まるで音がない。かえって落ち着かなくなる。

先ほどの馬車の中、イヴァーノに『自分がトビアスに取り次ぎを願う』と提案されたが、断った。

イルマとマルチェラのことで自分が願うのだ。イヴァーノの後ろにいるのは違うだろう、そう思えた。

「し、少々お待ちください」

ダリヤの声から数秒後、妙齢の女性が駆けるように奥へと消える。ドアがきちんと閉まりきらぬうちに、トビアスを呼ぶ声、答える声、他の者の声が微妙に入り混じって響いた。

「……おはようございます。ロセッティ会長」

表情も声も固く、奥からトビアスが出てきた。

ちょうどここにいてくれたことが、今はとにかくありがたい。

「おはようございます、オルランドさん。お約束のないところを申し訳ありません」

「いえ。それで、どのようなご依頼でしょうか？」

丁寧な声は、前よりも一段低い。以前より離れた場所に立つ彼は、少し痩せて見えた。

「急ぎ作りたい魔導具があります。報酬はご希望にできるかぎり添います。ご協力をお願いします」

「お受け致します。作業場所と、作業期間はいつからでしょうか？」

「今すぐです」

「今すぐ……？」

あまりに急なことで目を丸くするトビアスに、ダリヤは遠慮なく近づく。手を伸ばせば届く距離まで来ると、袖に留めていた盗聴防止の魔導具を起動し、小声で告げる。

「場所はゾーラ会長のお屋敷。イルマとお腹の子供が危なくて、どうしても作らなきゃいけない魔導具があるの。お願い、協力して」

「わかりました」

即答したトビアスが、後ろを振り向く。

半開きのドアの向こう、明るい蜂蜜色の髪とレモン色のワンピースの裾が見えた。

「エミリヤ、家に戻っていてくれ、仕事で出てくる」

「……トビアスさん、あの、私……」

ドアの陰からおずおずと出てきたのは、背が低めのかわいらしい女性だ。

トビアスの斜め後ろで何かを言いかけるエミリヤを、ダリヤは視界に入れない。

隣にいたヴォルフが進み出て、エミリヤからダリヤまでをつなぐ線上に立つ。

女性の視線を一身に集める男は、黄金の視線をエミリヤに向けた。

「奥様もご一緒にいかがですか？　作業部屋の隣室でお待ち頂くことになりますが、他の者も待機しておりますので」

「……あ、ありがとうございます」

「お気遣いに感謝します……」

トビアスとエミリヤが、ほぼ同時に礼を述べた。

「いえ、作業中とはいえ、『何かとご心配』だと思いますので」

嫌みなほど整った笑顔で、『何かとご心配』に思いきりアクセントをおく。

ダリヤからは見えなかったが、後ろでイヴァーノが口を押さえて苦笑を隠していた。

胡散臭《うさんくさ》いほどの貴族モードでいるヴォルフに、ふと思い出す。

自分とヴォルフ、そしてトビアスにエミリヤ。この四人で顔を合わせるのは、ヴォルフと大通りの店で再会したとき、この二人が偶然通りかかったあの日以来だ。

ほんの四ヶ月前のことなのに、もう遠い昔のように感じる。

元婚約者であるトビアスの仕事用の対応も気にならず、その妻となったエミリヤになんの思いも抱かない。

もしかすると、自分は案外、薄情なのかもしれない。

「ロセッティ会長、こちらで作業準備が整い次第、お伺い致します」

「お受け頂き、ありがとうございます。では、あちらでお待ちしております」

仕事モードの挨拶を交わした後、ダリヤは出口に向かうために足を踏み出す。

ここからだ。なんとしてもトビアスと一角獣《ユニコーン》と二角獣《バイコーン》の付与を成功させ、イルマの『吸魔の腕輪』を作り上げなくてはいけない――強く手を握りしめたとき、柔らかな声が自分を呼んだ。

「ダリヤ嬢、参りましょう」

目の前に完璧な動作で差し出された、ヴォルフの手。

ダリヤはためらわずに手を重ね、あの日と変わらぬ温かさに安堵した。

⬢ ⬢ ⬢ ⬢ ⬢ ⬢

オズヴァルドの作業部屋の隣室に、六人がそろう。一部は簡単な自己紹介があったが、そこからの会話は続かなかった。

作業部屋に入るのは、ダリヤとオズヴァルド、そしてトビアスだ。このまま隣室に待機するのが、ヴォルフとオズヴァルドの妻であるエルメリンダ、それからエミリヤである。

「今回は、ドアを開けておきましょう。ただし、入室と声をかけるのはご遠慮ください」

人数が増えたせいか、それとも作業時間の予想がつかないためか、オズヴァルドが作業部屋に続くドアを完全に開けた。その上で最初に入っていく。

「ダリヤ、うまくいくよう祈ってる」

小声のヴォルフに笑みを返し、ダリヤもまた作業部屋へ向かう。

その後ろ、少し距離を空け、トビアスが一礼してから続いた。

エミリヤは、ただ無言でその背中を見送っていた。

作業机の周りに並ぶと、ダリヤがトビアスにマルチェラとイルマの現状の概要を話した。

その後、オズヴァルドが『吸魔の腕輪』制作の説明をする。

『吸魔の腕輪』への質問と補足が行われている間、ダリヤは腕輪と素材を確認していた。

作業台の上の魔封板には、一角獣《ユニコーン》と二角獣《バイコーン》の角を加工したものが、それぞれ四つそろっている。

ダリヤが塔に戻っていた間に、オズヴァルドが追加で仕上げてくれたらしい。

「ロセッティ会長、希少素材を使う前に、一度魔力を確認させてください」

「わかりました。オルランドさん、お願いします」

ダリヤの魔力が上がってからは、トビアスと付与作業をしたことはない。

希少素材である一角獣《ユニコーン》と二角獣《バイコーン》の角に付与する前に、練習として、二人一緒に防水布を作ってみることにした。

練習なので、テーブルに載せやすい六十センチ幅で一メートルほどの小さめの布だ。

同時に魔力を出し、ブルースライムの粉入りの薬液を平面的に付与する形にする。

オズヴァルドは席を二つ空けて座り、二人の作業を見守っていた。

「では、始めます」

先に魔力を通しはじめたのはダリヤ、続いて、トビアスも魔力を流す。

ダリヤの半透明な虹色と、トビアスの青の混じる虹色の魔力で、ブルースライムの薬液がきれいに広がっていく。

だが、青く薄い膜が布の半分ほどまで伸びたとき、異変が起こった。

ダリヤの魔力が微妙に震え、リボンがねじれるように曲がる。トビアスは細く平らに魔力を流していたが、ねじれた魔力に引きずられるように斜めにずれた。

その結果、均一とはほど遠い、隙間だらけの防水布ができあがってしまった。今まで一度も、ここまでひどい不良品を作ったことはない。二人はそろって残念な顔になった。

「ロセッティ会長、もしかして魔力が安定していませんか？」

「はい。まだ上がった魔力に慣れておらず……」

仕事向けの口調で尋ねながら、トビアスは失敗した防水布を片付け、新しい布をテーブルに置く。

指先で丁寧に皺を伸ばす仕草は、以前とまるで同じだった。

「はい、トビアス」

「ああ」

以前と同じくブルースライムの粉を手渡そうとして、無意識にその名前が口に出た。

トビアスもまた、同じように返事をして受け取った。

突き刺さるような冷たいものを、一瞬、背中に感じたのは気のせいか。

一度咳《せき》をして、寒気をはらう。

いきなり名前を呼んでしまったことに慌てていると、トビアスも目の前で固まっていた。

数年一緒にいたせいか、丁寧な言葉を使おうとすると、そちらに意識を持っていかれ、作業がしづらい。

「進めづらいから、作業中は前みたいな口調でもいいかしら？　名前も呼び捨てにさせて。私へも同じで」

「……わかった。その方が楽ならそうしよう。作業が終わったら戻すということで」

「ええ、お願い」

今は話し方や態度を気にかけている場合ではない。とにかく魔力を合わせなければ、一角獣《ユニコーン》と二角獣《バイコーン》の角の付与ができない。

二枚目の付与に移ったが、気負いすぎているせいか、最初から魔力が揺れ気味だ。

ダリヤは魔力を安定させようと、右手にさらに力を入れた。

「……その前のめりになっている姿勢を、戻した方がいい」

「え？」

自分をじっと見る茶色の目と、冷静な声にはっとする。

「たぶん、いつもより前のめりで、右手に力が入っている。それだと付与しづらいはずだ」

言われてようやく気がついた。気負いからつい前のめりに、肩が前に寄った姿勢になっていた。

「あと、肘を体に寄せた方がいい。君は疲れてくると、伸ばしている手に震えが出てくる」

「……運動不足かしら？」

「……腕立てと腹筋を一日三十回だったな」

なつかしい話をされ、つい口元がゆるむ。

確かに、父カルロは言っていた。『魔導具師は体力も大事だから、腕立てと腹筋を一日三十回以上しておけ』と。

だが、そう言う父がやっているのをダリヤは一度も見たことがない。

「父さんは、やってなかったのに……」

「師匠はやっていたと思う。汗をかくから、風呂に入る前、脱衣所でやっていると言っていた」

思わぬ話にちょっとだけ驚きつつも、言われた通りに肘を体に寄せ、魔力を少し絞る。

それでも少し斜めになる魔力を、トビアスが逆方向から防水布の位置を変え、平らにならす。

ダリヤには見えていなかった抜けを、青の混じる虹色が瞬《また》く間に埋めた。

そのまま付与を進めると、防水布は抜けもムラもなく、きれいに仕上がった。

艶やかな防水布を見た瞬間、ダリヤは愕然《がくぜん》とする。

以前の防水布制作のときも、彼は己の作業をしながら、時折、ダリヤの防水布を確認し、位置を整えていた。納期も納品数もきっちり守りながら、不良品は限りなく少なかった。

自分の付与を無言で手助けし、確認していたのはトビアスだ。今、それが認識できた。

この春から、ダリヤは一人で作業をするようになった。一人だから時間がかかる、つい抜けが出て不良率が上がる、そう思っていた。だから、しっかり二度確認することにしていたのだ。

だが、何も言わず、当たり前にその場で確認と補助をし、不良品があればはじき、追加分をこなしていたのは、トビアスだ。

作業をしつつ、他の者の状況を確認し、検品もできる目――悔しいが、自分にはない。

「疲れているなら、少し時間を空けた方がいい」

「これくらい平気よ」

気遣う言葉に、つい抑揚のない声で返してしまった。

防水布を片付けたテーブルに、新しく魔封板を置き、一角獣《ユニコーン》と二角獣《バイコーン》の角を丸く加工したものを一つずつ載せる。ゆるりと立ち上る魔力は強く、つい手に力が入った。

「一つ目は様子見にしよう」

そう言ったトビアスにうなずき、右手の指から魔力を出しはじめる。

机の向こう、トビアスの魔力が同じく伸び、一角獣《ユニコーン》と二角獣《バイコーン》を染め上げていく。

ダリヤのカールしたリボン状の魔力は、ここにきてようやく途切れなくなった。

トビアスの魔力はカールの一切ない、細いリボンのようだ。久しぶりに見る青の混じったその虹色の魔力は、とてもなつかしかった。

「魔力は入ったが、これはだめか……」

しばらくして聞こえた残念そうな声は、そのまま自分の思いでもある。

魔力を入れきったところ、一角獣《ユニコーン》の純白の角はまだらの薄紫に、二角獣《バイコーン》の角は、濃淡のついた灰色になってしまった。ある程度は二人の魔力が混じっているのだが、均一性がない。

「次にいきましょう、トビアス」

気持ちを切り替えるつもりで次の角に取りかかったものの、またもうまくいかない。

今度はまだらではなく、縦線が入るような模様が出てしまった。

付与自体はできることから考えて、トビアスとの魔力の相性は悪くない。考えられる原因は、やはり自分の魔力の不安定さだ。数単位下だったときの魔力と違い、一定で出すのが難しい。

白に暗い紫の線が入った角を眺め、ダリヤは悔しさに唇を噛みしめた。

横のオズヴァルドは、付与を始めてから一言も声を発していない。ただ、銀の目を細めて自分達を見守っている。彼に何かアドバイスがもらえないかと思ってしまうのは、不安な証拠だろう。

作業の手順はわかっているのだ。ここまできたら、数をこなすしか方法がないのかもしれない。

しかし、時間はそうない。

あせりをこらえて向かいを見れば、トビアスの目は純白の角と漆黒の角だけに向いていた。

そのまっすぐなまなざしに、ふと父の言葉を思い出した。

『ダリヤはダリヤ、トビアスはトビアス、魔導具師としてはそれぞれ特性が違う。魔導具師として、補い合って育っていけ。不得意なことは、相手に相談するようにしろ』と。

聞きづらいという思いもあったが、ここは作業場で、お互いに魔導具師だ。助言は遠慮なく願うべきだろう、そう思いつつ尋ねる。

「あの、トビアス、何か気がついたことはない？　私の方で変えられるところはある？」

「気がつくこと……」

以前と同じように、トビアスは右手を顎《あご》に当てて考え込む。

しばらくしてから、そのアーモンド色の目が自分に向いた。

「魔力差と浸透速度かもしれない。ダリヤ、魔力を一段、いいや、もう二段下に絞れないか？　俺の魔力だとこれ以上は上げられないから」

「それだと、魔力が今よりひどい波になってしまうんだけど」

「かまわない、俺の方で合わせる。絞って流すことだけに集中してもらえばいい。あと、向かいだと魔力が見えづらい、隣に来てくれないか？」

「わかったわ」

以前、共に作業をしていたときと同じ位置で立つ。それはどちらにも馴染《なじ》んだ距離だった。

新しい一角獣《ユニコーン》と二角獣《バイコーン》の加工品を並べ、共に右手を伸ばす。

二人ともカルロと同じ手の形で、同じ高さだ。かけ声もなく魔力を同時に出しはじめると、ただ出力を下げ、一定に出すことだけに集中する。

ゆらゆらとカールする虹色のリボンに、青の混じった虹色の細いリボンが添えられた。共に平らにしようとするが、魔力が右に左に震えてずれる。

今回もだめか、そう思ったとき、トビアスが短く言った。

「合わせる」

トビアスが合わせると言うのならば、きっと大丈夫だ、そう確信できた。他のことはともかく、魔導具師の仕事では、いまだ彼を信頼できると思える。なんとも皮肉なものだ。

でも、今はそれでいい。

魔力の行方は、トビアスに、兄弟子に任せた。

自分は魔力を絞り、安定させることだけに集中すればいい。

虹色の魔力に、青の混じった虹色の魔力が次第に重なり、巻き付く。

くるくると細い螺旋《らせん》を描きはじめた魔力は、より虹色を濃くし、青白い光を瞬かせた。

虹色の螺旋はゆるりとカーブし、二つの角へ同時に入っていく。

ダリヤの魔力が少しばかり上下しても、それをうまく補うように螺旋が動いた。

螺旋の魔力は、元から同じものであったかのように、一角獣《ユニコーン》と二角獣《バイコーン》の角を染め上げていく。

角から反射した光は、部屋のあちこちに美しい虹色を飛ばしていた。

だが、付与を行う二人には、その光景を堪能する余裕などない。ただひたすらに魔力をつなぎ、制御に全神経を傾ける。

どれほど集中していたのか、角に魔力が入りきってはじかれても、すぐには止められぬほどだった。

「……そろっただろうか？」

「たぶん……」

倒れそうになるのをこらえ、作業台を支え代わりにして立つ。

二つの角の加工品は、光をはらんだ青水晶のように変わっていた。ほんの少し動かすだけで、虹色があたりに瞬く。

「確認させて頂きます」

近づいてきたオズヴァルドが眼鏡を外し、青いレンズの片眼鏡につけ代える。

丸い角二つを銀の目が厳しく見つめ、二度、指先でくるりと返した。

「成功です。どちらも魔力がきれいに均一に入っていますよ」

その言葉を聞いた二人は、同時に椅子へと崩れ落ちた。

動けなくなっている自分達の前で、オズヴァルドは腕輪の裏に二つの角をはめ込む。その上から一角獣《ユニコーン》の角の粉をかけると、定着魔法を繰り返した。

定着を確認後、その手にバジリスクの金色の爪をのせる。

それを見つつ、ダリヤは思い出す。前世、ファンタジー系の物語を読んでいて、コカトリスとバジリスクは似たもののように思っていた。

今世、コカトリスは前世のイメージに近かったが、バジリスクはちょっと違う。

今世のバジリスクは、大きな黒蛇のような体に、鋭い蹴り爪のある太い足を四本持った魔物だ。ウロコが硬く、その蹴り爪からは、短時間で人を死に至らしめる猛毒が出せるという。

特徴的なのが、頭の上、王冠のような金色の鶏冠《とさか》である。

珍しい魔物ではあるが、万が一見かけたら、すぐ逃げるよう学院でも教えられた。

「これから、バジリスクの爪に付与をします」

オズヴァルドが、右手の中指に深い赤の指輪を付ける。

バジリスクの猛毒防御のためかと思ったが、赤い指輪というのは初めてだ。

よく見れば、その指輪の表層をぐるぐると炎のような光が循環していた。

「先生、その指輪は毒への対応ですか？」

「いえ、バジリスクの毒なら普段からつけている腕輪で間に合います。私の魔力では仕上げをするのに足りないので、この指輪で魔力の底上げをします。さて、仕上げは数分ですが、気が散るので絶対に声をかけないように」

二人が了承してうなずくと、オズヴァルドは真剣な表情《かお》で告げた。

「特別授業です。よく見ておきなさい」

その右手のひらの上、バジリスクの爪を、布のような白い魔力がふわりと包み込んだ。

一枚の薄布を透かしたごとき魔力の向こう、金の爪がチリチリと鳴く。

それがしばらく続くと、白い魔力は金色に変わり、爪は跡形もなく消え失せた。

おそらくは『魔力融解』、魔力でバジリスクの爪に圧力をかけ、その後に溶かしたのだろう。

圧力をかける方法は、一歩間違うと手のひらがズタズタになるか、肉が飛ぶか——そんな付与だと聞いている。

実際にダリヤが見るのは初めてだ。

オズヴァルドは人差し指を伸ばし、他の指で金色の魔力をそっと握るように持ち替える。

左手で持つ腕輪のミスリル、その青みを帯びた銀の上に、右の指から、髪の毛一本ほどの魔力がゆるやかに伸びた。

金糸のようなそれは、腕輪を一周すると、二本に分かれる。次の一周で四本に、次に八本にと倍ずつに増えていく。細さはどれも均一で、とても丁寧な糸巻きのようだ。

このような形の繊細な魔力の扱い、そして、付与は初めて見る。

ダリヤもトビアスも、息を詰めて見入った。

「……え？」

ぽたり、何かがオズヴァルドの手からこぼれ落ちる。その滴《しずく》は床に落ち、小さく赤く広がった。

指が切れたのか、それとも手のひらか、金の魔力はまだ半分以上残っている。

絶対に声をかけないようにと言われた理由に思い当たり、心配がつのった。

一体何本まで増えたのか、リボンのように均一になった金の魔力が、腕輪に巻き付く。

糸やリボンであれば厚みが出そうなものだが、厚さを一切増やさず、わずかなズレもない。

ただ金のリボンを一巻きしたように、腕輪の上に光る。魔力が巻き付くほどに、金の輝きと深みだけが増していく。

だが、魔力を送る右手からは、赤い血が細い縦線を残して流れ落ちるようになった。薄く鉄錆《てつさび》の匂いが立ち上る。おそらくは傷が増えるか、広がっているのだろう。

それでも、オズヴァルドは苦痛を一切顔に出してはいなかった。ただ、そのこめかみから、たらたらと汗がしたたり、首筋に流れていく。

止めたい気持ちを抑え込み、ただ一刻も早く終わることを願う。

気がつけばダリヤは、両手をきつく祈りの形に組んでいた。


金の魔力がすべて移動すると、オズヴァルドは両手で腕輪を持ち直す。

完成したか、そう思えたとき、赤い半透明の魔力が腕輪を包んだ。温度は一切感じないが、まるでその赤い魔力で焼いているようにも見えた。

「炎性定着」

短く告げられた声に、赤い魔力が応えた。魔力は深紅の光をゆらりと輝かせると、自らを引き絞るように細くなり、金の一線を焼き付けた。

仕上がったのは、青みを帯びる銀の上、くるりと金のラインが入った腕輪だ。

オズヴァルドは左手で腕輪を持って確認すると、魔封板の上にそっと置く。

右手の指先からは、たらたらと止まらぬ血が床に落ちはじめた。

「先生、ポーションを！」

「心配しなくても大丈夫ですよ。皮一枚です」

オズヴァルドは受け取ったポーションの半分を右手にかけると、残りを飲み干す。右手にタオルをかけ、指の血を拭《ぬぐ》いつつ言った。

「試してみてください」

土の魔石を手に、ダリヤは腕輪を持つ。少しばかり震える右手で魔力を流すと、腕輪の中へ呆気《あっけ》なく消えた。ただ静かに、内側の天狼《スコル》の白銀が光った。

「成功、ですよね……？」

「ええ、成功です」

「よかった……！」

二人が疲れながらも破顔する中、オズヴァルドは涼しい顔で続けた。

「炎性定着は落ち着くまで、三十分ほどかかります。その間に授業の復習をしましょう。ダリヤ、右手の魔力の動きはわかりましたか？」

「え？　あ、その……丸かった、です？」

必死に見ていたが、心配が先に立って覚えていない。当然、ろくに答えられない。

「ダリヤはもう少し冷静さと観察力を磨きましょう。オルランドさんは、わかりましたか？」

「ええと……右手の魔力が右回りに回転していたように見えました、かなり速く」

トビアスはあの状態でも、きちんと観察できていたらしい。ちょっと悔しい。

「正解です。バジリスクの爪の魔力は、凝固と拡散を防ぐため、高速で回転させなければいけません。手のひらから浮かせて回転させられればいいのですが、私の魔力では足りないのでこうなりました」

血のにじむタオルに視線を投げたオズヴァルドに、トビアスが尋ねる。

「ゾーラ会長ほどの魔力でも、足りないのですか？」

「誤解をされているようですが、あなたと私の魔力差はそうありませんよ。要は使い方です。足りなければ、魔導具で補えることも多いものです……ああ、使いきってしまいましたね」

その指先から、指輪が二つに割れて落ちた。濃い赤は完全に消え、ただ黒く錆びた金属のようだ。

「先生、指輪が……」

「気にすることはありません。使い捨てですから。そのうちにまた仕入れます」

軽く答えられたが、高価なものを使わせてしまったように思えてならない。

ヴォルフとイヴァーノと相談し、何か蠍酒《スコルピオ》以外のお礼を考えたいところだ。

「仕上げの炎性魔力が欲しかったので、定着用に使いました。土魔法と火魔法は強い定着をさせるのに相性がいいのです。陶器に焼き入れをするのと似たものだと思ってください」

先ほどの繊細で見事な付与を思い返しつつ、疑問が湧く。

バジリスクの爪と、炎性魔力は、魔力拮抗《きっこう》を起こさないのだろうか。

「先生、バジリスクの魔力と、その指輪の魔力はぶつからないのでしょうか？」

「炎性定着のように、魔力拮抗を起こさない組み合わせがあります。魔法の相性については、魔導師が専門ですので、そちらも勉強してみることですね。私もまだまだ不足ですが」

「……ゾーラ会長で不足……」

トビアスがぼそりとつぶやいたが、自分もそう言いたい。

ダリヤとオズヴァルドの年齢差は約三十歳。魔導具師としての腕の差もかなりある。

それほどの先生の前にも、魔導具師の高みへ向かう階段が、まだはるかに続いているらしい。

「腕のいい魔導具師になるのに、最も間違いのない方法を教えましょうか？」

オズヴァルドの問いかけに、遠い目になっていた二人は同時にうなずいた。

「学び続け、長生きすることですよ」

ため息しか出なかった。苦笑していると、トビアスと目が合った。

「あ、忘れるところだった……」

ダリヤはどうにか立ち上がると、壁際に置いていた箱をテーブルに載せる。

中にある魔導書を出すと、トビアスが目を見開く。やはり覚えはあったらしい。

「これ、父の書斎から出てきたの。あなたの魔導書みたいだから……」

「いや、師匠は二人用に作ると言っていた。俺が前に見たときは、開きっ放しでまだ何も書いてなかったが……」

魔導書が二人用ということに、ほっとする。思ったより自分は、父の遺《のこ》したこれが気にかかっていたらしい。

「俺の紅血《こうけつ》付与はあるが、ここで開いて、魔封板をはさんで閉じないようにすればいい。もしくは、魔導師に魔力を抜いてもらうか……君には面倒をかけるが、そうして使ってくれ」

「私が使うって……トビアスはこの魔導書がいらないの？」

「俺が受け取るべきものじゃない——ゾーラ会長、申し訳ありませんが、魔封板を一枚お借りできませんか？」

「いいですとも」

オズヴァルドは、棚から銀の魔封板を持ってくると、トビアスに手渡す。

「ダリヤ、オルランドさん、その魔導書の件も含め、二人だけで話す時間が必要ではありませんか？　今を逃せば、おそらく話す機会はそうないでしょう」

「二人で話すといっても…………」

「あの、これを渡すだけですので……」

言いよどむ二人に、オズヴァルドはひどく優しい目を向けた。

「私が若い頃、別れゆく相手に言わないで後悔したことが山とありましてね。同じ轍《てつ》を踏ませたくはないのですよ。言いたいことは、きっちり言ってしまいなさい。これから二十分ほど、私は書類を見ておりますので」

オズヴァルドは盗聴防止の魔導具をテーブルに置くと、二人の返事を待たず、部屋の奥へ行ってしまった。ダリヤとトビアスは顔を見合わせると、困惑しつつ魔導書に向き直る。

「とりあえず、これを確認しよう。まだ何も書かれていないかもしれないし」

「そうね」

トビアスが手を当てて表紙を開くと、二つ折りの白い紙がひらりと出てきた。

彼はその便箋を手に取ると、視線を何度か移動させる。たちまちにその目が赤く潤み、噛みしめた唇は白くなった。

「……トビアス、それ、父さんの手紙？」

「……ああ」

「私にも読ませてもらえない？」

「俺宛てで、その……君が見るのはやめておく方がいいと思う……」

「私宛てでなくてもいいの。父の最後の手紙だと思うから、お願い……」

ダリヤの懇願に、トビアスはかなり迷いつつも、どうにか紙を渡してくれた。

白い便箋には、一目で父カルロのものとわかる、少し左にねじれた字が綴られていた。

『トビアスへ

これを読んでいるということは、俺に何かあったのだろう。

最近、少し歳《とし》を感じていたので、仕方がないと思ってほしい。

この本に最低限のことは書いておいた。

わからないところは、リーナ・ラウレン先生に尋ねるといい。

あと、ゾーラ商会のオズヴァルドに一度、蠍酒《スコルピオ》を持って挨拶に行け。

二人とも一人前になる腕はある。それでなんとかなるはずだ。

月並みだが、ダリヤを頼む。

できるだけ前に立って、守ってやってくれ。

イレネオと話して、あまり目立ちすぎないようにしてやってくれ。

心配性ですまんが、よろしく頼む。

トビアス、無理をして体を壊すな。

夜中に隠れて作業するのも、勉強するのもほどほどにしろ。

あせらなくても、お前はいい魔導具師になる。

見ない手紙だとは思うが、一応シメに、かっこつけておくか。

息子と娘へ、どうか、幸せであれ。

カルロ・ロセッティ

追伸：姿絵は息子への遺産として全部やる。片付けると言って好みのものは隠せ。』

「父さん……」

なつかしい筆跡に胸がつまり、自分への想《おも》いに涙がこぼれそうになった。

だが、最後の一文で一気に引いた。

感動を返せ、せめて追伸に書くな、シメならそこでシメろ。

遺言の最後がこれというのは、あんまりではないか！

父がここにいたら、両肩をつかんで思いきりゆさぶってから、ぎちぎちに説教したい。

とりあえず、次に墓参りに行くときには絶対に文句を言おう――ダリヤはそう心に誓った。

「ちょっと感動しかかったのに、最後で全部台無しよ……絶対おかしいわよね、父さんて」

「……師匠は……いろいろ考えてて……でも、なぜ、ここで姿絵？」

トビアスが涙をこらえつつ、思いっきり混乱している。

どうやら姿絵の件は知らなかったらしい。

「父さん、その魔導書を姿絵の山に隠してたの。だから、私がなかなか掃除できなくて、一年もそのままで」

「姿絵の山って……師匠は、なんでそんなことを？」

「父さんは、私がトビアスに書斎にある姿絵の片付けを頼むと思っていたのね」

実際に頼まれたのは、トビアスではなくヴォルフである。彼にはとんだ迷惑をかけてしまった。

そしてふと気づく。手紙に『姿絵は息子への遺産として全部やる』とあるのだから、トビアスに全部渡すべきではないだろうか。

「あの、姿絵は全部ゴミ袋に入れちゃったんだけど、物置に置いて、まだ捨ててないから」

「いや、いらないから」

「麻の大袋に二つぐらいあるんだけど……」

「いや、本当にいらないから。大袋に二つって……色つきなら、古本屋に出せばそれなりの値になるとは思うが」

「そうなの？」

「たぶん……」

互いに半分涙目だというのに、なんともしまらない話になった。

フォローしようとして互いに言葉が出ず、ほぼ同時に深くため息をつく。

「なんで、トビアスが私を地味にしておきたかったか、わかったわ。婚約してから、父さんにこれと似たことを言われてたんでしょう？」

手紙の一文を読み返し、ダリヤは苦く笑う。

『できるだけ前に立って、守ってやってくれ』。なんとも過保護な父らしい心配だ。

「それは……師匠は、ダリヤには人付き合いも商売も教えてやれなかったから……俺がダリヤの前に立つようにと……」

トビアスは否定しなかった。

ダリヤに言うか言わないかで葛藤しているのが、透けてわかる。

それがわかるほどには、自分はこの男の近くにいたのだ。すでに過去形だけれど。

「今さらになるが、本当にすまなかった。全部、俺が悪い」

「そこで一人でまとめて終わらせないで。正直に言ってほしいのだけれど——私、何が足りなかった？」

少しだが、気にかかっていたことがある。

妻として役立つよう、トビアスに合わせていた自分の、何がだめだったのか。

容姿か、性格か、行動か、できるなら一度はっきり聞いてみたかった。

「君に何も足りないところなどなかった……俺が足りなかったんだ。ダリヤは俺よりできる魔導具師だから、嫉妬で馬鹿なことばかりやっていた」

「どうして嫉妬？　トビアスの方が腕は上じゃない」

「俺はせいぜい検品と補修向きの腕だ。君は、発想も試作もすごいからずっと嫉妬してた。だから、不安で、妻として俺の言うことを聞いてくれるか、君を試していた。最低だったと、今はわかる」

昏《くら》くこぼれた声は、懺悔《ざんげ》にも似て。トビアスは一度息を吐くと、自分に問い返す。

「ダリヤの方こそ、俺に言いたいことがあるだろう？」

この際だ、遠慮なく言わせてもらおう。

オズヴァルドも言っていたではないか。『言いたいことは、きっちり言ってしまいなさい』と。

「そうね。結婚前日に新居に彼女を連れ込んでいたのと、そこに住みたいって言われたのと、婚約腕輪を返せと言われたのと、あげたルビーを返されたのは、結構ショックだったわ」

「すまない……エミリヤしか見えてなくて、どうかしてたとしか……あと、ピアスの台にしようと鉱物を注文したんだが。得意先に、あのルビーとつり合うようにと頼んだら、紅金《こうきん》の固まりで、予算を超えてしまって……」

「紅金《こうきん》って、ミスリルより高いじゃない……」

紅金《こうきん》は、強い付与魔法を入れられる、いい金属素材だ。ただし、産地は火山帯でかなり希少な上、なかなかにお高い。

得意先に頼んでしまったがために断れなかったのだろう。それで、当時は手持ちが少なく、婚約腕輪を返せとしか言えなかったわけである。

しかし、貴重な金属の紅金《こうきん》である。素材としては難しいが、面白そうではある。もしかすると、魔剣の材料にできるかもしれない。それが無理でも、ピアスの台や腕輪、指輪にも加工できそうだ。

「その紅金《こうきん》って、まだある？」

「届いた箱に入れたままだ。使う予定はないし、手放すにもちょっと微妙で」

買値より今の売値が低くなっているのだろう。大きさと買値を尋ねて納得した。金貨二十五枚超えは、確かに手放しづらいだろう。

「その紅金《こうきん》を買値で私に売ってくれない？　素材として使いたいから」

「かまわないが。俺に気を使っているならやめてくれ」

「私は単純に素材としてよ。それに気を使うなら、トビアスが奥さんに使うべきでしょう。婚約腕輪の使い回しなんて最低よ」

何度も思っていた本音がこぼれた。婚約腕輪の使い回し、あれは自分にもエミリヤにも失礼である。はっきり言えばありえない。デリカシーがなさすぎる。

「いや、エミリヤは気にしないと……」

「気にしないわけがないでしょう！　私も嫌よ、一度つけた婚約腕輪を他の誰かがつけてるなんて。今の婚約腕輪は石屋に売って、それに紅金《こうきん》の分を足せば、買い直せるでしょう」

「わ、わかった、話してみる」

ダリヤの気迫に押されたか、トビアスは素直にうなずいた。

流れのついでに、さらに尋ねる。

「その、奥さんとは、いつから付き合ってたの？」

「……あの日の前日」

「婚約破棄する前の日？　そんなに急に？」

「新居が見たいと言われて、そこで告白されて、その……」

ロミオとジュリエットのような急展開のロマンスだったようだ。自分には前世も現世も縁がない話だが――うすら寒い笑いになっていると、トビアスが遠慮がちに聞いてきた。

「ダリヤは、その……スカルファロット様と」

「最初に会ったのは婚約破棄の二日後よ。トビアスと大通りのお店で会った日に、たまたま再会したの。あれが二回目。あの場で私に気を使ってああしてくれただけ」

便箋を二つ折りに戻し、トビアスに返す。

この手紙を読んだ今、もう一つ、確認しておきたいことがある。

「防水布がオルランド商会経由だったのも、父さんの希望だったんでしょう？」

「あの後で、そうだと聞いた」

「『前に立って、守ってやってくれ』って……トビアスは、小型魔導コンロの名義も同じように考えたんじゃないの？　いいえ、トビアスだけじゃなくて、オルランド商会でもかばおうとして」

ずっとわからなかった。

なぜ兄弟子であるトビアスが、ダリヤの作った小型魔導コンロを、己の名義にしたのか。

前に立って、守ってやってくれ――父のその願いがねじれた結果ではないか、そう思えた。

「小型魔導コンロの名義の件のとき、すぐ私に言えばよかったじゃない。そうすれば、他に方法を考えられたし、ギルドに説明もできたし、商会もここまでこじれなかったのに……」

「言えるわけがない。師匠に娘を守れと言われて守れなかった、エミリヤに夢中で何も見えなくて、コンロの名義の件まで本気で忘れていた。その前に、君と話すらしなかったんだ。それに、そうすると決めて実行したのは俺だから、俺が全部負うべきことだ」

「それでトビアスは意地が通せていいかもしれないけど、商会は？　皆に迷惑がかかってるじゃない」

オルランド商会の傾きや、ある程度の事情は、イヴァーノから今日聞いた。ダリヤが悩むことではないとイヴァーノにもヴォルフにも言われたが、それでも、申し訳なさはつのる。

「……今日、商会への詫《わ》びでエミリヤとあそこにいた。商会長と役付けの者達、保証人達に、二人で謝ったところで、君が来た」

「そうだったの……」

「結果として、うちの商会はロセッティ商会に助けられて、つぶれずにすんでいるんだ。あとは俺のやったことを、俺が返さなきゃいけないだけで——ダリヤは、他に言いたいことはないか？　今、ここで殴られても文句はない」

神妙に言うトビアスに、つい苦笑してしまった。

「父さんもトビアスも、ひどいわよね。私を守る守るって、父さんは不摂生でさっさと逝っちゃうし、トビアスは他の女《ひと》のところに行っちゃうし。本当に勝手なんだから」

「……すまない」

「でも、二人ともいなくなっても、守られなくても、私はちゃんとしてるでしょう？　友達も仲間もいるし、仕事もあるし」

「むしろ俺が君の隣からいなくなって、良かったんじゃないかと思っている」

自虐的に言う彼から目をそらし、そっと伏せた。

これからたぶん自分も、似た表情《かお》をする。

「……私ね、トビアスに言われたことを全部そのままやって、逆らわないで、ただ役に立つ妻になろうとしてたの。役に立っていたら、捨てられないと思って」

「捨てられないって……？」

「捨てられたくなかった。恋なんかしなくていいから、ずっと隣にいて、死ぬときに一人きりじゃないようにしたかった……でも、きっと、それが間違いだったわね」

思い返せば、トビアスも、最初の頃は聞いていたのだ。『君はどう思う？』『ダリヤはどうしたい？』と。その度、作り笑顔で彼の選択に添い続けたのは、ダリヤ自身だ。

「気持ち悪かったでしょう？　私、ずっとうつむいて、あなた任せで、意思のない人形みたいだったもの」

「そんなことはなかった。俺は助けられていた……今さらになるが、礼を言う」

「私も、気づかないうちに守られてたことに、お礼を言うわ」

自分のことを何かと心配していたと、ルチアから聞いた。

客先からの苦情を一人で対応してくれていたのも、一人で仕事をし、商会を持ってから気づいた。

そして、父の手紙で理解した。

恋の嫉妬ではなかったが、おそらく家族のように心配し、守ってくれていたのは本当で。まったく気づかなかった自分の幼さに笑えない。

父も、トビアスも、自分も、方法を間違えてしまったけれど、それぞれ懸命だった。

「本当は私、後ろじゃなく、トビアスの隣を歩くような付き合いがしたかったの。ずるくて、言えなかったけれど」

「……それは、俺の隣じゃないんじゃないか？」

「え？」

トビアスの視線が部屋の外へずれ、すぐに戻る。続く言葉はなかった。

「お互い、ただの兄妹弟子《きょうだいでし》だったらよかったわね。父さんはきっと、読み間違えたんだと思うわ」

「そうかもしれない。でも、俺が君にしたことは――」

「もう、いいわ。全部許すから、二度と謝らないで、トビアス」

「……！」

自分の言葉に兄弟子は固まり、少しだけ頭を下げる。

「ありがとう、ダリヤ。もし、また作業で必要なことがあれば言ってくれ。できるかぎり協力する」

「ええ、そのときはお願い。私の方でも、イヴァーノやガブリエラと父の希望のことを話すから。それをイレネオさんに伝えて」

そこまで話し終え、ふと隣のテーブルを見ると、先ほど練習した防水布が載っていた。二枚目のきれいな付与のついた方だ。

「悔しいけど、やっぱり平面付与は、魔力が上がっても全然かなわないわね……」

「君から『悔しい』という言葉を、初めて聞いたな……」

「よく思っていたわよ。平面付与のできる魔力がうらやましかった。防水布に一気に付与をするとき、青から変わって、虹色に光るでしょう。あの瞬間が、雨上がりの空みたいで――好きだったわ」

青さをはらんだ虹色の魔力。それはいつもきれいに整っていて、みとれたものだ。

「俺は、ダリヤの長時間魔力と発想が、とてもうらやましかったが」

「私もトビアスがそういうことを言うのは、今日、初めて聞いたんだけど……」

「意地でも言いたくなかったからな。魔力といえば、君はいい方に上がったな。最初は不安定でわからなかったが、一段、虹色が鮮やかになって、前より密度が上がっていた」

「それならうれしいわ。自分の魔力って見慣れてしまって、違いがあまりわからないから」

不意に、婚約前のように自由に話している自分達に気づき、ダリヤは理解した。

ああ、終わったんだ。

内にあった苦さは消え、糸のように細く残っていた後悔まで、すべて切れた。

もう、兄弟子と妹弟子、同じ師匠に習った間柄、魔導具師同士、それ以外、自分達にはない。

オズヴァルドの軽い咳が聞こえた。時間的にそろそろ、ということなのだろう。

互いに見つめ合い、わずかにうなずいた。

「この魔導書は、やっぱりトビアスが持っていて。あなたの紅血設定《こうけつ》だもの」

「……わかった。ありがたく受け取る。書き写してもう一冊作るから、それを君に返すということでいいだろうか？」

「ええ、お願い。覚えていないことがたくさんありそうだから」

区切りになる言葉を探したが、何も出てこない。

ただ、不意に思い出したことがあった。

「おかしな話になるんだけど、私達、会ってから一度も『さよなら』って言ったことがないわね。仕事でずっと一緒だったし、婚約破棄をしたときも言わなかったわ」

「そういえば、そうだな……」

思えば、緑の塔でトビアスと出会ってから、ただの一度も『さよなら』と言ったことはなかった。

次の日か休み明けに仕事で会うから、言う必要がなかったのだ。

また明日、また今度、また休み明けに――そうやってつながる時間の先は、もう自分達にはない。

「……兄弟子から先に言う？」

「いや、君から言ってもらう方がいいだろう」

婚約はしたものの、互いに本気の恋などしていなかった。

ただ、父の元、魔導具師の兄弟子と妹弟子で、仕事仲間として、共に時間を重ねただけ。

それでも、別れの言葉は、少しだけ胸に痛い。

「……さよなら、トビアス」

「……さよなら、ダリヤ」

ただ一言の別れの後、お互い、なんとか笑えた。

⬢ • • • • ⬢

開いたドアの向こう、作業部屋の三人が見える。

声はたまに拾えるものの、話の内容は盗聴防止の魔導具のせいでわからない。

ヴォルフは隣室が見える位置のソファに座り、遠目で様子をうかがう。

机をはさみ、ダリヤはこちらを向き、トビアスは背を向ける形で付与作業が始まった。

この二人の作業となってから、いつの間にか息を詰めていた。

だが、作業はうまくいっていないらしい。防水布ですら失敗していた。

もう一緒に作業もできないほどに距離があるのではないか——そう考えた時、ダリヤの唇が呼び捨てで『トビアス』の形に動いたのが見えた。

当たり前のように応じた男に、思わず威圧が出かけた。

ヴォルフは即座に視線を外し、呼吸を整える。

二人はそれなりの期間、共に仕事をしていたのだ。咄嗟《とっさ》のことか、魔導具師としての作業上でのことか、そんなこともあるだろう。そう自分に言い聞かせた。

考えを散らしているうちに、二枚目の防水布はうまくいったらしい。

そのまま一角獣《ユニコーン》と二角獣《バイコーン》の角へ付与が始まった。

話し、試行錯誤する二人のいる場所が、自分からひどく遠く感じる。

付与作業中、青と虹色の魔力が幻想的に輝き続けるが、それを美しいとは思いたくなかった。

無意識に人差し指を唇に当てていたら、エルメリンダが新しい紅茶を頼みに出ていった。

喉は渇いていないはずだが、どうにも口の中が苦い。

そして気がつけば、蜂蜜色の髪の女が自分と同じように隣室を見ていた。

最初は驚き一色だった顔に不安がのぼり、今は青ざめている。

「……スカルファロット様は、見ていて、お辛《つら》くないんですか？」

不意に、同意を求められるように声をかけられたが、驚きはなかった。

少し前から、エミリヤの気配がこちらを向いていることには気づいていた。

視線を動かすこともなく、ただ黙って首を横に振る。

あれは魔導具師の仕事だ。距離が近くとも、もう恋人や夫婦のつながりではない。

つい拳を握ってしまうのは、大切な友人が、隣の男に傷つけられたことを思い返し、辛くならないかと心配なだけだ。

どのぐらい作業部屋を眺めていたものか、エミリヤがそっとドアから離れ、隣室から見えない位置に移っていく。

何気なくそちらを向けば、彼女は端のソファーに座り、両手をきつく握りしめていた。震えるその肩に、具合が悪いのかと形だけは気にかける。それでも、近寄ることはなかった。

「ご気分が優れないのですか？」

「……私、あの二人の、邪魔をしたんですね」

彼女はどこも見ていない目で、ぽつりと言った。

「オルランド、夫人？」

なんと呼びかけていいかわからず、ヴォルフはとりあえず家名で呼ぶ。

トビアスとダリヤを『あの二人』とセットで呼ばれたのが、少しばかり不快だった。

「あんなに呼吸があってて、似合っていて、すごい魔導具が作れて……なのに、私……」

ぽろぽろとこぼれる涙は、きつく握りしめた手に落ちた。そこからは何も言わず、彼女は黙って顔を伏せて泣いていた。

こうなるとお手上げである。

ヴォルフは人を慰めるのが——特に女性相手は——とても苦手だ。

大体、この者はダリヤを傷つけた者の一人ではないか。自分が慰める理由もない。

それにもう一つ、下手に慰めて、万が一、自分が言い寄られた日にはどうするのだ。

美形ならではの悩みも含めて、困り果てていると、エルメリンダがメイドと共に戻ってきた。

「スカルファロット様？」

「いえ、私では……」

涙をこぼすエミリヤから自分へと視線を移したエルメリンダに、言い訳めいた声が出た。

だが、疑われているわけではなかったらしい。彼女は黙ってうなずいた。

ヴォルフの近くに紅茶を置くと、共に来たメイドを下がらせる。

「スカルファロット様、よろしければどうぞ。まだお時間がかかるかと思いますので」

「ありがとうございます」

型通りの挨拶を返し、とりあえず勧められたカップに指をかける。

「オルランド夫人、ご気分が優れないのですか？」

エルメリンダはエミリヤのそばに行くと、ささやくように声をかけた。

「いえ、大丈夫、です……すみません……」

涙を止めようとするが、止めきれていない。

ハンカチを口に当て、嗚咽《おえつ》をこらえる女の隣に座り、エルメリンダがそっと背中を撫《な》でる。

その様子を見ても、同情の欠片も浮かばないのだから、自分はかなり薄情なのだろう。

ヴォルフは紅茶に口をつけたが、味がまるでわからない。

ただ、ダリヤは喉が渇いていないか、疲れは大丈夫かと気にかかった。

「……ご不安なのですね。あなたの旦那様が、ロセッティ会長に揺らがないかが」

「あ、あの、どうして……？」

完全な図星だったのだろう。エミリヤが硬直した。

ヴォルフは紅茶のカップを持ったまま、聞こえないふりを通す。

「商会長の妻ですから、大体のところは聞いております。それに、私も旦那様が魅力的な方と仕事をする時はやはり気になりますもの。まして、あなたの場合は、以前の婚約者で、長く共にいた方です。ご不安になるのも当然でしょう」

「その……」

遠慮のないエルメリンダの言葉に、エミリヤがろくに返せないでいる。

「でも、あなたは婚約を破棄させた後、妻の座を手に入れたではないですか。不安になっても、お疑いになるのはどうかと思いますよ」

「でも、私が、あの二人の邪魔をしてしまって……」

「それでも、あなたは今、隣にいるではないですか」

「……私を選んでくれても、トビアスさんの気の迷いかもしれなくて……ダリヤさんの方がずっと、いろんなことができて、あんなに仕事の息が合ってて、すごい魔導具も作れて……私が家事をがんばっても、仕事を手伝っても、全然、かなわなくて……周りに迷惑をかけてばかりで、謝るしかできなくて……」

これまでの葛藤を必死に言葉にする女に、エルメリンダが昏く問いかけた。

「では、あきらめて彼の手が離せますか？　笑顔でその人と幸せになってくださいと言えますか？」

「ゾーラ夫人！」

そこまで黙っていたヴォルフだが、思わず制止の声が出た。

一体何を言い出すのか、あの二人はとうに終わった間柄ではないか。復縁など絶対にありえない。

「……離せません、できないです……どうしても、あの人が、好きなんです……」

「好きで好きでどうしようもないから、他の方がいても、愛を告げたのでしょう？」

「……間違っているのが、わかっても、だめだと思っても……どうしても、あの人が欲しかったんです……」

ささやきほどの音量なのに、まるで痛々しい悲鳴に聞こえた。

エミリヤが、もっとしたたかな女であれば、勝手なことをと糾弾できたろう。

エミリヤが、もっと打算のある女であれば、皮肉なものだと笑えただろう。

そのどちらもできない、少女の必死さと幼さとずるさを込めた恋に、ヴォルフは無言になる。

「嫌というほどよくわかりますよ。私もそうでしたから」

意外すぎる言葉に、思わずエルメリンダを見た。それはエミリヤも同じだった。

「ゾーラ夫人、も……？」

「ええ。私もそうです。私もどうしても旦那様が欲しかったのです。ですから、仕事も、服装も、髪型も、言葉も、仕草も、思いつくこと、できることはすべて、旦那様に添うように変えました。元の家からも友人からも縁を切られましたが、振り返りませんでした。二人の魅力的な妻がいる男性の愛を得るのに、なりふりかまっていられませんでしたもの」

オズヴァルドの第三夫人は、エミリヤの肩にゆるくその手をのせる。

エルメリンダの萌葱《もえぎ》色の目が、柔らかな茶の目をのぞき込んだ。

「卑怯《ひきょう》でも、誰かを傷つけてしまっても、後ろ指を指されても——それでも私達は、『焦がれた者』を手にしたではないですか」

言い切った黒髪の女が、あでやかに笑う。

ヴォルフはこの女を、初めて美しく――そして、心底、怖いと思った。

「自分がしたことは、すべて自分で背負わなければいけません、この先、ずっと。今までご一緒だということは、その覚悟はされているのでしょう？」

「そのつもりです……」

「それなら、あとはその隣にあり続けるだけではないですか。妻ですもの、しっかり足元を見て、隣で支えられるほど強くならなくては」

「私に、そんなことが、できたら……」

自分を卑下しかけ、言いよどんだエミリヤに、ヴォルフは言葉を投げた。

「オルランドさんは、ダリヤ嬢へ婚約破棄をする時、あなたとのことを、『真実の愛』と言っていたそうです」

「……真実の、愛……」

エミリヤの目が見開かれ、確かな喜色をにじませる。

ヴォルフはそれを確かめると、表情筋だけを笑みの形に固めた。

「今がそうならば、このまま、今がまだなら、これから、真実の愛を結び合えばいいではないですか。私は、オルランドさんとあなたは、お似合いだと思います」

トビアスとエミリヤ、二人の想いが『真実の愛』だというならば、このまま本物にすればいい。

いいや、むしろしてくれ。

そして、ダリヤの心を二度と乱さず、その視界から消えてくれ。

歪《ゆが》んでいるのは承知だが、今の自分には、それしか願えない。

エミリヤが黙ったまま、自分に頭を下げた。

その後、エルメリンダが彼女に化粧直しを勧め、部屋から連れ出していった。


ヴォルフは作業部屋の近く、別のソファーに座り直す。

隣室ではちょうどダリヤが魔導書を取り出し、トビアスと話しはじめた。なぜか、オズヴァルドは部屋の奥へと行ってしまう。

おそらく魔導書の引き渡しをしているのだろう。それなりにスムーズに進んでいるようだ。

だが、開いた魔導書から出てきた白い紙に、ダリヤの険しかった表情がほどけ、泣きそうになり、苦笑に変わった。

その後のトビアスとの会話で、くるくると表情の変わるダリヤに、ひどく苛立《いらだ》つ。

ついその口元を目で追いそうになり、失礼なことだ、だめだと自分に言い聞かせる。

ダリヤはトビアスと話し続け、不意に、花咲くように笑いかけた。

思わずその笑みに目を留めた一瞬、薄紅の唇が紡ぐ言葉を読み取ってしまった。

『好きだった』と――

瞬間、胸の奥がひどくきしんだ。

父親の決めた相手でも、ダリヤはあの男に心を向けていたのだろう。

他の女を愛されても、不条理な婚約破棄をされても、切れぬ想いを抱えていたのだろう。

それをどうこう言うことはできず、何も見なかった、何もわからなかったことにし、ヴォルフはきつく腕を組む。

今ならどんな魔物でも、微塵《みじん》に斬れる気がした。


ダリヤとヴォルフが『吸魔の腕輪』を持ち、馬車で神殿へ向かった。

トビアスはオズヴァルドを手伝い、作業部屋で素材の片付けをしていた。

腕輪は無事できた、きっとイルマも子供も助かる、マルチェラも安心するだろう――ほっとして、最後の魔封箱を閉めた瞬間、ぐらりと視界が揺れる。

緊張が切れたせいもあり、ひどい寒気と吐き気が一気に押し寄せてきた。

トビアスは奥のレストルームに移動し、吐けるだけ吐く。だが、胃の中身はほとんどないので、楽にはならなかった。

魔力が完全にカラなのだろう。頭痛はますますひどくなり、吐き気も収まらない。

白く冷えた指は、ドアノブをようやく回せる程度の力しかなくなっていた。

倒れて迷惑をかける前に、なんとか家に戻ろう、そう決めて作業場に戻る。

だが、そこでは、オズヴァルドが蠍《さそり》模様のグラス二つに、なみなみと酒を注いでいた。

横にあるのは赤い蠍《さそり》が沈んだ広口の酒瓶だ。

マルチェラが以前、同じものを飲んでいた記憶がある。確か、かなり強い酒のはずだ。

流れてくるきついアルコールの香りに、めまいがしそうになった。

「作業完了のねぎらいです。お飲みなさい」

今、これを飲んだら倒れるのではないか。それでも、オズヴァルドの妙な迫力と声に押され、気つけだと思って一口飲んだ。

酒の味はほとんどなく、後味がわずかに渋い。その独特な渋さに覚えがあった。

「これは――魔力ポーションではないですか？」

「私が半分飲む必要がありましたので。残りを捨てるのも、もったいないですから」

「お気遣いをありがとうございます」

「いいえ、私の余りですよ」

あくまで認めようとしないオズヴァルドに、少しばかり鳩尾《みぞおち》がうずりとする。

グラスの中身を飲み干すと、聞かなくてもいいことを尋ねたくなった。

「ゾーラ会長、右手の爪は、もういいのですか？」

オズヴァルドはわずかに眉を寄せると、右手の指先でグラスを持ち、軽く揺らす。

「この通り、なんともありませんが。ダリヤも気づいていましたか？」

先ほどの付与の後、オズヴァルドは血に染まった右手をタオルで隠していたが、親指以外、すべての爪が深くひび割れていた。

通常なら悲鳴をあげそうなそれを、この男は脂汗を流しつつ、平然とした顔で耐えていた。

「いえ、彼女は気がつかなかったかと思います」

「それはよかった。女性の前で意地も張れぬ男にはなりたくないですから。ああ、あなたも意地を通しましたね。魔力がとっくにカラなのに、よくここまで倒れなかった」

切り返されて何も言えずにいると、今度こそ本当に強い酒を注がれた。

これは飲まずに済みそうにない。

「酒の勢いです。オルランドさん、あなたに一度、聞いてみたかったことがありまして」

「なんでしょうか？」

「あなたが、ダリヤを捨てて、今の奥様を選んだ理由です」

いきなりの問いに息を呑《の》む。

男の顔は笑んでいるが、自分に問う声はひどく冷えていた。

「以前、男爵会でカルロさんに自慢されたことがありました。『新しい弟子は、魔力制御が細かく、仕事が丁寧だ。きっと腕のいい魔導具師になる』と。そのあなたが、と少々驚きました」

「……愚かな奴だと思われたでしょうね」

「ええ、馬鹿な男だと思いました。できた婚約者がいて、長く婚約し、結婚直前に愚行に走るなど、何を考えているのかと。駆け落ちした元妻と、あなたが重なりましたよ」

「え？」

話のあまりの飛びっぷりに、おかしな音域で声が出た。

オズヴァルドはグラスを揺らしながら、一切気負いなさげに続ける。

「私の最初の妻は、弟子と駆け落ちしましてね。あのとき、すべてをあきらめかけたことがあります。だから、できることなら聞いてみたかったのです、『捨てた側の言い分』というものを」

答えなくても済む質問だ。きれい事も、ごまかしも言える。

それでも、辛い酒を一息あおり、トビアスは本音で答えた。

「お笑いになるかもしれませんが……最初に会ったときから、どうしようもなく惹《ひ》かれました。悩みはしましたが、それでも、彼女が本当の、真実の愛の、相手だと思いました。彼女を守りたいと、他には何もいらないと、そう思いました。周りが何も見えなくなっていました……」

言葉にすれば陳腐《ちんぷ》でどうしようもない。恋に溺れた男のただ情けない話だと、我ながら思う。

目の前で、オズヴァルドが同じように酒をあおった。

「笑いませんよ、納得できるとは言いませんが。一目惚《ひとめぼ》れに禁断の恋。手綱《たづな》の取れぬ恋愛が、山とあるのはよく知っていますしね。それで、後悔はしていませんか？」

「後悔は……しています。ダリヤを傷つけたこと、筋を通さなかったことを、謝りきれないほどには、悔いています」

「そうですか。では、今の奥様の手を離し、戻れるものならばやり直したいですか？」

「いえ、そうは思いません……それは、それだけは、絶対にないです」

自分は多く間違った。ダリヤを傷つけ、いろいろな人を巻き込んだ。

それでも、他のすべてをなくしても、エミリヤの手は離さない。

卑怯でも、情けなくても、それだけは自分で決めた。

「話を変えますが——先ほどの付与は、均一性といい、安定性といい、なかなかにいい腕でした。魔力を見極めるいい目もお持ちだ。あなたが二十年、いいえ、十五年も本気でやれば、今の私より伸びるでしょう」

「ご冗談を」

話題を変えた上での皮肉に、トビアスは儀礼的に笑う。自分がどれだけがんばろうとも、オズヴァルドのような、繊細で完璧な付与ができるわけがない。

「男のあなたにこんな冗談を言っても、私には何の得もありませんが」

銀の目が揺るぎなく、自分を見た。

男のまとう空気が硬質なものに変わり、思わず背筋を正す。

「私が魔導具師としてダリヤの依頼を引き受けておきながら、力になれずにあなたを呼ぶことになったのです。私からもあなたへ代価を提供しましょう。その魔導書を読んだだけでは理解と実作は難しいはずです。わからないことがあれば、商会経由で私を訪ねなさい。教えられる範囲であれば教えましょう」

「しかし、それではゾーラ会長にご迷惑がかかります。それに教えて頂くのに今日たった一日の作業では、授業料としてつり合いません」

貴族でありゾーラ商会長であるオズヴァルドが、オルランド商会の傾きと、自分の立場を知らぬはずがない。

「魔導具師同士が商会取引で会うのに何か問題が？　これでも来年は子爵になりますし、王城出入りもしております。頼れる友人達もそれなりにおりますしね。知られたところで揺るぎはしませんよ。授業料を支払いたいとおっしゃるなら、その都度話し合えばいいことです」

「……ありがとうございます」

トビアスは、頭を下げて礼を述べた。

確かに、聞ける者は他にない。カルロの手紙には『わからないところは、リーナ・ラウレン先生に尋ねるといい』とあったが、彼女はダリヤを二年ほど助手にしている。

ダリヤと婚約破棄をした自分が、聞きに行ける相手ではない。

「カルロさんにはお世話になりましたからね。弟子のあなたにお返ししますよ。あとは……若い頃に切れた『縁』もつけ加えておきましょうか」

「『縁』ですか？」

思い当たることがまるでなく、目を細めてしまった。

「若い頃、商家の美しい友人に腕輪を贈ったことがありました。婚約腕輪などではなく、仕事中、男達に言い寄られて困るというので、一時の男避《よ》けとしてですが。春から秋、季節三つほど着けて頂きましたが、礼と共に、他の方へどうぞと笑顔で返されました。その友人は黒い石のついた婚約腕輪を着けて大団円です。まあ、夫君が少々嫉妬深いとのことで、付き合いはそれきりになりましたが」

「……そう、ですか」

うまい相槌《あいづち》が浮かばない。いきなりオズヴァルドの昔話になっている。

もしかして、この男は見た目に出ていないだけで、それなりに酔っているのだろうか――そう思いつつ、残りの酒を口に含んだ。

「友人の母君は庶民でしたが、貴族の家に嫁ぎました。しかし、貴族の夫が急逝し、幼い娘連れで、商家の方と再婚したそうです」

聞き返しはしなかったが、ひっかかった。貴族の家で生まれた子供は、離縁の際も通常は貴族側の家に残ると聞いている。血筋や魔力の継承の関係だ。

「娘に魔力がまったくなかったので、貴族として育てるのは厳しいと判断したのでしょう。魔力の少ない者、ない者には、貴族はなかなか冷たいですから。私の友人は、魔力などなくても有能で、数字に強い、赤茶の髪の美しい女性でしたが」

「……ゾーラ会長？」

女の名も家の名も出ていない。それでもトビアスには、思い当たる者がいる。

「商会の運営に関われれば、貴族の力は身に染みてわかります。身内に望んだとしてもおかしくはない。貴族になれなかった自分と、重ねた想いもあったかもしれませんね」

母は商家の生まれだと聞いている。

そして、魔力はまったくなく、以前は艶やかな赤茶の髪をしていた。

父が貴族で、母が庶民――自分の母は、おそらくはエミリヤと似た境遇だった。

学生時代、商会持ちの商家だというのに、自分の魔導具師への道を応援してくれたこと、ダリヤとの婚約破棄で自分を叱らなかったこと、今、家の外へ出ず、人と距離をおいていること――いろいろなことが、苦さをこめて腑《ふ》に落ちた。

「私の昔話はここまでです。ロセッティ商会の下請けになったことと、今回ダリヤを手伝ったことで、そちらの商会はそれなりに持ち直すでしょう。あとはイレネオさんとあなた次第です」

「私は、迷惑をかけるばかりですが」

「そうかもしれません。今回のことでダリヤがあなたを許しても、他は同じようにはいきませんから。おそらく、あなたがここから魔導具師として歩むのは、長く積み上げの効かない砂の道です。それこそ、蟻《あり》地獄を這《は》い出すように進まなければならないでしょう」

遠慮も容赦もない言葉だが、ひどく納得できる。

「それでも――自分のしたことですから」

見返した銀の目にぬるい哀れみはなく、冷えた侮蔑《ぶべつ》もなかった。

「あなたは商業知識もあり、魔力を見極める目もお持ちだ。魔導具師以外で生きる道もあるでしょう。今の場所から逃れられるよう、高位貴族の庇護《ひご》が欲しいなら、ご紹介を考えますが？」

「いえ、結構です。私には魔導具師として生きる以外、責《せき》を返す方法が、ありませんので」

「ああ、安心しました。まだ、その意地は残っていましたね」

オズヴァルドが大きく笑う。なぜか、師匠であるカルロの笑顔と似て見えた。

「這い上がってきなさい、トビアス・オルランド、魔導具師として、この私と同じ場所まで。そして、私にまっすぐ名乗ってみせなさい。『自分は、魔導具師カルロ・ロセッティの弟子だ』と。それを授業料として希望します」

男の姿がぶわりとぼやけ、顔が上げられなくなった。

「……俺に、そんな日が、来るでしょうか……？」

「来るのではなく、来させなさい。カルロさんに習いませんでしたか？『できなければ方法を変えて再度やれ、できるまでやれ』と」

「何回も言われました……」

「後輩の私も、何回も言われましたよ。『やればできる』ともね。そして、やってきました。だから、ここにいるのです」

「……ありがとう、ございます」

そっと差し出されたタオルで、顔を押さえる。

こすると目が赤く腫れてしまう、それではエミリヤに言い訳ができず、心配をかける、そう思いながら、流れ続ける涙をなんとか抑え込んだ。

「もう一つ、既婚の先輩としての忠告です。男の意地はわかりますが、奥様とはよくお話しなさい。あなたは昔の私と同じくらい、言葉が足りなそうですから」

「『先生』と同じくらい、ですか？」

「ええ、『トビアス』。夫婦だから、言わずともわかってもらえるなどと思わないことです。誤解と曲解の元になりますよ。大切な者にこそ、必要な言葉を惜しんではいけません」

開かれたドアの向こう、こちらを見て艶然《えんぜん》と微笑むエルメリンダと、赤い目を隠せずにいるエミリヤがいる。

泣くのを耐えているらしい妻に、トビアスはどんな顔をしていいのかわからない。それでも、その手を取り、今度こそ、今までのこと、そして、自分の想いをすべて話そうと決めた。

オズヴァルドは盗聴防止の魔導具を起動させ、歩きかけたトビアスだけが聞こえる距離にセットする。そして、その背中へきっぱりと言った。

「愛があるなら、伝わるようにお気をつけなさい。私はそれができずに逃げられていますからね」

おやすみなさい、よい夢を

ダリヤはヴォルフと共に、オズヴァルドの屋敷から神殿へ急いだ。

女性の病室のため、ダリヤだけがイルマの元へ行く。

そして、変わらず吐き続けていた彼女の手に、『吸魔の腕輪』をつけた。

残念ながら、見た目に劇的な変化はなく、しばらくは様子を見るしかない。

吐き気が止まったというイルマは、ポーションを飲んで、倒れるように眠りについた。

具合が悪くなったのかと慌てたが、付き添いの女性神官から、『魔力が安定し、熟睡できるようになったのでしょう』と説明され、ほっとして部屋を出た。

あとは時間が経過しないかぎりわからない。ただ回復を祈るばかりだ。

自分がイルマの部屋にいる間、待合室のヴォルフには、スカルファロット家から使いが来たという。『明日、イルマへ完全治癒魔法をかける』。その知らせに、心から安堵《あんど》した。

まだ七日以内、きっとイルマの結晶化しかかった指も治るはずだ。

完全治癒魔法をかけてもらったその後に、再度、イルマのお見舞いに来て確認することにした。

何かあればいつでも連絡をくれるよう、自分達を見送るマルチェラに頼み、神殿を出る。

このままベッドに倒れたいところだが、食事をしないと眠れないほどに空腹だ。

朝はほとんど食べず、昼はオズヴァルドの勧めを断り、今は夕暮れ間近である。

馬車の中で、互いのお腹が同時に鳴ったときには、恥ずかしさも飛んで笑い合ってしまった。

途中で馬車を降りたヴォルフが、屋台で食料を買い込んできてくれた。

緑の塔に戻ると、屋台のホットサンドとクレープ、カットフルーツと共に、ストックしてあったチキンスープを温めて夕食とする。空腹と疲れから、珍しく会話の少ない食事となった。

ようやく夕食を終えたとき、門のベルが鳴った。

窓から見れば、止まっているのはスカルファロット家の馬車である。

ヴォルフが出て、御者から黒の大きな木箱を受け取って戻ってきた。

「兄から腕輪の完成のお祝いだって。この前と同じ『スカルラットエルバ』」

黒い木箱の中には、サルビアを巨大化させたような花が入っていた。

艶《つや》やかな白い花は、前回グイードからもらったものより数が多いような気がする。蜜がそのまま酒として飲める、珍しい花だ。日持ちのしないものなので、ありがたく頂くことにした。

「これは俺がやるよ」

ヴォルフは花を慣れた手つきでぶちぶちむしり、根元からくるくると巻く。そして、ダリヤ用の盃《さかずき》と、彼用のグラスに透明な蜜の酒を搾りはじめた。

甘ったるい花の香りと、強いアルコールの香りが部屋に濃く漂う。

前回飲んだときと同じく、ダリヤはそのままで、ヴォルフは炭酸水で薄めた。

「イルマの回復を願って、乾杯」

「腕輪の完成を祝って、乾杯」

カチリと合わせたグラスの音に、ようやく肩の力が抜ける。

蜜のように甘く、それでいて強い酒は、今回もとてもおいしい。

この酒を贈ってくれたグイードを思い、ヴォルフに問いかけた。

「グイード様へのお返し、何にしたらいいでしょうか？　今回もそうですし、本当にいろいろとお世話になっているので……」

保証人の件に、ヨナスからもらった炎龍《ファイヤードラゴン》のウロコ、イルマへの完全治癒魔法――いろいろとあるが、代価をきちんと払いたい。だが、金銭は受け取らないと言われている。

もらうものばかりが増えているので、せめて何か物品をと思うが、何がいいかまるでわからない。

「ああ、兄が、いつでもいいから、遠征用コンロが二台欲しいって。王城の執務室にも置きたいって言ってた」

「まさか、執務室で干物は焼かないですよね？」

「さすがにそれは――ないと思いたい」

言い切っていない上に、なぜヴォルフは目をそらすのか。

干物の匂いの漂う王城の執務室、匂いが移った衣服に書類――想像するほどにまずい気がする。従者のヨナスは、室内での干物焼きを止めないのだろうか。

「もしかして、ヴォルフのお屋敷でも、室内で干物を焼いてます？」

「そっちは大丈夫。調理場近くの二部屋を小型コンロ使用部屋にして、使用人も交代で焼き肉や干物を焼いて食べて試してるから。ほら、食べるようになると匂いもいい感じになって、気にならなくなるし。兄とヨナス先生も、全員で食せばきっとわかり合えると……」

「……そうですか」

全員で食せばわかり合えるのか、そうか。とてもよい相互理解なのだろう。

だがその前に、小型コンロ使用部屋ができていたこと自体が驚きだ。交代で使用しているとのことだが、一体どれほど使っているのか――部屋と各自の服の匂いが大変に気になる。

遠征用コンロを四台に、よく効く部屋用消臭剤と服用消臭剤をセットで贈ろう。ダリヤはそう心に固く決めた。

「他への支払いってある？」

「トビアスは作業料はいらないと。時間分だけでもと言ったんですが、断られてしまって」

「……呼び名、戻したんだ」

「今回だけです。作業で呼びづらかったので。でも、もうそうそう会うこともないと思います」

もし、今回のような魔導具制作がまたあれば別だが。こんなことはめったにないだろう。

「オズヴァルド先生は蠍酒《スコルピオ》一ダースと材料費、あとは大型魔導具制作のときの助手をとおっしゃって、作業料はいらないと。おいおい作業で返すにしても、その前に何かお贈りしたいのですが、思いつくものがなくて」

「確かにオズヴァルドは、何が欲しいのかわからないね」

「イヴァーノに相談してみます」

なお、このしばらく後、イヴァーノがオズヴァルドへ、大量の森大蛇《フォレストラスネイク》の干物を贈ることになるのだが、ダリヤは知らない話となる。


「腕輪の付与って、かなり大変だった？」

「ええ。でも、勉強になりました。オズヴァルド先生の魔力制御が一番すごかったです。繊細で早くて、正確さは父より上かもしれません。私はトビアスに助けてもらってどうにかでしたので、明日から魔力制御のやり直しです」

ヴォルフの問いに答え、ダリヤが腕輪作りについて話しはじめる。

そのいきいきとした横顔に、どうにも気にかかることがあった。

「オルランドと一緒に仕事ができなくなって、ダリヤは後悔してない？」

「少し残念ではありますけど、私は今の方が楽しいですから。心配しなくても大丈夫です」

その言葉に、ヴォルフは気づかぬうちに唇を噛《か》んでいた。

ダリヤの口癖は『大丈夫』だ。

自分には、大丈夫だ、平気だとしか、きっと言わない。未練も痛みもないふりで、傷はきっと内に隠している――そう思った瞬間、いらぬ言葉が口をついて出た。

「でも、ダリヤは、彼が『好きだった』と……」

「え？　そんなこと……あ！　盗聴防止の魔導具って、音をところどころ飛ばすから、そこだけ聞こえたんですね。違いますから！　魔力の色の話ですから！」

ダリヤが両手を大きく胸の前で動かし、懸命に否定する。

ヴォルフはその様子に少しだけ安堵し、聞き返した。

「魔力の色って？」

「トビアスが防水布に付与するとき、布の表面が青になってから、虹色に光るんです。それが雨上がりの青空みたいで、きれいで、それを見るのが好きだったという話で……人についての話じゃないです」

「そういうことか。聞いてしまってすまない。その、君がまだ引きずっていたのかと……」

「兄弟子で、仕事仲間です。今日はその話もしてきたんです。それに、ヴォルフには前にも言ったじゃないですか、『全然』って」

「……そうだった」

ダリヤと森で出会った後、レストランで再会した。その場で、たまたまトビアス達と会ったとき、自分が彼女に尋ねたのを思い出した。

ふと思いつき、あのときと同じく、たった一単語で確かめる。

「未練は？」

「全然」

ダリヤは、あの日と同じように即答した。

その後、ヴォルフは今日の作業部屋、魔導具制作のこと、魔導書のことなどを聞いた。

ダリヤは自分が尋ねたことに、一つも言いよどまずに答えてくれた。

ざらりとしていた気持ちは、流水に流されるようにきれいになくなった。

だが、話し終えたとき、今度は彼女の方が少し険しい顔をしていた。

「大体、父もトビアスもイヴァーノさんも、守ろうとしてくれるのはありがたいと思いますけど、私ってそんなに弱いですか？　背中にかばわなきゃいけないくらい」

「弱くはないよ、ダリヤは十分強い。ただ男っていうのは、前に出て守りたい生き物だから」

「厄介な生き物なんですね。でも、私は隣がいいです。後ろにかばわれるんじゃなく、隣に立っていたいです」

やっぱりダリヤは強いじゃないか、そう言いかけて、やめる。

彼女は酒の肴《さかな》としてか、リンゴの薄切りを両の指先で持ち、しゃりしゃりとかじりはじめた。少しばかり兎《うさぎ》っぽい。

「あ、ヴォルフの見つけてくれた魔導書に、父の手紙がはさんであったんですよ。トビアス宛てでしたけど」

「それ、ダリヤも読んでいたよね？」

手紙を手に、彼女の緑の目が揺らぎ、泣きそうだったのを覚えている。

「ええ……私のことを頼むっていう感じの内容で、ちょっと感動しかかったんですけど、追伸で何もかもすべてが台無しになりました」

「そんなにひどいことが？」

「……『姿絵は息子への遺産として全部やる。片付けると言って好みのものは隠せ』って。父さんは何を考えていたのかと問いつめたかったです」

むしろそれは、俺がカルロさんに尋ねたい。

前回といい今回といい、どんな顔でどんな対応をしていいものかわからない。

「姿絵が遺産とか書かれたら、燃やせなくなるじゃないですか。古本屋に出せばそれなりの値になるとは聞きましたけど」

「その……古本屋に、運ぼうか？」

地面いっぱいに仕掛けられた罠《わな》を踏み抜かぬよう、最大限の注意を払いつつ、なんとか尋ねる。

「お願いできますか？　もし、もらってくださる方があったらそちらでもいいです。父が遺産と呼ぶくらいなので、燃やすよりは供養に……これって、本当に供養になるのかしら……？」

遠い目で苦悩しはじめたダリヤの盃に、無言で酒を注《つ》ぎ足す。

罠は踏まなかったようだが、答えに窮するのは変わらない。姿絵は後で黙って片付けることにした。

「イルマさん、早くよくなるといいね」

話題を変えたところ、ダリヤは笑顔でうなずいた。

「ええ。ヴォルフは実際会ってないから、心配ですよね。でも、イルマは痩せましたけど、すごくしっかりしてて。やっぱりイルマだなって思いました」

神殿には行ったものの、自分はベッドで寝間着姿のイルマを直接は見舞えなかった。そのため、神殿にいる間は、ほとんどマルチェラと一緒だった。ただ彼の話を聞くことしかできなかったが。

「来年が楽しみです。お祝いも考えなくちゃいけませんね」

「そうだね。俺も兄に聞いて考えておくよ……本当にうれしそうだね、ダリヤ」

「ええ、魔導具師になってよかったです。商会もあってよかったです。ヴォルフと一緒に、イルマが助けられたから、うれしいです」

ダリヤの単調になってきた口調で、酔いが回りはじめているのはわかった。

だが、あまりにおいしそうに飲むのにつられ、また新しい花の蜜を盃に搾り入れる。

「マルチェラ一家三人の幸福な前途を祈って、乾杯」

「三人の幸福な前途を祈って、乾杯……」

何度目かの乾杯の後、不意にダリヤが自分をじっと見る。その明るい緑の目が急激に陰り、ちょっとだけ泣きそうに見えた。

「ダリヤ？」

「……ヴォルフ、私より長生きしてください」

その言葉に、持っていたグラスを落としそうになった。まだ中身のあるそれを注意してテーブルに置き、自分を見続けている彼女に聞き返す。

「長生きって、いきなり何？」

「私より長生きしてください、ヴォルフ」

「俺はダリヤより一応年上なんだけど？　順番からいうと俺の方が先じゃないかな」

ダリヤがどうしてこんなことを言い出したのかがわからない。もしや赤鎧《スカーレットアーマー》のことかとも思ったが、彼女の次の言葉でさらに迷うことになった。

「私の方が中身は年上なんです」

「それって、俺の中身が子供っぽいってこと？」

「……とにかく、私の方がずーっと、年上なんです。だから、ヴォルフは長生きするんです。私より長生きしないとだめなんです」

どうやらダリヤが悪酔いしたらしい。辻褄《つじつま》の合わぬことを、諭すような口調で繰り返している。

自分はダリヤより少しとはいえ年上で、仕事は魔物と戦う魔物討伐部隊。そこで『最も死に近い者』と呼ばれる赤鎧《スカーレットアーマー》である。ダリヤの望む約束をするのは少しばかり難しい。

だが、祈るように繰り返す彼女に言い返すことがどうしてもできず——根負けして答えた。

「……君が望むなら、そうするよ」

「よかった！」

とても満足げにうなずいた彼女は、ソファーに横座りになり、頭を背もたれにこてんとつけた。目を閉じると、そのままカラの盃を持って動かなくなる。

「ダリヤ……？」

返事はなく、返ってくるのはすやすやという寝息だけ。

考えてみれば今朝二時間ほど眠っただけで、一昨日もろくに寝ていない。

自分のように騎士として鍛え、遠征での浅い眠りに慣れているならばともかく、普通に考えれば辛《つら》いだろう。しかも、付与で魔力を大量に使っているのだ。

そこにこの強い酒である。眠くなって当たり前だ。

おいしそうに飲んでいたので、ついつい注ぎ足してしまったことを反省した。

しかし、一人掛けのソファーで斜めになって眠る彼女を、どうしたものか。

起こすのもためらわれ、ヴォルフはしばらくその寝顔を見る。

どこかあどけなく見える寝顔は、あまりに無防備だ。自分はまるで警戒されていないらしい。

「……警戒？」

頭の中に浮かんだ単語を声に出し、ヴォルフは笑ってしまう。

警戒も意識もいらない、それが自分への信頼ならばそれでいい。

友人達には、付き合い方がおかしいとか、初等学院以下と言われることもあるがかまわない。

本音で話し、素でいられる友達のありがたさを、自分は嫌というほどよく知った。

他に何も望まない。今のまま、隣で笑い合えるならそれでいい。

「失礼」

ダリヤをそっと抱き上げ、三人掛けのソファーに移動させる。

今朝自分が借りた毛布はすでに片付けられていたので、近くにあった膝掛けをかけた。

彼女がソファーから落ちた話も聞いていたので、テーブルをどけると、向かいの一人掛けのソファーを全部移動させてくっつける。

ソファーの群れは、ちょっとしたベッドのような状態になった。これならダリヤが寝返りをうっても落ちないだろう。

ごそごそと動いている間も、彼女はまるで起きる気配はない。完全に安心しきった寝顔だ。

柔らかそうな白い頬《ほお》、そこにかかる赤い乱れ髪を直そうと手を伸ばし――触れる寸前で止めた。

「……俺も酔ってるな」

ヴォルフは両手で頬を叩《たた》く。軽く叩いたつもりだが、なかなかにいい音がした。

戸締まりの心配はない。緑の塔は、二つの鍵があるようなものだ。門を開けられるのは登録者だけ、門を閉めて出れば、ドアの鍵をかけなくても問題ない――ダリヤにそう聞かされたこともある。

むしろ、今日は酔った自分がここにいる方に問題がありそうだ。

「……おやすみ」

何気なく言った自分の声に、不意に思い出す。

最初にダリヤと食事に行った日、別れ際に彼女が言った。『おやすみなさい、よい夢を』

それはこの国で家族や友人に寝る前に言う、当たり前の言葉だ。

けれど、それを自分は十年以上言われたことがなく、言ったこともなかった。

隊や兵舎の仲間には『お疲れ』『先に休む』で済んだし、屋敷では『おやすみなさいませ』と言われるだけだった。

だからあのとき、ダリヤに言われた温かさに、とても驚いた。

ダリヤと出会った日から、自分は母の死の悪夢を一度も見ていない。

願わくばダリヤにも、悪い夢を見ないでほしい。

彼女が見るという、誰にも助けを求められずに一人で死ぬ夢など、二度と見せたくはない。いいや、他のどんな悪夢も見せたくはない。

膝掛けはダリヤの体を覆うには少しばかり小さい。

ヴォルフは膝掛けを少し下にずらし、自分の上着でダリヤの肩を覆った。

幸い、今日はそれほど冷えない。これで風邪をひくことはないだろう。

「ダリヤ、おやすみなさい、よい夢を……」

祈るようなささやきは、眠る彼女の耳に届いたか、届かなかったか。

ふわりと笑ったような寝顔に満足し、ヴォルフはそっと部屋を出た。

自慢の友達

秋らしく澄みきった青空の下、馬場からの足取りがつい早くなる。

イルマに腕輪を渡してから三日後、ダリヤは神殿へと来ていた。

残念ながら、ヴォルフは本日、王城勤務である。休んだ分があるので、今頃は懸命に鍛錬をしていることだろう。

先日、飲んでいるうちに寝落ちしてしまったらしく、ソファーに囲まれ、自分の上に膝掛けと彼の上着がかかっているという状況で朝を迎えた。完全に飲みすぎである。

いつの間に三人掛けのソファーに移ったのか、彼がいつ帰ったのか、まるで覚えがない。

そのソファーには前の日、ヴォルフが休んでいた上、上着が彼のものだったので、匂いが残っていた。朝、寝ぼけたまま彼がそばにいないかと手を伸ばして探したなど、口が裂けても言えない。

「おはよう、マルチェラさん」

「おはよう、ダリヤちゃん！　おかげさまでイルマが元気になった、本当にありがとう」

自分が来るのを待っていたらしいマルチェラが、神殿の廊下で深く頭を下げた。

その顔色がとてもよくなっているのを見て、ほっとする。

「どういたしまして。でも、私一人の力じゃないわ。皆が協力してくれたんだもの」

「ああ、ありがたく思ってる。イルマが神殿から出たら、全員に礼に回るつもりだ。いろんな準備もいるしな」

「そうね、これからいろいろな準備が必要になるわね。産着《うぶぎ》に、ベビーベッドに、『お父さん』」

「……なんか、照れるな、それ」

「それよりも『パパ』って呼ばれる方が先かしら？」

「うわ、どっちも落ち着かねえ……！」

マルチェラが頭をがりがりとかきながら笑う。その髪は短く、襟足も眉もすっきり整っていた。

それを誰が切ったのか、聞かなくてもわかる。

「イルマは、もうハサミが持てるようになったのね」

「昨日、完全治癒魔法で指が治ったら、速攻で切られた。久々のハサミとカミソリに大喜びだ。その後は、診に来た神官を捕まえて、髪切ってたし」

「イルマらしいけど、大丈夫？」

「ああ、神官さん達も髪型が気に入ったとかで、えらく喜ばれてたよ」

根っからの美容師は、神殿でも仕事を始めたらしい。回復と同時に営業力も戻ったのだろう。

家に戻るまでには、お客さんが増えていそうだ。

「ダリヤちゃん、先に行っててくれ。売店でパンと飲み物の追加を買ってくる」

「飲み物はともかく、私、差し入れを持ってきてるわよ？」

大きなバスケットには、四人分を超す料理を詰めてきた。他に誰か来ているのだろうか。

不思議がる自分に、マルチェラが真顔で言った。

「イルマの食欲がホントにすごくて、冗談じゃなく三人前食うんだ」

「今まで食べられなかった分もあるし、きっと魔力で消費が大きいのね。次からはもっとたくさん持ってくるわ」

「すまん。俺の料理は味が濃すぎるのと辛すぎて妊婦にはだめだと、昨日、母親二人にどやされた。早く妊婦向けの味付けを覚えないとな」

マルチェラは運送ギルドの仕事でたくさんの荷物を運び、体力を使う。そのため、作る料理はどうしても塩がきつく、酒に辛いものを合わせるのを好むので、香辛料が多めになる。

確かに妊婦とお腹の子供向けではない。母親達にちょうどいい味を教わるのが一番いいだろう。

「おばさん達も神殿に来てたのね」

「ああ、昨日の午後と、今日の朝一に、二人そろって来てた。にぎやかだったよ」

「おじさん達は、お仕事？」

「いや、親父達は飲みすぎ、そろって二日酔いで動けないそうだ。家に戻ってから来るだろうな。弟達も一緒だろうし。ますますにぎやかになるな」

「きっとそうね」

ダリヤはマルチェラと笑い合いながら、廊下で別れた。


イルマの部屋に入ろうと、ノックしかけたところで、ドアが開いた。

部屋からはちょうど女性の神官が出ていくところだった。その長い銀髪が凝った編み込みにされているのに納得しつつ、会釈してすれ違う。

「イルマ、調子はどう？」

「すっごくいいわよ！」

友はベッドで上半身を起こし、薔薇《ばら》色の頰《ほお》で笑っていた。

服はすでに寝間着ではなく、いつも着ている青いシャツだ。右手には櫛《くし》を持っている。先ほどの神官の髪を編んだときのものだろう。立ち上がればそのまま仕事をしていそうだ。

「もう手の方も平気？」

聞くまでもないが、完全治癒魔法について尋ねると、イルマはハサミを動かして笑む。

「ええ。昨日、副神殿長様に治癒魔法をかけて頂いたの。銀の襟なんて初めて見たわ！」

「え？　あの、銀の襟って、副神殿長様なの？」

「そうよ。四人いる副神殿長のうちの一人の、エラルド様。名乗りを頂いたんだけど、畏れ多くて、副神殿長様って呼んじゃった。笑われたけど」

「そうだったの。治癒魔法は時間はかかった？」

「ううん、エラルド様が両手をかざされたら、雪みたいに真っ白な魔法が降ってきて、あっという間に手のざらざらが消えて……肩とか膝とか、身体の動きづらいところも全部治ったわ」

イルマは『完全治癒魔法』とは言わなかった。もしかすると、かかる金額を気にさせないために、治癒魔法とだけ説明してかけたのかもしれない。ダリヤは指摘しないことにした。

しかし、気にかかるのは副神殿長のエラルドである。

先日、魔物討伐部隊が養豚牧場に行く際、自分も彼も同行した。

しかし、エラルドが副神殿長だなどとは一言も聞いていない。もしや同名の別人だろうかと思ったが、銀の襟であればまず同一人物だろう。

副神殿長だと、誰か先に教えてほしかった。次にどんな顔をして会えばいいかわからない。

そして思い出す。エラルドは、飲むだけ飲んで歩けなくなり、帰りはジルドに肩を貸されていた。

あのまま神殿に帰ったのだろうか。副神殿長の威厳は無事だったろうか。

いや、きっと酔いを醒《さ》ましてから神殿に戻ったに違いない、そう思うことにする。

「よかったわ。肩こりも治ったんじゃない？」

「来るときより軽いわ。おかげで今、明日の午後、家に帰っていいって言われたところよ」

「よかった！　マルチェラさんも喜ぶわね」

「帰ったら、マルチェラが家の掃除をちゃんとしていたか確認しなきゃ」

なかなか厳しい妻の言葉に、ダリヤは苦笑する。

「細かいところは見ない方がいいわよ。マルチェラさん、イルマが心配で心配で仕方がなかったんだから」

「でも、動けるうちに動いて、いろいろ覚えてもらって、頼んでおかないといけないから。産んでからしばらくは、何にもできなくなりそうだし」

「え？　イルマ、まだどこか悪いの？」

友人の言葉に、ダリヤは慌てて尋ねる。だが、彼女は笑って首を横に振った。

「違うの。あのね、ダリヤ。まだ、マルチェラにも言ってないんだけど……今、神官さんに言われたの、『お腹の子は双子です』って」

「双子……！」

「『お二人とも、とても元気です』って。男の子か女の子かはわからないけど、双子だと、生まれてしばらくは、どうやっても子育てで手一杯になるわよね……」

「きっとそうね……」

赤ん坊を育てるのは一人でも大変だと聞く。それが二人とは、二倍以上大変そうだ。

「お義母《かあ》さんに聞いたことがあるんだけど、マルチェラって、小さい頃、ものすごい悪戯《いたずら》っ子だったって。二人ともマルチェラに似たら、どうしようと思って」

「イルマも人のことは言えないと思うの。木登りも屋根上りもして、よくおばさんに怒られていたじゃない。どっちに似ても、きっととっても元気で活発な子になるわね」

「ダリヤ、なんだかあたし、頭痛がしてきたんだけど」

「うふふ……がんばってね、イルマ」

想像すると大変そうだが、それでも今はとても楽しく思える。

「……ねえ、ダリヤ」

イルマが腕を伸ばしてきたので、その手を取り、ベッドの端に腰を下ろす。

彼女はそっと自分に身を寄せてきた。揺れた紅茶色の髪が、少しかさついて腕に当たる。

この傷んだ髪も、家に戻ればきっと元の艶《つや》を取り戻すだろう。

「本当にありがとう、ダリヤ。あたしもこの子達も助けてくれて」

「ううん、ヴォルフに、オズヴァルド先生に、トビアスに……皆が協力してくれたからよ」

「それでも、最初にありがとう、ダリヤ。ホントに感謝してる」

「どういたしまして、『イルマお姉ちゃん』」

わざとそう呼んだら、彼女が目尻を下げて笑った。

「その『イルマお姉ちゃん』が、来年には『ママ』よ。なんだか不思議だわ」

「そうね、マルチェラさんとイルマが、来年には『パパ』と『ママ』なのね」

二人で一人ずつ赤ん坊を抱くところを想像し、つい顔がほころんだ。

マルチェラもイルマも、優しく包容力があるから、『パパ』と『ママ』がとても似合いそうだ。

「ええ。あたしもこの子達も元気で、マルチェラも泣かなくて、おじいちゃんとおばあちゃんと兄弟達が浮かれて騒いで、名付けで悩んで、産着におむつにと山のように準備をして――産んだら、赤ん坊二人の世話に追われて、ちょっと落ち着いたら、マルチェラとダリヤとヴォルフさんとルチアと、お祝いをして飲むの」

「イルマ、妊娠中と授乳中のお酒はだめよ」

「わかってるわよ、ダリヤ。そのときは私は牛乳で乾杯するわよ」

お腹に当たらぬよう、横向きで抱きついてくるイルマを、ダリヤはそっと抱き返した。

腕輪を着けてまだ数日だが、少しだけ体の肉づきが戻っているように思えた。

ここから体を元に戻し、子供の分の栄養もとらなくてはいけない。明日からはせっせと差し入れをしなくては――そんなことを考えていると、イルマがじっと自分を見た。

「ねえ、ダリヤ……やっぱり、うちのマルチェラはあげないわ」

「ええ、そうして。私がもらっても困るもの」

「この子達も、ちゃんと自分で育てるわ。とっても大変そうだけど」

「ええ、がんばって。差し入れぐらいならするし、たまになら手伝いに行くから」

『マルチェラと一緒にこの子を育てて』――そんなイルマの悪い冗談を、笑い話に変えられた。

それがたまらなくうれしい。

自分の肩にぐりぐりと頭を強く押しつけてくるイルマに、笑ってしまう。

「もう、痛いわよ、イルマ」

「ごめん……ありがとう、ダリヤ…」

自分を抱きしめる温かな腕に力がこもる。その白い指先は、しなやかで柔らかい。

お腹にいる子達も、きっとこれからすくすく育つだろう。

なくしたくなかったぬくもりが、守れた温かさが、すべて腕の中にある。

「この子達が無事で、あたしも生きていられて……うれしいの……本当に、ありがと……ダリヤ……」

イルマのかすれ声が耳に響き、首筋が濡《ぬ》れて、冷たい。

「イルマ……まだ、父さんほどじゃないけど……私も、ちょっとは、すごい魔導具師に、なったでしょ？」

喉の熱さをこらえつつ告げた声がかすれ、止めきれないものが、頬をつたった。

今度はダリヤが、イルマの肩に目元をこすりつける。

友は泣きながら、そして、笑いながら、自分の問いに答えた。

「ええ……あたしの自慢の友達の、すごい魔導具師よ」

父としての選択

「この度は、本当にありがとうございました！」

「奥様がご回復なされて何よりです。来年が楽しみですね」

腕輪が完成してから一週間。

オズヴァルドの屋敷、その応接室で、マルチェラが深々と頭を下げていた。

目の前のオズヴァルドとその妻エルメリンダは、にこやかに挨拶を返してくる。

イヴァーノもマルチェラの隣で丁寧に礼を述べ、持ってきたものに目を向けた。

「些少《さしょう》ですが、どうぞお納めください」

マルチェラが運んできたのは蠍酒《スコルピオ》二ケース、二十四本だ。

オズヴァルドに言われていた十二本のところ、マルチェラがどうしてもと一ケース追加した。

イヴァーノが持ってきたのは、中型の金属缶三つ。中にみっちり森大蛇《フォレストラスネイク》の干物を詰めてきた。

最近、王都で流行《はや》っているものだ。滋養強壮に疲労回復、女性のお肌にもいいとのことなので、オズヴァルド向けに迷わずこれを選んだ。

「ありがとうございます。後でメイドに運ばせますわ」

「女性には少々重いかと。よろしければ、ご希望の場所までお運びしますが」

「お願いしてもよろしいでしょうか、旦那様？」

「ええ、そうして頂けると助かります」

二ケースの酒と金属缶三つを軽々と持つマルチェラが、エルメリンダの後ろに続いた。

応接室から出ていく二人を見送ると、イヴァーノはオズヴァルドに向き直った。

「オズヴァルド先生、トビアスさんに、こちらへの出入りをお許しになったと伺いましたが？」

「なかなか耳が早くなりましたね、イヴァーノ」

「まだまだです。それにしても、先生が大変お優しいのに驚きました。私としては、使う価値はともかく、わざわざ救い上げる価値はないと思っておりましたので」

「おや、あなたにはそう見えましたか……」

まるで幼子を見るような目でそう言われた。その後の芝居がかったため息が、いささか癪《しゃく》だ。

「カルロさんの弟子だけあって、トビアスの腕はなかなかのものです。ダリヤと方向性は違いますし、今後の作業で困ったとき、相談先が増えてよかったとは思いませんか？」

「それなら、うちの商会からオルランド商会へ依頼を出せば済むことですので」

イラつきに、つい口調が早くなりかける。それを抑えるため、イヴァーノは軽く咳《せき》をした。

「あなたはあの二人を、いいえ、オルランド家を、ダリヤの足元にひれ伏せさせ、繁栄するロセッティ商会を見せつけたかったのでしょうね」

「仮にそうだとして、おかしいですかね？　ロセッティ家がされたことを思えば、まだ軽いくらいだと思いますが」

「おかしくはありません。有能で大変お優しいあなただ、遠慮はなさっているでしょう」

先ほど自分が言った、『大変お優しい』の言葉をきっちり返してきた先生は、表情一つ変えずに続ける。

「やる気なら、グイード様に願い、一族全員、二度と見なくて済む方法も選べたでしょうから」

「まさか、そこまでは考えませんでしたよ！」

「ほんの冗談ですよ」

勢い込んで答えた自分に、オズヴァルドは平坦《へいたん》な声を返した。

「ひれ伏せさせても、後々恨みつらみを溜《た》めて歯向かってこられたら厄介です。時間をかけてくすぶることもあります。それよりは、早めに取り込む方が安心だとは思いませんか？」

「取り込んで安心できますか、一度裏切った相手が？」

「味方がなく弱りきったとき、手を差し伸べてくれた相手に、人は強い恩を感じるものです。若く素直なうちなら、よく話も聞いてくれるでしょう。後は教師の教え次第です。このあたりは、うちのエルメリンダが同じように考えておりましたが……」

その妻より年上のお前がわからなかったのか――そう言われているようだ。

なんの反論もできず、イヴァーノは生徒として質問した。

「オズヴァルド先生は、私が感情的すぎると？」

「そうは言っていませんよ。私とて、彼がカルロさんの弟子でなく、魔導具師の才も意地もなければ、手を差し出しませんでしたし。しかし、トビアスは若く才がある。本気で学べば、いずれ私に並ぶくらいの腕にはなるでしょう」

「ずいぶんと、トビアスさんを買っていらっしゃるんですね」

「今回のことで、彼の中にもカルロさんがいるように感じました。できるならカルロさんの弟子として生かし、その教えを継がせたいのです」

なぜそこでトビアスの名が、カルロの弟子、教えを継ぐ者として出るのだ？　カルロ・ロセッティを継ぐ者は、名も、血も、魔導具師としての教えも、ダリヤ・ロセッティだけでいい。

「意外ですね。オズヴァルド先生が感傷的になられたわけですか？」

イヴァーノは思わず皮肉めいた声で問うていた。

「ええ、そうですね。私は感傷的な方ですので、本当に救いがたい者だと思えたら、嘆いてどなたかに『口を向けて』いたかもしれませんが」

ぞくりとさせられたのは、その目か声か。

グイードと重なる貴族独特の冷え冷えとしたものを感じ、声が出しづらくなった。

「過去を流せとは言いませんし、心の内でどう思おうとかまいません。ですが、女性のことで男性に恨まれるのは誉《ほま》れでも、商いで部下に恨まれるのは下策です——経験者として申し上げますが、油断しているときに下から噛《か》みつかれるのは、なかなか痛いものですよ。そうならぬよう丁寧に育てるのも、きちんと管理するのも、商会人の仕事ではありませんか？」

「……有益なご教授を、ありがとうございます」

いつもの整った笑みを向けられ、イヴァーノは完全に白旗を上げる。

「このあたりは、ダリヤにも商会長の知識として覚えてほしいところですが……」

「代わりに私が学ばせて頂きます、きっちりと」

「では、イヴァーノの担当としましょう。私も彼女に嫌われるのは避けたいところです」

オズヴァルドは銀の目を細め、艶《つや》やかに笑う。

心底、喰《く》えない銀　狐《シルバーフォックス》だ。狐鍋《きつね》にしてぐつぐつ煮たところで、鍋底に沈むのは、銀でできた噛めもしない肉にちがいない。

「まあ、私が彼に出入りを許した一番の理由は、息子のためですがね」

「息子さん、ですか？」

意外な言葉に聞き返すと、彼は窓の外、整った庭に目を向けた。

イヴァーノもつられてそちらを見れば、盛りを過ぎた赤いサルビアが咲いていた。

「ええ。私もそれなりの年齢です。私がいなくなったとき、魔導具師を目指す息子を助けてくださる魔導具師が必要です。そう考えると、近場で歳が近く、腕のいい魔導具師というのは貴重なのです」

「そのために、ダリヤさんを生徒にしたのではないのですか？」

「それもあります。けれど、一人では不安ですから。それに女性はご結婚後、お相手によっては交流が難しいこともありえます。たとえば、夫が嫉妬深い方であった場合、その後は交流もご連絡もままならなくなりますので」

「……なるほど」

脳裏をよぎる黒髪の青年に、なぜかとても納得した。

いろいろとそれ以前の問題のような気もするが、そこは自分が立ち入れる範囲ではない。

「よろしければ、不肖の生徒にご教授願いたいのですが。私の立場に今、先生がいらしたら、どうなさいますか？」

「そうですね、イレネオ・オルランドと協力関係を築き、商会を有効に回せるようにします。同時にガブリエラとフォルトゥナート様へ願い、オルランド商会に紐《ひも》付きを二人。後は、ロセッティ商会の保証人を、ジルドファン・ディールス様へお願いする――こんなところでしょうか」

「ありがとうございます、参考にさせて頂きます」

さらさらと告げられたそれを、必死に頭に叩《たた》き込む。

オルランド商会の有効活用、安全を考えての貴族による『紐付き』――この場合は内部監視者だが――それをそろえ、高位貴族のジルドへつなぎをつけ、味方となってもらう。

オズヴァルドは考える様子も見せず、さらりと提案してくれたが、はたして庶民の一商人である自分に、それができるものか。いいや、やるしかないだろう。

考えを巡らせる前に、ちょうどマルチェラ達が戻ってきた。

「子犬より先に、番犬が見つかりましたね。てっきり黒毛になると思っていたのですが」

イヴァーノは一言多い先生に笑いを噛み殺し、一礼した。

「トビアス！」

夕闇の中、オルランド商会の建物から出てきた男に、マルチェラは駆け寄った。

イヴァーノとは、先ほど商業ギルドの馬場で別れてきた。

トビアスへは、自分一人で礼が言いたかった。

「マルチェラ……」

「ダリヤちゃんから聞いた。礼を言う、本当にありがとう！　イルマも元気になった！」

久しぶりの再会のせいか、つい大きくなりすぎた声のせいか、彼はひどく面食らっていた。

「いや……俺は少し手伝っただけだから。イルマさんのこと、本当におめでとう」

「……ありがとう」

自分のせいで子供が持てない――マルチェラは以前、トビアスにそう言ったことがある。

本当は子供好きなイルマに申し訳ないと、飲んだときに愚痴ったこともあった。

トビアスはいつも無言で自分の右肩を叩き、ただ聞いてくれた。

今のダリヤにはヴォルフがいる。ヴォルフはいい奴だし、ダリヤとは似合いだ。

身分差があろうとも、あの二人は自分とイルマのように、ずっと共にある気がする。

だからトビアスから理由を聞く必要も、会う必要もないと思い続けてきた。

それでもずっと、時折ひっかかる棘《とげ》のように気がかりだった。

マルチェラは取り繕うのをやめ、ずっと言いたかったことを口にした。

「トビアス……俺は、ダリヤちゃんの婚約破棄のとき、お前を見損なった」

「仕方がない、俺はそれだけのことをした」

「俺は、なんでお前が急に変わったのか、ずっとわからなかった」

「わからないままでいい。全部、俺が悪い」

「お前は友達の俺に、言い訳の一つもないのかよ⁉」

礼を言うつもりが、つい大きな声が出た。

あの後、言い訳をしにやってきたら、たぶん一発殴ったろう。それでも話は聞いていたはずだ。何か理由があるのだろうと、そこまで腐った奴ではないと、そう思いたかった。

「……すまない」

「ダリヤちゃんのために塔の階段を隠れて直して、机のささくれを削って、雨が降れば気にして、用事があるふりをして迎えに行って。あれはダリヤちゃんに惚《ほ》れてたからじゃないのか？」

「それは……ロセッティ会長が妹弟子だったからだ。俺は兄弟子なのに彼女に負けてる自分が情けなくて、馬鹿をやって――マルチェラに何も言えなかっただけだ」

ふと、トビアスの陰った目が、自分の背後に向く。

少しばかり周囲を気にしている彼に、この後の予定があるのかと気になった。

「すまん。俺の方こそ、礼を言いに来たのに怒鳴って悪かった。腕輪の礼に、そのうち飯でも奢《おご》らせてくれ。そのときにまた話を――」

「申し訳ないが、今後は俺と距離をおいてくれ、マルチェラ」

「トビアス？」

少し痩せた友は、視線を落とし、声低く言った。

「俺とつながりがあるのは、何かとまずい。俺もうちの商会も目をつけられている状態だから」

「ヴォルフはそんな奴じゃないぞ」

「彼じゃない、他の商会と貴族だ。もし、ここからマルチェラが調べられて、魔力のことが知られたらまずいだろう？　イルマさんと子供のこともだ」

「それは――」

「マルチェラはロセッティ商会に入ると聞いた。これから俺と個人的にやりとりがあったら、誤解されるかもしれない。だから、距離をおいてくれ」

イヴァーノからも、来る前に釘《くぎ》を刺された。

トビアスに礼を言いに行くのはかまわないが、付き合いについてはよく考えてほしいと。今後は、ロセッティ商会員に、そして、スカルファロット家の騎士になるのだからと。

ダリヤを守ること、彼女に嫌な思いをさせないこと、オルランド商会はロセッティ商会の下請け的な立場、そういったことばかりが頭にあった。

だが、トビアスの言葉で、自分と子供の魔力のことを、ようやく再認識した。

ヴォルフは、スカルファロット家は、自分の子供の将来の危険までも見越して、話をしてくれたではないか。

自分、マルチェラ・ヌヴォラーリは、ロセッティ商会員になると同時に、スカルファロット家の騎士となる。それは、イルマと子供達を守ることを最優先に選んだ道で――

マルチェラは今、その選択の真の意味をようやく噛み砕く。

そして、目の前の男と自分が、道を違《たが》えざるをえないことを理解した。

「マルチェラ、イルマさんと子供と、どうか幸せに――」

アーモンド色の目が、祈るように一度だけ伏せられた。

わずかに笑んだ友は、足早に自分の横を通り過ぎようとする。

「待ってくれ！」

思わず、トビアスが顔をしかめるほどの強さで腕をつかんでしまった。

咄嗟《とっさ》には何も言えず、ようやく口から出た言葉は短かった。

「――いつか、奢らせてくれ」

「……ありがとう、マルチェラ」

震える指でその腕を放すと、友は静かに自分とすれ違う。

遠ざかる足音に、マルチェラは振り返れなかった。

幕間　姿絵の行方

ヴォルフは苦悩していた。

スカルファロット家別邸の己の部屋。目の前にあるのは緑の塔から持ち帰った肌色多めの姿絵、麻の大袋で二つ――ダリヤの父、カルロの遺産である。

古本屋に持っていこうかとも思ったが、ダリヤから聞いた『息子への遺産』という言葉に、妙にためらわれた。

かといって、兵舎に持ち込んだら間違いなく目立つ。出どころと入手経緯について根掘り葉掘り聞かれるのも避けたい。

結果、そのまま屋敷に持ち帰った。迷ったあげく、自室のクローゼットの奥にしまい込み、鍵をかける。その上で、メイド達に自分がいない間、部屋の出入りを禁じた。

腕輪関係で休んだ分を王城での鍛錬日に充て、ようやく今日、兵舎から屋敷に帰ってきた。

そして、麻袋をテーブルの上に出し、置き場という名の隠し場所に悩んでいるのが今である。

鍵付きの大箱を買ってくるべきか、あきらめて今後もクローゼットに入れておくべきか――思いを巡らせていると、ノックの音がした。

メイド達が掃除に来たかと出てみれば、予想外の二人が立っていた。

「兄上、ヨナス先生、どうかなさったのですか？」

「急ですまない。ちょっと気がかりなことがあってね。入ってもいいだろうか？」

「はい、どうぞ……」

少々困ったが、マルチェラに関することで何かあったのかもしれない。そう考え、二人を部屋に招き入れる。テーブルの麻袋は、急いで壁際の床に移動させた。

「ヴォルフ、悩んでいることや困っていることはないだろうか？」

「え？」

さっきまでの苦悩を見られてはいないはずだ。今、そんなに己の顔に出ているのだろうか。

あせって答えられずにいると、ヨナスが補足してきた。

「屋敷の者が『ヴォルフ様が何かお悩みのようだ』と心配しておりました。下の者がさしでがましいこととは思いますが、私の方に話がありまして、グイード様にお知らせ致しました」

使用人つながりで彼に話がいったらしい。屋敷の者にまで気にされているとは思わなかった。

なんと言い訳をするか困っていると、兄が深い青の目をまっすぐ向けてきた。

「ヴォルフ、よかったら話してもらえないだろうか？　どんなことでも、兄として必ず力になる」

その背後、ヨナスも錆《さび》色の目で自分を見つめる。

両者の目にある、はっきりとした心配の色。それに慣れぬヴォルフは、隠すことをあきらめた。

「じつは、これは……」

自白するように、ダリヤの父の遺産となる姿絵の経緯を、話せる部分だけとつとつと話した。

目の前の二人は一切からかうことなく、静かに聞いてくれた。

「そういうことだったのか……そこの大袋二つを見たときに、もしや、人を二つに分けて持ってきたのではと心配したよ」

「冗談がきつすぎます、兄上」

つい兄に抗議したところ、にこやかに微笑《ほほえ》まれた。

「それがロセッティ殿の父上が遺《のこ》した、『息子への遺産』というわけか」

「はい」

テーブルの上に再度載せた麻袋は、やはり大きく重い。見ようによっては人を二つにという冗談もうなずける。

「これだけあると、本棚の後ろや寝台の下というわけにはいかないね……。重要書物や機密書類向けの扉付き本棚がある。登録した者だけが開けられる魔導具だ。魔導具店に常時あるから買ってこさせよう。この部屋に本棚を置いて、今日のうちに全部入れてしまえばいい」

「グイード様の書斎と同じ、上段だけガラス扉で、二段目から扉のタイプに致しましょうか？　ガラスの方に辞書や図鑑など、見栄えのする本を入れておけば自然でしょうから」

「……お願いします」

「では、すぐ買いに行かせます」

ヨナスが本棚の注文のため部屋を出る。

兄と師があっさり悩みを解決してくれたことに、ヴォルフは心から感謝した。

「では、ひとまとめにしてしまおうか。おや、何かはさんであるようだが？」

グイードが袋を開けると、姿絵の間から白い紙がはみ出しているのを見つけた。

そこには殴り書きで判別しづらい文字と、計算式が綴《つづ》られている。意味はわからぬが、おそらく魔導具関係のものだろう。

「見逃しました。ダリヤの父君の、魔導具に関するメモかと」

慌ててメモの件を説明すると、グイードがうなずいた。

そして、そのまま麻袋からすべての姿絵を取り出し、テーブルの上に山と積み上げる。

「ざっと確認してしまおう。まだはさまれているメモがあるかもしれない」

「あの、兄上……ご不快ではないですか？」

「いや、芸術絵画だと思うが」

こちらを向いたグイードは、真顔だった。

兄は自分が困らぬよう、懸命にフォローしてくれているのだろう。なんとも申し訳ない。

その後、テーブルに兄弟横並びで、無言の確認が続いた。

しばらくの確認後、ふとカルロを思い出し、気がかりだったことを口にする。

「兄上、一つお願いしたいことが……」

「なんだね、ヴォルフ？　遠慮せずに言いなさい」

「俺に何かがあれば、こちらを入れた本棚をお任せできないかと……もちろん、そんな予定はありませんが、ダリヤの父君のように、突然の可能性は誰にでもあるかと思いますので」

カルロのように突然の死を迎えたとき、本棚の中身を知られることは避けたい。

屋敷の者にばれるのはまだ我慢できるが、ダリヤにだけは保管を知られたくない。

「わかった。私も到着した本棚に登録しよう。たいていは二カ所登録ができるから、片方はお前が紅血付与《こうけつ》を、片方は私が登録すればいい。お前に万が一のことがあれば、私が引き取るか、責任を持って処分しよう……ところで、ヴォルフ、私からもお願いがあるのだが」

「なんでしょう、兄上？」

少しばかり小さく低くなった声に、つい身構えてしまった。

「……私の書斎にも扉付きの本棚があってだね、ヨナスには登録してもらっている。だが、私とヨナス、二人同時に事故ということもゼロではない。今度、お前に屋敷に来てもらって登録してもらうのと、本棚を遺言でお前宛てにしておいてもいいかね？」

「承りました」

本棚の中身を瞬時に理解し、確認もせずにうなずいた。

兄が所持していたことに内心で驚くが、顔にはなんとか出さないで済んだ。

「ロセッティ殿の父君の話を聞いて確信した。私は娘に見られたら、死んでいても、死ねる」

グイードがあまりにも悲愴《ひそう》な顔で言い切ったので、笑えないどころか何も言えなくなった。

「お前の趣味に合うなら保管してもかまわないが、絶対に私のものだとは知られぬよう、本棚を入れ替えるなどはしてくれ」

「わかりました」

いろいろと驚きつつ、グイードと秘密を共有することになったが、罪悪感はない。

なんだか兄が近くなった気もする。

その後、また確認作業に戻った。先ほど見つかった以降は、まだメモは一枚も見つからない。一束ほど確認したグイードが、ぼそりとつぶやいた。

「……ロセッティ殿の父上は、腰派のようだね」

ヴォルフは吹き出しそうになるのをこらえ、必死に表情を取り繕う。

しかし、ここまでの話と、部屋に兄弟二人きりということもあり、何気なさを装って尋ねた。

「つかぬことをお伺いしますが、兄上は？」

「ヴォルフ、尋ねる前に言いなさい」

「……腰派です」

「……残念だよ」

「兄上、まさか胸派ですか？」

深いため息に本気の失望が込められているように思え、つい聞き返してしまった。

「まさかとはなんだい？　腰派は少数じゃないか、周りに二割はいない」

「いえ、俺の周りだとそれほど少数では……胸派、腰派で三対二ぐらいです」

「お前の周囲は、ずいぶん偏っているのだね」

「いえ、兄上の周囲が偏っているのではないかと……」

魔物討伐部隊で飲んだときの雑談では、胸派、腰派の割合はそのくらいである。

兄の周囲といえば、魔導師部隊だろう。そちらの方が偏っているのではないかと純粋に疑問だ。

いや、内容が内容だけに不純に疑問と言うべきなのだろうか。

「そもそも腰派というのは、尻派と脚派の連合じゃないか。分ければ、さらに割合は少ないと思うよ」

「いや、それならば胸派は一部分特化ではないですか？　なおさら兄上の周りほど、割合が多いとは思えないのですが」

「注文して参りました……何かありましたか？」

会話が迷走しはじめたとき、ヨナスが戻ってきた。

自分と兄が共に難しい顔で見つめ合っていたせいだろう。訝《いぶか》しげな彼に慌てて弁明する。

「いえ、兄上と共に、ダリヤの父君の魔導具に関するメモを探しておりまして――」

「お手伝い致しましょう」

メモに関する説明後、自分、兄、ヨナスとテーブルに並び、なぜか姿絵をそれぞれめくるという、混沌《こんとん》たる状況に陥った。

これがドリノやランドルフ、魔物討伐部隊の若手であれば、笑いと雑談の飛び交う、ゆるい空気の場になっただろう。だが、横にいるのは尊敬する兄と先生である。

もう、どんな顔をすべきか、何を言っていいものかわからない。

「……ヨナス先生にまで、お手数を」

「いえ、執務書類を束で見せられるより、千倍いいものです」

なんとか言葉を出した自分に、ヨナスから明るい声が返ってきた。

ヨナスの仕事は、グイードの執務書類の確認もあるらしい。

横で兄は少しばかり渋い顔をしたが、無言だった。

しばらく続いた探索後、確認し終えた姿絵の角をテーブルでそろえる。トントンというリズムに混ぜ、グイードが言った。

「やはりロセッティ殿の父上は腰派だね。その向きの姿絵が多い。むしろ脚派という感じもするが」

「そう、ですね」

カルロの好みについてぴたりと当てた兄に、相槌《あいづち》を打つのが難しい。

「残念ですが、グイード様の好みからは外れておりますね」

しれっと言ったヨナスに、ようやく緊張がとけた。それと共に、師の好みもちょっと気になる。

「あの……ヨナス先生は、どちらでしょうか？」

「私はどちらでもありません。女性に関して、胸や腰といった部分で判断することはございませんので」

ヨナスは紳士だった。

ヴォルフは先ほど兄と自分の話していた内容が、なんとも恥ずかしくなる。

「ヨナス先生は、どのような方がお好きなのでしょうか？」

「それまで積み重ねているものが、内にしっかりある方がいいですね」

「積み重ねているもの、ですか……」

ヨナスの言葉に、ダリヤを思い出す。

防水布に妖精結晶の眼鏡、天狼《スコル》の腕輪、そして、吸魔の腕輪——魔導具作りに対して努力と技術を積み重ねるダリヤも、ヨナスの好みの範囲ではないかという疑念が湧いた。

「そういった方は優雅でお優しいことが多いですから、お話をしていても楽しいです」

それでも、あくまで内面について語るヨナスに、つい尊敬の目を向けてしまう。

だが、横にいた兄は、自分の肩に手を置くと、静かに首を横に振った。

「ヴォルフ、ヨナスは『年上好み』なだけだ。自分より最低十歳上、上限を私は知らない」

商会保証人と新商会員

窓からの日差しが赤みの強いオレンジに染まりつつある。

商業ギルドの二階、ロセッティ商会の借りている部屋では、ダリヤとイヴァーノが机をはさんでぐったりしていた。

「ジルド様って、本当に行動が早いですね……」

「ええ……見習いたいと、いや、ここまで早いのはどうかとも思いますが……」

目の前にあるのは、侯爵で王城の財務部長であるジルドファン・ディールスからの手紙と書類である。

マルチェラがロセッティ商会に入り、保証人から抜けることになるので、新しい保証人が必要になった。このため、『借りがあるので、困ったときには連絡を』と繰り返されていたジルドへお願いすることにした。

お願いの手紙を出し、『ご都合のよろしいときにご挨拶に伺わせてください』と書いたはずが、即日の了承と共に、ジルドの方で日程を確認するという手紙があった。

さすがはジルドだ、相変わらず行動が早いと二人で感心した。

だが、理解できたのはここまでだった。

翌日の夕方、ギルドにロセッティ商会員が在室しているかと先触れが来て、その後すぐ、本人と従者が来た。

部屋にはイヴァーノしかおらず、慌ててガブリエラを呼んで立会人となってもらう。ジルドはその場で保証人のサインをし、五分で帰っていった。

王城で財務部長を務める侯爵当主本人に足を運ばせ、商会長不在、お茶一つも出さない、お礼品も何もない状態での保証人確定である。

その後すぐ、緑の塔へ馬車で乗りつけたイヴァーノから話を聞き、ダリヤは真っ青になった。

そして、本日。

ジルドへのお礼を必死に考えつつギルドに来ると、今度はイヴァーノが青くなっていた。

目の前にある手紙が原因だ。手紙には、やはり『困ったときには連絡を』。

そして、『多忙だろうから会長の挨拶は不要』という内容を、貴族調に整えた文があった。会長の挨拶はいらないとあるが、誰も挨拶に来なくていいとは書いていない。実質、二人しかいない商会では、イヴァーノの名指しである。

胃薬を規定の倍量も口に含む彼の前、ダリヤはグラスにそっと水を注ぎ入れた。

その後、二人して遠い目をしつつ、お返しを必死に考えはじめる。前回の微風布《アウラテーロ》のマフラーへの礼が手紙に一行あったので、ドレスが作れるほどの量を一巻きとし、三つ分を目録にした。

そして、イヴァーノが『近いうちにご挨拶にお伺い致したく』という手紙をしたため、手紙の運び人に頼み終えたのが今である。

いつもならばもう少しだけ書類仕事に励む時間だが、本日の疲労感はちょっと辛《つら》い。

「イヴァーノ、少し早いですが、今日はもう閉めませんか？」

「そうですね、またディールス侯爵から手紙がくると悪いですし」

イヴァーノは冗談を言ったつもりらしいが、本人を含め、二人して微妙な顔になった。

ちょうどそのとき、ためらいがちなノックの音が響いた。

「いや、いくらなんでもこれは早すぎですよね。絶対に違う、いや、違ってください……」

ぶつぶつと願いながら、彼がドアを開けに行くのを、ダリヤはひきつった顔で見守る。

「こんばんは。ダリヤちゃん、イヴァーノさん、いきなりですまないんだが、ちょっと話を聞いてもらえないだろうか？」

「お仕事中に申し訳ありません」

ドアの前、マルチェラが、栗《くり》色の髪の青年と共に立っていた。

「マルチェラさんと、グリーヴさん」

ロセッティ商会の保証人であるメッツェナ・グリーヴだった。

運送ギルドに勤める彼とはなかなか会う機会がなかった。

だが、ダリヤにとっては商会の保証人となってくれた恩人の一人だ。婚約破棄で塔に戻るとき、荷物を運んでくれた者の一人でもある。

二人に部屋に入ってもらい、全員で机を囲んだ。

「マルチェラさん、運送ギルドの方で何かあったの？」

マルチェラは腕輪を受け取った翌日には、運送ギルドに辞めることを伝えたという。

今は引き継ぎ期間で、一週間後に、スカルファロット家の騎士およびロセッティ商会員となる予定だ。メッツェナが来ているところから考えて、運送ギルドの引き継ぎがうまくいっていないのかもしれない。そう思いつつ、返事を待った。

「それが……いきなりで悪いんだが、仕事で空きがあれば、メーナを、メッツェナを雇ってもらえないだろうか？　長い付き合いで、俺のことも全部知ってる奴だ、身元は俺が保証する」

急な願いに、ダリヤは目を丸くした。

「グリーヴさん、運送ギルドをお辞めになるんですか？」

「はい。マルチェラさんと同じ日に辞める予定です。今日、上司と話して許可は取りました」

メッツェナはマルチェラと仲がいいから、同じ場で仕事がしたいのだろうか。そう思っていたら、本人がひどく困った顔で話しはじめた。

「ロセッティ商会の保証人の件で……マルチェラさんが抜けて、侯爵様が保証人になるというお話で、今日、あちこちで声をかけられまして」

「いや、声をかけられるなんて生やさしいもんじゃなかった。俺は少し前からスカルファロット家にスカウトされたっていう噂《うわさ》が出回ってて大丈夫だったが、メーナは運送ギルドでも配達先でもつきまとわれていた」

「うちの商会のせいですね？」

「え？」

イヴァーノの言葉に、思わず聞き返す。メッツェナとロセッティ商会との関わりが見えない。

「うちの保証人は、商業ギルド長のジェッダ子爵、伯爵家のヴォルフ様、そこにマルチェラさんとメッツェナ・グリーヴさんだったんです。で、そこからマルチェラさんが抜けて、昨日、ギルドに侯爵であるディールス様が自ら出向いて保証人になってくださいました。かなり目立ちましたから、話がすぐ回ったんでしょう。すみません、グリーヴさんへはそろそろご連絡するつもりだったんですが、予想外に早く進みすぎまして……」

マルチェラが抜けると、メッツェナ以外、全員貴族である。しかもそうそうたる顔ぶれだ。

一人浮いている上に目立つのは当たり前である。

「グリーヴさん、かなりいろいろ言われましたか？」

「その、商会に伝手《つて》があるか、ロセッティさんを個人的に紹介してもらえないかとか……このままだと仕事に差し支えるので、辞めて職探しをすることにしました。ただ、僕はもう家族がいないので、再就職の保証人をマルチェラさんに頼んだら――」

「いや、俺のことから巻き込んだ形だから。もちろん、無理なら他を当たる。俺も迷惑をかけている身だから、無理にとは思っていない」

巻き込んだ原因をたどれば、ロセッティ商会長の自分にいきつく。

ダリヤはイヴァーノに続き、考えつかなかったことを反省した。

「イヴァーノ、グリーヴさんを商会員にお願いできませんか？　元々はうちのせいですし」

「いえ、商会員でなくて下働きで十分です。荷運びでも御者でも雑用でもなんでもやりますので、よろしければお願いします」

遠慮がちに願う彼に、イヴァーノが整った笑顔を向ける。

「もちろんです。うちの商会員になる以外、すぐにつきまとわれない方法はたぶんありません。数日だけマルチェラさんと一緒にいてもらえれば、こちらでなんとかしますので……失礼ですが、保証人についてご家族がいらっしゃらないとのことですが、他のご親族の方は？」

「僕は救護院育ちなので、親戚がいません。救護院で働いていた方から、『グリーヴ』の姓を頂いて、祖母と呼ばせてもらってましたが、もう亡くなっているので……」

「わかりました。では、グリーヴさん、マルチェラさんと同日に商会員になるということで。保証人はマルチェラさんでよろしいですね？」

「ありがとうございます。もちろん俺が、いえ、私が責任を持って保証人になります。どうぞよろしくお願いします」

「ありがとうございます！」

イヴァーノの確認に、マルチェラは言葉を整えて願い、メッツェナは深く頭を下げた。

その後にうれしげに手を叩《たた》き合い、兄弟のように笑う二人が微笑《ほほえ》ましい。

「会長、よかったですね。これで来週から一緒に悩める人が倍になりますよ」

「ええ、とてもうれしいです」

イヴァーノの言葉に笑ってしまったが、ちょっとだけうれしいのも本当だ。

皆で悩んでも解決ができるかどうか、それは別問題なのもわかっているが。

自分達の会話に、マルチェラとメッツェナは首を傾《かし》げていた。

この二人が会話の意味をよく理解するのは、翌週からのことである。

魔石焼き芋と銀刀魚の塩焼き

「秋のお芋ー、秋のお芋はいかがー」

緑の塔の窓を磨いていたら、独特のイントネーションで呼び声が響いてきた。

前世の石焼き芋の販売を思い出すが、こちらは見事なボーイソプラノだ。

財布と皿を持って道へ出ると、一輪車の小さな屋台が見えた。

「こんにちは。二つお願いします」

「ありがとう、お姉さん！」

屋台を引く少年が、笑顔で答える。

このような小さな屋台は、春は花や野菜、夏は果物、秋冬は芋や栗《くり》などを売りにたまに回ってくる。家計を助けるためであったり、学院の生徒が学費を稼ぐためだったりすることが多い。

ちなみに、この小さな屋台では年齢に関係なく、客は女性の服装であれば『お姉さん』、男性の服装であれば『お兄さん』と呼ばれる。また、服装に関係なく、客が訂正すれば、以後はそちらで呼ばれる。

ダリヤの知る年配女性は、『若さの秘訣《ひけつ》は、屋台で買い物すること』と言い切っていた。

「お姉さん、きれいだからおまけです！」

「ありがとう。お兄さんががんばっているから、こっちもおまけね」

自分の半分ほどの歳《とし》の少年に懸命にリップサービスをされ、思わず笑んでしまう。なかなかの商売上手だ。

おまけは皿の上の二本のサツマイモに追加された、焦げた小さいサツマイモ。売り物には少し厳しそうだが、宣伝にがんばっているようなので、銅貨を数枚足しておいた。

「お買い上げ、ありがとうございます！」

不意に、きれいな声が天高く響き、目を丸くしてしまう。

少年は自分の声を風魔法で拡散しているらしい。拡声の魔導具がいらない音量だ。

その声につられたか、ご近所から皿を持った数人のご婦人が出てきた。

ダリヤは笑顔で挨拶を交わしながら、塔へと戻った。

オルディネ王国のサツマイモは、皮の色が薄い赤紫で、前世のものほど甘くない。

だが、火の魔石でじっくり焼いたサツマイモには、バターと蜂蜜を練り合わせたものが、小さな紙包みで添えられる。ダリヤの持つ皿の端にも、白い紙包みが二つ載っていた。

下町の秋、サツマイモにバター、そして蜂蜜という禁断の組み合わせは、ちょっと贅沢《ぜいたく》なおやつになる。バターと蜂蜜が足りなければ、台所でさらに追加するという悪魔の所業も可能だ。

「……ヴォルフと分けるから、きっと大丈夫」

自分のウエストについて、最近少し気になってはいる。が、秋の魔石焼き芋の誘惑には勝てそうになかった。

塔に戻ってしばらくすると、ドアのベルが鳴った。少し間《ま》を空けて二度鳴ったので、ヴォルフだとすぐわかった。ちなみに、ほぼ連打で二度鳴らすのがイルマである。

ヴォルフが来るのは久しぶりだ。腕輪制作の後は休んだ分の鍛錬へ、そして、街道に赤熊《レッドベア》が現れたとのことで急な遠征に出ていたからだ。

迎えに出て、笑顔で挨拶を交わすと、二階へと上がった。

「すみません、ヴォルフ、この前は寝落ちしてしまって……上着、ありがとうございます」

「疲れていたんだから気にしないで。それより、寝返りで落ちなかった？」

ダリヤは少々気恥ずかしそうに上着を渡したが、ヴォルフは当たり前のように受け取った。

きっと隊でも後輩などが寝落ちしたら、かけてあげているのだろう。

「ええ、ソファーで囲まれていましたから」

「よかった。ああ、これ、来るときに見かけたから」

ヴォルフが紙包みを開けると、魔石焼き芋が二本入っていた。

先に買っていた方はこっそりと隠し、スイートポテトを作って冷凍することにする。

「ありがとうございます。これだとストレートよりミルクティーの方が合いそうですね」

ダリヤは同じものを買っていたことに妙に満足しつつ、ミルクティーを淹《い》れた。

それを横に、二人で魔石焼き芋を食べはじめる。

皿に盛り直した芋はまだ温かい。半分に割ると、焼けた皮がぺりりとはがれ、ゆらりと湯気が上がった。切り口は薄めの黄色で、いい感じに火の通った中身がほっくりとこぼれそうだ。

ヴォルフが先にがぶりと食いついたのを見て、遠慮なく自分も食べることにする。

それでも普段より少しだけ小さい口でかぶりつくと、素朴な甘さとほくほくした食感が広がった。

そのまま半分ほど食べたところで、横にある小さな包みを開ける。中からは、溶けかかったバター蜂蜜がとろりとこぼれてきた。

目の前で魔石焼き芋にバター蜂蜜をつけているヴォルフが、少しばかり不思議だ。

甘いものはあまり得意ではないはずだが、平気なのだろうか——そう思って顔を見れば、見透かしたように微笑《ほほえ》まれた。

「これは母の好物で。騎士達が隠れて買ってきてくれて、この時期はたまに食べてた」

「お母さん、慕われていたんですね」

「そうかもしれない。今まであまり考えたことはなかったけれど……」

思い出したらしく言葉を濁した彼に、話題を変えることにした。

「遠征先の赤熊《レッドベア》、強かったですか？」

以前、ヴォルフが赤熊《レッドベア》を投げ飛ばしたという話を思い出し、尋ねてみる。

「俺達は出番がなかった。魔導師がすごくがんばって、丸ごと氷漬けにしてすぐ終わった。解体も持ち帰ってするとかで、そのまま馬車に積み込んだし。念のため、一晩野営して他に何か出てこないか確認したんだけど、残念ながら出てこなくて……」

「あの、そこは何も出てこない方がいいのでは？」

「今回の参加者は、全員遠征用コンロを持っていったから。赤熊《レッドベア》が焼けるかもとか、猪《いのしし》や野鳥を鍋にできないかとか楽しみにしてたんだけど、何にも出てこなくて」

魔物討伐部隊の面々から、捕食者の波動でも出ていたのではないだろうか。

強い魔物や動物も倒せる強い彼らである。食材にされる雰囲気と強者の気配を感じれば、魔物とて全力で逃げるだろう。

「結局、採ったキノコのバターソテーと、持っていった肉で焼き肉になった。あ、ダリヤがくれたタレはすごく喜ばれていたよ。皆が礼を言っといてくれって」

「よかったです。タレ、まだあります？」

「そろそろなくなる……」

前回は中型の樽《たる》に二種類作って差し入れたが、足りないようだ。成人男性ばかりで動きも激しいのだから、食べる量も多いのだろう。

「一回の遠征でそれだと、足りないでしょう？　お店で配合をお願いして、大樽でお届けした方がいいですか？」

「グリゼルダ副隊長が、レシピ代を払うし、秘蔵するから教えてもらえないかと」

「私はもう森大蛇《フォレストラスネイク》を頂いていますから。それに秘密にしているわけじゃないので。イルマや父の友達、ご近所さんも知っていますから遠慮なく使ってください。後でレシピをまとめますね」

「ありがとう。これでタレ争奪戦が回避されそうだ」

ヴォルフの冗談に笑ってしまう。

魔物討伐部隊員のタレ争奪戦――どんなものなのか、ぜひ見てみたいところだ。

「皆さん、怪我《けが》がなくてよかったです」

「ああ。でも、何人か二日酔いになったよ」

「二日酔いなら、治癒魔法で治してもらえますよね？」

「いや、治癒魔法をかける神官と魔導師が二日酔いになった。東酒《あずまざけ》でチーズフォンデュをして、その後にクラーケンの干物を焼いて飲んだら、彼らが一番はまって……」

ひどい二日酔いになると、自分に治癒魔法はかけられないらしい。

遠征中に何をやっているのかと言いたいところだが、東酒はまだ一般的ではない。慣れないうちに、ワインのようにぐいぐい飲んでしまったのかもしれない。

「治癒魔法って特に集中しないとかけられないそうなんだけど、神官は頭痛がひどいらしくて、かけようとして崩れ落ちてた」

「じゃあ、そのまま馬車で？」

「いや、副隊長が『次回は別の方に遠征の同行をお願いしないといけない』って嘆いたら、魔導師が気合いで自分にかけてた。後はその魔導師が神官にかけて、全員元気に戻ったよ」

ダリヤは安堵《あんど》した。

次は別の方に遠征の同行をと言われたら、プライドもあるだろう。二日酔いは本人責任とはいえ、自分の勧めたレシピや食材が原因なのでやはり気になる。

「ダリヤ、今日の食事はお店に行かない？　いつも君に手間をかけさせているから」

バター蜂蜜をつけた魔石焼き芋を堪能した直後だが、夕食の話になった。

「ええと、いちおう食材を準備してました。ちょっと傷むのが早い食材で……」

せっかくのヴォルフの誘いだが、今日は秋の食材がすでに台所に待っている。

興味深そうな彼と共に台所に移動し、氷の魔石を入れた箱を開けた。

長くまっすぐな銀色の魚が四匹、整然と並んでいる。今日、魚屋が売りに来たものだ。

「脂がかなりのっているので、これを屋上で焼こうかと」

「その魚って、もしかして、『銀刀魚《ぎんとうぎょ》』？」

「ええ、庶民の呼び名だと『サンマ』ですね。ヴォルフは『銀刀魚《ぎんとうぎょ》』は好きですか？」

「小さい頃に食べて以来かな……」

珍しく顔が曇った。干物も一夜干しも平気な彼にしては珍しい表情だ。

そして思い出す。サンマの別名は『銀刀魚《ぎんとうぎょ》』。その他にもうひとつ、『下町魚《したまちうお》』である。

オルディネの秋に出回るサンマは、脂がかなり強く、口の周りがてかてかになるほどだ。もしかすると苦手なのかもしれない。

「好みでないなら、干物もあるのでそちらを焼きますよ」

「いや、小さい頃、母と食べたことはあるんだ。ただ、食べすぎたのか、脂が強かったのか、腹痛を起こしてしまって。そのとき、母が冗談で『銀刀魚《ぎんとうぎょ》がお腹の中で暴れている』と。それから、なんとなく食べられなくなって……こうして口にすると、すごく情けないんだけど」

「いえ、子供の頃にそんなことを言われたら、怖くもなりますよ」

ヴォルフの母上は、なんということを幼子に言ったのか。ちょっとお茶目にも聞こえるが、幼い子供はトラウマになるではないか。

実際、それからヴォルフがサンマを避けているのだから、なんともかわいそうだ。

ダリヤは一人でうなずくと、台所の棚から琥珀《こはく》色の蒸留酒を取り出した。

「大人になったことですし、挑戦してみませんか？」

「ああ、ぜひ」

黄金の目で琥珀を眺め、ヴォルフが笑った。


塔の屋上に上がると、空が少し近くなったように感じる。

防水布を敷いた上に薄いクッションを置き、目の前に皿を並べれば、緑の塔の屋上食堂の開店だ。

風はない。寒さ対策に膝掛けも持ってきたが、まだいらなそうだ。

小型魔導コンロを床に二つ並べ、上に網を置く。熱がしっかり上がったところで、塩を軽くすり込んだサンマを焼きはじめた。

網の上のサンマは、なかなかに大きい。前世のものより銀色がまぶしい気がするのは目の錯覚だろうか。

サンマは前世の父の好物ではあったが、母は台所の汚れと格闘していた。解消策として、親子三人で、秋にはよく店にサンマ定食を食べに行った記憶がある。

情景は薄布を隔てたようにしか思い出せないが、笑い合って食べたことだけは覚えていた。

「ヴォルフ、これを搾ってもらえますか？」

半分に切ったレモンを渡すと、ヴォルフは注ぎ口付きのカップの上で搾りはじめる。身体強化のある彼らしく、すぐにたっぷりとした果汁が注がれた。

グラスに氷を入れ、蒸留酒と多めの水を合わせると、上からレモン汁を多めに注ぎ入れる。

「レモンだけど、炭酸ウイスキーじゃないんだね」

炭酸水ではなく水であることに、ヴォルフが不思議そうだ。

「ええ。銀刀魚《ぎんとうぎょ》は炭酸ウイスキーも東酒も合うと思いますが、父の好みがこちらでした。『サンマには炭酸が合わない、レモンは必要だ』とか言って」

「なるほど。ダリヤのお父さんのこだわりか……」

「ええ、でも人それぞれなので、好みなら炭酸水にしますよ。酔いたくない時やお酒の弱い人は、レモン水に氷を浮かべて、その上に蒸留酒をたらして香りを楽しむ方法もありますし」

名前は出していないが、お酒に弱い友人のルチアの定番がこの形である。

飲みながら話をしていると、パチパチという音と共に、脂の混じった煙が上がりはじめた。

暴力的なサンマの香りの中、ヴォルフがそわそわしだすのがわかる。

焼けたサンマをひっくり返すと、落ちた脂がじゅわりと音を立てた。

やはり、かなり脂がのっているようだ。

「塩と魚醤《ぎょしょう》、大根おろし、唐辛子の粉と、あとレモンとショウガがありますので、お好みでどうぞ」

調味料と薬味の皿を並べると、ヴォルフが姿勢を正した。

すだちや、かぼすも合うのだが、あいにくと今世では見たことがない。

長い角皿の上にぎりぎりのったサンマは、いい色に焼けていた。

塩のついた背肉を皮ごと箸で取り、白い湯気が上がるまま口に運ぶ。

ちょっと急ぎすぎたか、味より熱さが上で、はふはふと口を動かした。

最初に感じたのはしっかりした身の味、その後に脂の甘さと皮の香ばしさが遅れてやってきた。

秋ならではの味は、膝を叩《たた》きたくなるほどにおいしい。

ヴォルフはどうだろうと思って右を向けば、目を閉じてひたすらに咀嚼《そしゃく》していた。咀嚼の合間に口角が上がるというわかりやすい状態に、声はかけないことにする。

ようやくサンマを飲み込むと、レモン入りの水割りを数口飲み、深く息を吐く。

そこで、ダリヤの視線に気がついたらしい。

まだ、てらりと光る口元が形を変え、きれいな笑みになった。

「ダリヤ、これ、ものすごくおいしい……」

本当にお気に召したらしい。

その後にサンマへ向けた視線は、恋する青年のように溶けている。ヴォルフにこんな視線を向けられた日には、何人が恋に落ちるかわからない。塔での食事でよかったとつくづく思う。

続けてダリヤがサンマを箸で分ける隣で、ヴォルフが身を分けるのに苦戦しはじめた。

背側はいいが、腹に近づくにつれ身が取りづらく、小骨もくっついてしまっている。

「これ、ほぐし方のコツってある？」

「背骨側から箸を入れて、上を食べてから、骨を取って、反対側を食べるようにするといいですよ」

こんな感じです、と説明しながら箸を進める。

ヴォルフは真似しようとはしているが、なかなか身がきれいに外れない。ダリヤは彼の了承を得ると、箸を借りて分けていった。

「ダリヤは焼き魚を分けるのが上手だね」

「ヴォルフも慣れれば、簡単にできるようになりますよ」

話しつつ、内臓《ワタ》を口に運んだ。

内臓《ワタ》は少しだけ苦いが、そこに薬味を足して一口で食べると、深くいい味になる。かなり新鮮なのだろう、少しの苦さの向こう、潮と魚の味がはっきりわかった。

「ダリヤ、銀刀魚《ぎんとうぎょ》って、そこも食べるもの？」

「人によりますが、秋の銀刀魚《ぎんとうぎょ》は、お腹というか、この内臓《ワタ》もおいしいですよ」

自分の言葉にヴォルフが小さく切った内臓《ワタ》を口にする。そして、眉間にわずかに皺《しわ》を寄せた。

「……ちょっと苦めかな」

「大根おろしとレモンも一緒に口に入れるといいかもしれません。その後にお酒で。父は『大人の味』って言っていましたが。でも、内臓《ワタ》は苦手な人も多いので、無理はしないでください」

ヴォルフはその通りに薬味を足したり、次に食べるものに、少し唐辛子の粉をかけたりと試しだす。そして、三口目で大きくうなずいた。

「わかった……これもおいしい。なるほど、これが『大人の味』か……」

「わかってもらえてよかったです」

銀刀魚《ぎんとうぎょ》のおいしさは、無事、ヴォルフの全面的な理解を得たらしい。

「こんなにおいしいのに、どうして『下町魚』って呼ばれるんだろう？　銀刀魚《ぎんとうぎょ》はまだわかるけど、味の価値的に『銀魚』とかでもいいんじゃないかな？　いや、いっそ『金魚』でもいいかもしれない……」

おいしかったのはわかるが、前世の観賞魚の名前をつけないでほしい。ダリヤは網の上でぴちぴち跳ねる金魚を想像し、慌てて振り払った。

「銀刀魚《ぎんとうぎょ》は脂が強いので、体を動かすことの少ない貴族の方にはあまり好まれないんじゃないかと。騎士のように運動量が多い人や、脂ものも平気な若い人なら、おいしいと感じると思いますが」

「これも遠征に持っていったら喜ばれそうだ」

「ちょっとそれは厳しいかと……銀刀魚《ぎんとうぎょ》は傷みやすいので。冷凍していければ別ですが」

「魔導師に冷凍してもらって運べば、大丈夫じゃないかな？」

ヴォルフは一つの食材や料理にはまると、それを周囲に教えようとする。本人は意識していないのかもしれないが、隊はもちろん、王城内や、グイード、ヨナスにも勧めて広げており、完全に敏腕営業の域である。

「ヴォルフ、そこまでして遠征にサンマを持っていく必要はあるんですか？」

「士気向上」

笑顔で言い切る彼に納得した。主にそれはヴォルフの士気に違いない。


次の食材はトウモロコシだ。

続けてサンマを食べると、脂の強さで口飽きする可能性がある。なので、先に鮮やかな黄色を三つ、網に載せた。

トウモロコシは軽く茹《ゆ》で、バターと塩を軽くすり込んである。本当は醤油《しょうゆ》が欲しいところだが、ないので魚醤を一度煮て、クセを減らしたものに少し砂糖を混ぜた。それを刷毛《はけ》でたっぷり塗って焼きはじめる。

オルディネのトウモロコシは、粒がかなり大きい。前世で食べていたトウモロコシの一・五倍はある。皮は少しだけ固いが、甘さは十分あり、食べごたえがあるのがうれしい。

すでに茹でてあるものを焼いたので、待ち時間はそれほどなかった。

目の前で皿からはみ出す焼きトウモロコシを前に、ヴォルフが首を傾《かし》げる。

無理もない。トウモロコシは形のあるままでは、まず貴族は食べないらしい。トウモロコシ自体、『庶民の具材』と呼ばれることもあると聞いた。

だが、コーンスープは高級料理店にもあるのだから、なんとも理不尽な話である。

「これの食べ方なんですが……うちではそのまま、がぶりといくことが多いです」

「がぶりと？」

「行儀が悪いですが、こういう感じです」

焼きトウモロコシの上下を持ち、ダリヤはかぷりと噛《か》みついて食べてみせた。

「なるほど、本当に『がぶり』だ……」

「ヴォルフ！　そちらにナイフもありますので、食べづらければそちらを！」

気恥ずかしくなって慌てて言ったが、彼も同じようにトウモロコシに齧《かじ》りつく。そして、そのまま動きを止めた。

「甘い……」

最初に目を丸くしてそう言っただけで、あとは一心不乱に食べている。

その姿は幼い少年のようで、ちょっとかわいらしい。が、そんな失礼なことは口にできないので、自分も引き続き食べることにする。

確かにとても甘くておいしいトウモロコシである。タレともいい感じに馴染《なじ》んでいた。しみじみ味わっていると、ヴォルフがじっと自分を見ていた。正確には、持っているトウモロコシを、だが。

「ダリヤのトウモロコシが、すごくきれいなんだけど？」

「トウモロコシを一列ごとこう、下の歯で取るんですよ」

「ダリヤは器用だね。ちょっと俺もやってみる」

一列ごとに白い下歯を当て、慎重に慎重に食べるヴォルフに、笑いをかみ殺すのが辛《つら》い。きれいに三列ほど空きができると、彼は満足げにそれを観賞していた。

何度目かわからないが、貴族の彼にこういったことを教えていいのだろうか。まずい感じはひしひしとするのだが、手遅れ感はさらに上だ。

ヴォルフが二本目の焼きトウモロコシに移ったので、ダリヤは再び小型魔導コンロに網を載せる。

「サンマ、追加で焼きますね」

「ありがとう。ここに来るといつもいろんなおいしいものをご馳走《ちそう》になってて……なんだか、俺、餌付けされてない？」

「餌付けって、ヴォルフは私のペットじゃないんですから」

「……おいしい食事で餌付けされ、緑の塔に帰ってくる生き物かもしれない……」

「じゃあ、遠征から無事に帰ってくるように、おいしいものをたくさん作らなくちゃいけませんね」

ヴォルフの冗談に笑いながら、追加のサンマを焼いた。

「少し風が出てきたな……ああ、月だ」

長い食事を終えて一息ついた時、ちょうど夕日が落ち、月が丸に近い姿を見せた。

途中からつけていた魔導ランタンの灯《あか》りを弱め、二人で空を見上げる。

「月見酒になりましたね」

「そうだね」

ダリヤの言葉にうなずいたヴォルフが、グラスを月にかざし、ゆらゆらと揺らす。

琥珀をよぎる光を楽しんでいる彼を見つつ、ダリヤも手元の琥珀を空けた。サンマを食べていた時より一段濃い蒸留酒は、喉を少し熱くして内に消えていく。

雑談を交わしながら、しばらく青白い月を見ていた。

話の切れ間、ヴォルフがカラになったグラスを置く。

酒を注《つ》ぎ足そうとした一瞬、表情《かお》がひどく陰り、冷えた笑みに変わり、すぐにかき消えた。

「ヴォルフ？」

「……なんでもない。ちょっと馬鹿なことを考えただけ」

「吐き出したいなら、聞きますよ」

言いながら酒瓶を奪い取り、彼のグラスに琥珀を少し注ぎ足す。

ヴォルフはグラスの蒸留酒を見つめたまま、ぼそぼそと話しはじめた。

「……俺の黒い髪は母と同じだけど、偽金みたいなこの目は、誰に似たんだろう？　母は黒だし、兄も父も青い目だし。父方の祖父母も違う。俺が会ったかぎり、一族の誰にもいない」

「母方か、もっとご先祖様に似たのかもしれません」

「そうだね。でも、もしかして、俺が父に嫌われているのは、疑われて――」

「悪酔いしてますよ、ヴォルフ」

言いかけた彼の声を止めるよう、言葉をかぶせた。その先、何を言っていいかわからず、それでも必死に言葉を探す。

「ええと、ヴォルフのお母さんは、立派な騎士だって聞きました。それに、お父さんに見そめられて結婚したって。だったら、そんなことは思わないでください。子供に疑われたら悲しいじゃないですか。少なくとも、私だったら悲しいと思うので……」

「ありがとう、ダリヤ。ちょっと悪酔いした。忘れて」

我に返ったかのように言う彼に、ふと、兄であるグイードの顔が重なった。

「大体、ヴォルフとグイード様は似てるじゃないですか」

「俺と、兄が？」

言われ慣れていないのだろう。怪訝《けげん》な顔で聞き返された。

「ええ。困った時の眉の感じとか、笑い声とか。あと、いきなり話が飛ぶびっくり箱みたいなところとか……探せばきっと、もっとあると思いますよ。あ！　お酒とか食べ物の好みは似ていませんか？」

「言われてみれば、似ているかも……」

「私も父とは、お酒と食べ物の好みはかぶっていましたから。見た目だけじゃなく、そういうところで似ることもあるんじゃないかと思います」

「そうか……」

ヴォルフはゆっくりとうなずき、たいへんいい笑顔を返してくれた。

「ということは、兄上はきっと、銀刀魚《ぎんとうぎょ》の塩焼きと焼きトウモロコシが大好きに違いない」

「ヴォルフ、お願いですから、お屋敷の室内で銀刀魚《ぎんとうぎょ》を焼くのはやめてくださいね」


なお、ダリヤのこのお願いは守られなかったらしい。

スカルファロット家より、小型魔導コンロの発注と共に、大量の消臭剤と油落とし洗剤の注文が商会に来るのは、二週間後のことである。

新保証人と子狐

「それでは、どうぞ末永くよろしくお願い致します」

「こちらこそ、末永くよろしくお願い申し上げます」

魔導具店『女神の右目』の応接室。オズヴァルドとダリヤは、白い手袋をつけ、赤枠の羊皮紙を取り交わした。

オズヴァルドの左右には、息子であるラウルエーレ、第二夫人のフィオレ、そして、ダリヤの横には、イヴァーノが座っている。

「オズヴァルド先生、急なご相談でしたのに、ありがとうございます。本当に助かります」

「こちらもありがたいですよ。たいへん有能な商会長が保証人になってくださるのですから」

マルチェラに続き、メッツェナが商会保証人から抜けるため、また新しい保証人を探さなければいけなくなった。

イヴァーノが保証人として勧めてきたのは、服飾ギルド長で子爵当主のフォルトゥナートだ。

だが、ダリヤとしては避けたかった。

以前、彼に向かい、『私がフォルトゥナート様を信頼しますので、すべてお任せします』――そう言ってしまったことがある。仕事に関する言葉だが、貴族の間では、未婚女性が言うと『自分の騎士になってほしい』ということだと聞いてあせった。

その上、一昔前の歌劇では、女性が男性へ、最初に二人で迎える夜に言う台詞《せりふ》と聞いて血の気が引いた。貴族言葉は本当に、面倒なことこの上ない。

すでに彼は忘れているだろうが、気恥ずかしさもあり、他の人に頼みたかった。

その後、同じく商会長であるオズヴァルドに相談したところ、提案されたのが、相互保証人である。オズヴァルドがロセッティ商会の保証人に、ダリヤがゾーラ商会の保証人になる形だ。

ゾーラ商会の保証人として、駆け出しの自分では到底釣り合わないと思ったが、オズヴァルドから逆に願われた。

ゾーラ商会の保証人はそれなりに人数がいるが、オズヴァルドより高齢の者も多い。

息子が魔導具師となり、商会を継ぐときに、ダリヤのように近い年齢の保証人がいるとありがたい――その言葉に、ありがたく提案を受けることにした。

そして、今日。お互いを商会保証人とし、契約書類を取り交わしたのが今である。

「ダリヤさん、これからよろしくお願いします」

立ち上がり、テーブルを回り込んできたラウルが、自分に満面の笑みを向けた。

銀髪に銀の目。オズヴァルドをそのまま少年に戻したような彼の背は、ダリヤより、拳《こぶし》一つ半ほど低い。こんな弟がいたらと、ちょっと思ってしまうほどにかわいい。

「こちらこそ、よろしくお願いします、ラウルさん」

笑顔を返すと、少年が右手を差し出してきた。どうやら握手をご希望らしい。

初等学院の友人と握手を交わしたことを思い出しつつ、ダリヤはそっと手を添えた。

「え？」

ラウルはその場で片膝をつくと、自分の手の甲に唇を寄せた。まだ白手袋を外していなかったため、その上からであり、触れたかどうかもわからぬほどだ。

だが、ダリヤはその場で完全に固まった。

「末永くよろしくお願いします、ダリヤさん」

無邪気に微笑《ほほえ》む少年に、ダリヤは必死に再起動する。

オズヴァルドは子爵家の出であり、来年には子爵になることが確定している。息子に貴族教育を受けさせるのは当然だ。その中に、こういった貴族的挨拶があってもおかしくはないだろう。

「こ、こちらこそよろしくお願いします。ラウルさん」

「私は魔導具師の後輩ですので、敬称なしで『ラウル』とお呼びください」

「それは……」

男爵であり、お世話になっているオズヴァルドの息子である。

現在、無爵で、オズヴァルドの生徒であるダリヤが呼び捨てにしていい相手ではない。

「かまいませんよ、ダリヤ。二人とも私の生徒なわけですし、近しい後輩と思ってやってください。ラウルエーレは年下ですが、魔導具師として一人前になれば、いずれお互いにいい相談相手になれるかもしれません」

「お気遣いありがとうございます。では、ラウル、私のこともダリヤでお願いします」

「……では、『ダリヤ先輩』で」

小さくつぶやいた少年が、うれしげに笑む。

ラウルには幼い弟がいるはずだが、兄や姉はいない。だから、年齢が上の自分が身近になったようでうれしいのかもしれない――ダリヤはそう納得する。

前世も今世も、子供の頃、兄や姉がいればと、自分もちょっぴり憧れたものだ。

「さて、ロセッティ商会長。この場をお借りして、お知らせとお願いがあります」

ダリヤではなく、商会長呼びされたことに、慌てて背筋を正した。

「ゾーラ商会では、この度、副会長に妻のフィオレをおくことになりました。今後は商会関連の業務の一部を任せていく予定です。どうぞよろしくお願いします」

赤髪と薄緑の目をした女を見れば、以前の柔らかな雰囲気が、一段、華やかなものに変わっていた。すっきりと結い上げた髪、少しだけ色の強くなった口紅、エンジ色のドレスが、いかにも副会長らしく見える。

「フィオレ・ゾーラです。何かとご迷惑をおかけすることと思いますが、よろしくお願い致します」

赤髪と薄緑の目をしたフィオレが、にこやかに笑う。

笑うと目尻が少し下がり、年上でもかわいいと思えるのは変わらない。彼女なら、仕事の相談なども気軽にしたくなりそうだ。

だが、そこでふと思い出す。今までゾーラ商会の副会長というのは、名前も聞いたことがなかった。

イヴァーノも同じだったらしい。考え込むような目をオズヴァルドに向ける。

「オズヴァルド先生、失礼ながら、私は副会長様へご挨拶をしたことがなく……」

「ええ、義父に内々に名前をおいてもらっていただけですから。先日、自分は高齢なのだから、もう妻に代えろと叱《しか》られまして。私とは、十と少ししか違わぬはずなのですが」

「親は子供の心配をするものですので……」

苦笑するオズヴァルドに、フィオレが優しく笑む。オズヴァルドもどうやら義父には弱いらしい。

その後の雑談の中、小さな呼びかけが響いた。

「……あの、父上」

大人達が話をするうちに、ラウルはしっかり自分の椅子に戻っていた。

その銀の目が、少し不安げにオズヴァルドを見つめている。

「どうしました、ラウルエーレ？」

「父上は……どこもお悪くないですよね？」

「ええ、健康ですよ。ですが、それは今、お客様の前で聞かなければならないことですか？」

「……申し訳ありません」

ラウルが父親の体を心配するのはわかる。そして、オズヴァルドが客のいる場でそういった話をせぬよう、躾《しつけ》として叱るのも、わからなくはない。

それでも、叱られてうなだれた少年が、とてもかわいそうだ。

「オズヴァルド先生！　あの、子供でも、親の心配はします……」

思わず声をかけてしまい、当たり前すぎる発言になった。もうちょっと言い方を考えてから口を開くべきだった。

だが、オズヴァルドは顎《あご》を押さえ、しばし固まる。

「……私のミスですね。人にはきちんと言葉にしろと教えながら、体面を取り繕って自分の方が抜け落ちるとは。これでは伝わらないわけです。少々失礼します、ロセッティ会長、イヴァーノ」

オズヴァルドは立ち上がり、ラウルへまっすぐ向き直った。

少年は同じ銀の目を丸くして、父を不思議そうに見返す。

「商会の仕事をフィオレに手伝ってもらうのは、魔導具師の仕事と、弟子を――息子を教育する時間を増やしたいからですよ。ラウルエーレ、あなたがきちんと一人前の魔導具師になるように」

魔導具師の師匠の手、父親の手が、少年の頭にそっと置かれた。

少々恥ずかしげな顔をしたラウルだが、その手を止めることはなかった。

「ありがとうございます、父上！　早く一人前になれるようがんばります！」

「ええ、励みなさい」

笑みを浮かべつつそっと見守っていると、少年がいきなり自分を呼ぶ。

「ダリヤ先輩、きっとすぐ追いつきますね！」

「がんばってください、ラウル。追いつかれないよう、私もがんばりますので」

父に勇気づけられ、勢い込んで言う少年だが、魔導具師の先輩としては負けられない。

ダリヤも笑顔で答えつつ、内で気合いを入れた。

生徒同士、研鑽《けんさん》を誓う会話が楽しいのだろう。目の前のオズヴァルドが目を細め、フィオレと微笑み合っている。

「お二人とも、すぐ腕が上がりそうですね」

「ええ。そろって腕が上がるのを、ぜひ末永く見ていきたいものです」

なごやかな会話の中、イヴァーノはこめかみを指で押し、鈍い頭痛を逃がそうとしていた。

少年の銀の目にある熱を、ダリヤだけがまるで気づいておらず――

誰にも聞こえぬよう、唇だけでつぶやく。

「小さくても、銀狐《シルバーフォックス》か……」


帰路の馬車、窓から外を見ていたダリヤが、くるりとイヴァーノに向いた。

「あ、イヴァーノ、今日からロセッティ商会の副会長と後継になってください。商業ギルドに戻ったら手続きをお願いします」

「はぁっ!?」

驚きのあまり、頭のてっぺんから声が出た。

前置きもなく、確認もない。単純明快なお願いだが、いきなりすぎる。

「ちょっと待ってくださいよ、会長！　いきなり何ですか？」

「いえ、いきなりじゃないです。前から考えていたんですけど、今日、オズヴァルド先生のお話を聞いて、うちも早い方がいいかと……」

「会長、まさか調子が悪いとか、何かあります？」

先ほどのラウル以上に慌て、イヴァーノは聞き返す。

「何もありません。でも、商会はこれから四人になるわけですし。今のままで私に何かあったら、その後に困りますから」

あっさり言うダリヤは、おそらく商会副会長の権限と、後継の意味が絶対にわかっていない。

一歩間違えば、商会のすべてを自分に譲る形になってしまうのだ。まして、両方同じ者にさせるのはまずすぎる。やる気になれば、商会を乗っ取ることさえもたやすくなる。

イヴァーノは噛《か》み砕くように説明を始めた。

「副会長の権限というのは、すごく大きいんです。後継の指定だってそうです。商会財産が動かせますから、普通は近い身内か、よっぽど信頼できる方をお願いするもので――」

「イヴァーノは身内じゃないですけど、信頼はしていますので、だめですか？」

直球で言われ、言葉につまる。

ありがたい言葉ではあるのだが、ここはきちんと説明しなければいけないだろう。

「副会長の権限と、後継指定の意味は、よく理解してますか？」

「はい、理解していると思います。本は読みましたし、商業ギルドで説明も伺いました」

「言い方が悪いですが、会長に何かあった時、俺が副会長で後継だと、商会を丸ごと手にするってことですよ、財産も、魔導具の権利も」

「ええ、そのためです。私に何かあったら、イヴァーノに継いでもらわないといけないので。商会員の暮らしが傾いたり、製品がなくなって困る人が出たりするのは避けたいじゃないですか」

当たり前のことをなぜ聞くのか、そう言わんばかりの緑の目に、イヴァーノは凍る。

「俺が商会を継ぐって……一体、何を言い出すんですか？」

「だって、私は家族も弟子もいないですから。もしもの時に、商会を運営し続けるか、たたむか、商会員をどう守るかを判断するのは、副会長にしてもらわなければいけないので。備えることは必要だと思います」

淡々と言うダリヤに、ひどく違和感を覚える。

その目をじっと見返せば、いつもは澄んだ緑に、わずかに昏《くら》い影が差していた。

「……会長、オズヴァルド先生のところで、何かひっかかることがありました？」

「そういうわけではないんですけど……私にもしものことがあって、商会が止まったら、商会員も、その家族も巻き込みます。『商会は第二の家族』とも言いますから、備えておきたいんです」

ダリヤが思い出しているのは、おそらくラウルだろう。

確かに商人は、『商会は第二の家族』と呼ぶことがある。そう教えたのは自分だ。

すでに家族のいないダリヤだ。あの少年に重ねて、自分やマルチェラの妻子まで、守るべき対象として認識したか。あるいは、ラウルを後継者として育てはじめたオズヴァルドに、もしもの死を考えたか。どちらにしろ、年若いダリヤにそんな心配をしてほしくはない。

この赤毛の主《あるじ》には、憂いなく、できるかぎりの自由を与えたいのだ。好きな魔導具を作り、気持ち良く仕事をし続けてもらいたいのだ。そのために商会員の自分がいるのだから。

「ダリヤさんはそんなことを心配しなくていいですよ。それに、万が一、いえ、億が一、そんなことがあっても、俺が一商会員として商会の取り回しはできますし、もしもの時はガブリエラさんに相談して――」

「私が商会長なのに、ですか？　それに、ガブリエラはロセッティ商会員じゃなく、副ギルド長です。商会員に助けてもらって、働いてもらって、もしもの時にその暮らしも守れない、その後は商業ギルド頼りの商会長なんて、無責任すぎてかっこ悪いじゃないですか」

「かっこ悪い、ですか……」

「ええ。万が一にも、そんなかっこ悪い終わり方は、したくないなって思ったんです。そうならないよう、副会長と後継を頼めるのはイヴァーノだけですから。だからお願いしたいんです」

声に揺らぎはまるでなく、一度死んだことがあるかのように懇願してくるダリヤに、笑おうとして笑えなくなった。

『商会長は、心を壊してまでやることはない』――以前、自分はダリヤにそう言ったことがある。ダリヤは商会長になったが、商売の知識はあまりない。表裏の顔もなく、人との駆け引きも向いていない。

だから、商売面では自分が前で利を見定め、影の部分を呑《の》めばいい、彼女をかばえばいい、そう考えてやってきた。

だが、彼女は商会長として、商会員を守ろうとその腕を伸ばしはじめた。

教えられたからではなく、自分で学び、判断して――商会長として、自分の足で立った。

イヴァーノはそれに気がつけず、危うく『かっこ悪い』部下になるところだった。

「俺はダリヤさんを、まだ先導しなきゃいけない女の子だと、どこかで軽く見ていましたよ。あなたは一人前の魔導具師だけれど、一人前の商会長にも成《な》っていたんですね……」

「イヴァーノ？」

自分のつぶやきを不思議そうに聞いているダリヤに、精一杯の笑顔で答える。

「副会長と後継の件、謹んでお受けします。会長にご家族ができたら、代わるということで」

「いえ、その予定はないので。いずれ魔導具師の弟子はとるかもしれませんが、イヴァーノを副会長から下ろすことはありません。もし私に何かあれば、イヴァーノが商会長に、弟子を副会長にすればいいですし」

「……わかりました」

つい言い返しそうになったが、あえて呑む。そうなった時、また話し合えば済むことだ。

ダリヤは、真の商会長に成った。

助言はしても、先導も矯正もすまい。

安全には気をつけても、保護はすまい。

自分は副商会長として、商会長の隣に立つ。

これからは、どちらが先でも後でもなく、共にロセッティ商会として進むだけだ。

「会長、近いうちに、新商会員の歓迎会と職人の顔合わせを一緒にするのはどうでしょう？　フェルモとルチアさんを呼んで」

ロセッティ商会の新しいスタートを祝うのに、四人だけというのも寂しい気がする。

気が置けない仲間を呼び、にぎやかに楽しく祝いたいものだ。

「いいですね、そうしたいです。あの、ヴォルフも呼んでいいでしょうか？」

「もちろんです。逆に呼ばないとだめでしょう、ヴォルフ様は」

自分がそう答えると、ダリヤが花開くように笑った。

商会においては自分が彼女の隣にあろうと思うが、人生では別である。

家族ができる予定はないと言い切ったダリヤだが、無意識で身内扱いしている者に気づくのはいつの日か。

余計なお節介ではあるのだが、イヴァーノは内でそっと祈る。

願わくばその気づきは早め、あの銀の子狐《こぎつね》が育ちきる前でありますように——

新商会員顔合わせ

「マルチェラ、大丈夫ですか？」

「大丈夫です、会長。そのうちにメッキがはがれて下地が出そうですが」

きりりとした顔で答えるマルチェラだが、言っていることがすでに不穏だ。

そしてダリヤの方も、表情を整えるのが辛《つら》くなってきた。

「……やっぱり落ち着かないわね、マルチェラさん」

「仕方がないだろう、ダリヤちゃん！　これで慣れないと、客先でこっちの口調になったらまずいだろ」

「はい、会長、マルチェラ、だめですよー」

商業ギルドの一室、ロセッティ商会では、商会全員で礼儀作法にのっとった顔合わせ中だ。

ダリヤとイヴァーノ、机をはさんでマルチェラ、メッツェナの四人で行っている。

完璧なのはイヴァーノだけなので、言葉やお辞儀の角度なども新人二人に教えながら、自己紹介の練習を兼ねている。しかし、これがなかなか難しい。

今も、連鎖反応的にダリヤとマルチェラの口調が崩れたところだった。

メッツェナに至っては必死に笑いをこらえ、肩を震わせている。

「会長、もうちょっとがんばってください。仕事中はマルチェラは部下ですし、スカルファロット家の『騎士様』なんですから」

「『騎士様』はやめて頂けませんか、『副会長』。背中がかゆいです」

「マルチェラ、私も本音を言うと『副会長』は背中がかゆいです」

相手の肩書きを強調して言い合う二人だが、その肩がわずかに震えている。

ダリヤはそれになつかしさを覚えた。

「二人とも、私が『会長』と呼ばれて落ち着かなかった日々を、しっかり味わってください」

つい笑顔で言うと、斜め向かいのメッツェナが吹き出した。

「僕は平《ひら》で本当によかったです、『騎士様』、『副会長』」

「メーナ、覚えてろよ……」

「マルチェラ、言葉を整えましょう」

少々揉《も》めつつも、ようやく型通りの顔合わせを済ませ、全員で一息ついた。

「では、ここからは事務手続きになります。お二人には保証人を外れて頂いたので、保証人期間の収益をお渡しします。それぞれ、商業ギルドの口座に入れておきました。こちらが入金証明書となります」

マルチェラとメッツェナはロセッティ商会の保証人だった。

商会開設時に、二人とも金貨四枚を預けてくれていたが、今回、商会員となり、保証人を外れる。そのため、保証人期間中の利益を上乗せして返却する形になる。

二人はイヴァーノから入金証明書を受け取ると、そのまま固まった。

「……副会長、金額が間違っていませんか？」

「間違ってませんよ、マルチェラ。確認済みです」

イヴァーノが涼しい顔で答えた。

書類に記されているのは、元金の金貨四枚にプラス二十枚、合わせて二十四枚だ。

「たった四ヶ月で六倍……賭け事か……」

呆《あき》れているのか感動しているのかわからぬメッツェナが、水色の目で書類を凝視している。

ダリヤの感覚で考えると、四十万を預けて四ヶ月で二百四十万に増えたようなものだ。

二人が驚くのも無理はない。正直、自分も驚いた。

「ちゃんとした収益からのものですから、受け取ってください」

「わかりました。ありがたくお受け取り致します。で——会長じゃなくダリヤちゃん、これをこのまま腕輪の支払いに回してほしい。足りない分も、分割で必ず払う」

マルチェラが書類をテーブルに滑らせ、ダリヤに渡してきた。

「マルチェラさんは、これから子供が生まれるんだし、しかも双子よ。イルマだってしばらく仕事に戻れないと思うし」

「スカルファロット様と商会から頂く給与は十分な額だ。運送ギルドの頃よりも多いし、生活には困らない」

ダリヤとしては、今後のゆとりのために受け取ってほしかった。

だが、ここまで言い切ったマルチェラが絶対に引かないのは、今までの付き合いでわかる。

「……じゃあ、元金は戻させて。利益分を腕輪の代金として受け取るわ。それで、素材と各商会、グイード様へのお礼に回させてもらうから。あと、追加分はないわ」

「いや、かなり高いだろ、あれ。希少素材使いまくりなんだし、技術料だって」

「オズヴァルド先生は素材分の金額しかいらないから、後で私が作業を手伝うという約束だし、トビアスも金銭は受け取らないと言ってるから、本当にそこまでかかってないの。いずれ、何か違う形でゾーラ商会とグイード様にはお返しをしようと思っているけど」

「わかった。もらった仕事を全力でこなすのと、俺の方でもお礼ができそうなものがあれば返していくようにする」

マルチェラはそこで話を切ると、メッツェナに鳶色《とび》の視線を向けた。

「メーナ、これで心おきなく引っ越せるな」

「ええ。給湯器付きの部屋に引っ越します」

「あの、メッツェナさん、もしかして、自宅に押しかけられていますか？」

「ええと……そんなに多くはないんですが」

そっと目をそらしたメッツェナに、申し訳なくなった。

多くないとは言っているが、貴族が絡んだら応対に気を使う。くつろげるはずの自宅でそれでは、ここ二週間、まるで休めなかったに違いない。

「うちのせいですから、こちらで部屋を準備します。後で条件を教えてください。それと、今日は宿屋に泊まってください」

「ありがとうございます。お手数をおかけします。あと、会長も副会長も、できれば『メーナ』でお願いできないでしょうか？　『メッツェナ』って呼びづらいですし、どうも慣れなくて。運送ギルドでも『メーナ』と呼ばれていましたから」

「わかりました。じゃあ、これからは『メーナ』と呼ばせて頂きますね」

名前が愛称に変わったことで、少しメーナが近くなったような気がする。それでも呼び捨てに馴《な》染《じ》むには、しばらくかかりそうだ。

「では、本日よりこの四人で、ロセッティ商会を盛り立てていきましょう！」

イヴァーノの明るい宣言に、四人で笑顔を交わす。

商会部屋がまた一回り、小さくなった気がした。


予定業務を終えると、初日なので少し早めに切り上げる。

今後、ダリヤの帰りは、マルチェラが馬車に同乗し、塔まで送ることになった。

「メーナは部屋と宿の話がありますので、ちょっとだけ残ってください」

「はい、わかりました」

「俺、じゃなかった、私は明日の午前中も、スカルファロット家で騎士教育があるので、午後から参ります」

「マルチェラ、がんばってください」

「……知恵熱が出そうです……」

砂色の髪の主は、吐息と共に本音をこぼした。

マルチェラは、昨日からスカルファロット家で、騎士の礼儀作法と心得を学びはじめている。

運送ギルド員として貴族の屋敷に届け物をすることはあったが、騎士の知識などまるでない。

老騎士とマンツーマンで、メモを取ることができぬ実践形式。内容は朝から昼食終わりまでの時間、朝の挨拶から廊下の歩き方、食事の仕方、トイレの出入りまですべてと聞き、イヴァーノもふるりとしたものだ。

「がんばって、マルチェラさん。慣れればきっと大丈夫よ」

「ダリヤちゃん、慣れる日がくることを祈ってくれ……」

ダリヤは友人として、無邪気な笑顔で応援している。

マルチェラは苦笑しながらドアを開け、彼女と共に部屋を出ていった。

商会部屋は、イヴァーノとメーナの二人きりになる。

「メーナ、そちらに座ってください。部屋はこのあたりでいいですか？　候補はこの三つで。ロセッティ商会として借り上げます。あと、引っ越すまでの宿はこちらでお願いします」

「ありがとうございます。三つのうち一番安いところでお願いします。宿はもっと安いところでも……」

テーブルに書類を広げて見せたが、メーナは申し訳なさそうだ。

若いが、金銭感覚はしっかりしているらしい。それにこれ幸いと甘えることもないようだ。

「商会で全部出しますし、誰かに来られたら厄介でしょう？　ここは泊まり客を守ってくれる宿ですから。引っ越しが終わるまでこちらを利用してください」

「ありがとうございます、本当に助かりました……」

ほっとした顔に、ここまでの気苦労が透けて見えた。

予想より、うちの商会と会長につなぎをつけたいところは多いのかもしれない。

「もし困ったことや相談ごとがあれば、いつでも俺に言ってください」

「その、給与の件ですが……運送ギルドの頃より高いんですが、僕なんかがこんなに頂いていいんでしょうか？」

「こちらで迷惑をかけたわけですし、うちの商会は人が少ないので、荷運び以外もいろいろやってもらわなきゃいけませんから。ああ、業務が増えれば、給与はまた上げますよ」

職場を奪う形になった迷惑料も含め、運送ギルドの給与より三割増しにしている。

それでも、これからこの商会でみっちり働いてもらうことを考えれば、けして高くはない。

「聞いておきたかったんですが、メーナの身体強化や魔法はどれぐらいですか？」

「身体強化は、体重の三倍までの運搬なら楽にいけます。魔力は四で、風魔法があります。夏に皆を少し涼ませるか、服の乾きをよくする程度ですが」

「運送ギルドでは、御者の経験もおありですよね？」

「はい、馬が好きなので。運送ギルドの馬の世話も少し手伝っていましたし、多少は乗れます。王都内で急ぎの届け物ぐらいなら行けます」

「マルチェラは『たまに』と言っていましたが、荒事《あらごと》のご経験は？」

荒事とは、運ぶ荷物を狙う者達との戦いの話だ。王都の外に荷物を運ぶときはもちろん、貴族の屋敷に荷物を運ぶときも、高額な物を狙って馬車が襲われることはある。

運送ギルドの配達人達に身体強化と腕っぷしが求められるのは、このためでもある。

「運送ギルドでマルチェラさんと組んでいましたので、少々は」

気負いなく答える彼に、その評価を引き上げる。

なかなかに有能だ。同じぐらいの人員を運送ギルドから引き抜こうと思ったら、給与はもう少し色をつけねばならないだろう。

紺藍の目を細めると、イヴァーノは一番聞きたかったことを尋ねた。

「メーナ、『噂雀《うわさすずめ》』は、何年やってますか？」

「……三年くらいになりますか」

一拍答えは遅れたが、メーナは隠すことはしなかった。

噂雀《うわさすずめ》は、金を受け取り、街で噂や宣伝を撒《ま》く者達のことだ。

メーナは主に庶民向けの食堂や酒場で、酔った者達に話を撒いているという。

「噂雀《うわさすずめ》の仕事は、今後も続けますか？」

「ロセッティ商会に入るなら、やめなければと思ってましたが……」

「念のため、話す内容を教えてもらえるようなら、続けてもらってかまいませんよ。それなりにいい収入源でしょうし。うちの方からも依頼するかもしれませんし」

イヴァーノはわざと口角を少し吊《つ》り上げ、青年の水色の目をじっと見る。

「マルチェラは、あなたが『噂雀《うわさすずめ》』だってことを知らないですよね？」

「はい、言ったことはないです。隠れたこづかい稼ぎみたいなものなんで。マルチェラさんは心配性なので、あまり詮索《せんさく》されたくないですし」

「金の使い道を聞いても？」

「交際費です。俺は『自由恋愛派』なんで、それなりに付き合いにかかります」

あっけらかんと言ったメーナは、ひるみなく自分を見返してきた。

『自由恋愛派』は、オルディネ王国の自由度の象徴とも言われる。

カップルとして恋愛はするが束縛はしない、交際相手が他と付き合うのを止めない、特定多数のお付き合いだ。どちらも同じ考えであれば修羅場はない。

少々気持ちがひっかかるのは、イヴァーノが妻一人しか想《おも》わない派のせいだろう。

「わかりました。恋愛は自由ですが、商会へのトラブルの持ち込みはご遠慮ください」

「はい、気をつけます」

素直にうなずくメーナを見つめ直し、納得した。

柔らかな栗《くり》色の髪、整った顔立ちに、涼やかな水色の目。運送仕事で引き締まった体躯《たいく》に、薄藍色の上着が似合いである。

ヴォルフを見慣れて感覚が麻痺《まひ》していたが、間違いなくメーナも美形の部類だ。

なるほど、これならば恋多き若者というのも似合いそうだ。なお、うらやましくなどない。

「では、お疲れ様でした。宿の方へは連絡済みです。ギルドの裏口から移動すれば尾《つ》けられないと思います」

「ありがとうございます、副会長。では、お先に失礼致します」

今日教えた礼を目の前できちんと実行し、メーナも部屋を出ていく。


一人残った部屋で、イヴァーノは書類を片付ける。

そして、グイードから送られてきた羊皮紙を机に広げ、読み直した。

メッツェナ・グリーヴ――親は不明、救護院で育ち、マルチェラの紹介で運送ギルド入り、真面目な働きぶりには定評がある。

能力は期待以上、保証人がマルチェラ、どこの紐《ひも》もついていない。なかなか得難い人材だ。

ただ、金の使い道で嘘《うそ》をつかれたのは意外だった。

彼の身元調査を行ったが、確かにメーナに女友達はそれなりにいる。だが、その多くは同じ救護院の出身者だ。そして、メーナが給与に見合わぬ援助をし、足繁《あししげ》く通っているのは、自分がいた子供向け救護院である。

確かに『交際費』には違いないが、素直に言ってくれればいいものを。

わざと心象を悪くするように『自由恋愛派』を理由にしてくるあたり、気恥ずかしいのか、若さ故の強がりなのか――まだ判断できない。

以前、師であるオズヴァルドが自分に言ったことがある。

『今後のために、早めに子犬を飼うことをお勧めします』と。

その勧めは、年若い商会員を信頼できる者として育てろという意味だ。

メーナは人当たりがよく、物怖《ものお》じしない。礼儀もある程度知っており、一人で届け物に行かせても心配ない。身体強化もあり、護衛のいらぬほどには腕も立つ。その上、噂雀《うわさすずめ》という世間の多少の灰色も呑《の》んでいる。

少々素直ではなさそうだが、商人として育て上げることができれば、かなりいけそうな気がする。

自分も一人前とはまだ言い難いが、使える部下、信頼できる身内は多い方がいい。

「俺の仕事がまた増えるのか。まったく忙しくなりそうだ……」

言葉に反し、イヴァーノは楽しげに笑っていた。

沼蜘蛛討伐と遠征食

片道が馬で丸一日ほどの距離、魔物討伐部隊は王都の東に来ていた。

東街道沿いの宿場街、その水源となる湖のほとりに、巨大な蜘蛛《くも》が出たという。

宿場街の衛兵や冒険者では手に負えず、水の管理もできないため、魔物討伐部隊が呼ばれたのだ。

到着は夕方すぎであり、湖から風下となる草原にテントを張った。明朝早く、足元が見えるようになってからの討伐予定だ。

「明後日《あさって》の夜までに帰りたい……」

「ヴォルフ、王都を出てからずーっとそれしか言ってないな」

「まったくだ」

黄金の目を伏せ、繰り返したため息をついているヴォルフに、友であるドリノとランドルフが苦笑する。テントの中、三人ともワインの革袋を手にしていた。

「明後日、ロセッティ商会の歓迎会と懇親会があるんだ。保証人としては参加したいじゃないか」

「そんなら休みをとればよかったじゃないか」

「いや、この前三日休んだから、そんなに休めない」

「そう言うけど、お前、今まで自主休暇をとったことあんまないだろ？　もう少し休みをとってもいいと思うぞ」

思い返せば、入隊以来、ヴォルフはほとんど自主休暇をとったことがない。怪我《けが》で指定された休養期間と、兄の結婚式が思い出せるくらいだ。

自主的なものとしては、先日、マルチェラの相談で休んだのが初めてかもしれない。

「休暇希望は年二十日までは認められている。他の隊員に合わせ、ヴォルフももっととるべきだ。季節もいいのだから、王都の外へ観光旅行にでも行ってきたらどうだ？」

「王都の外って、遠征ではよく行ってるけど……」

子供の頃、領地へ行く際に襲撃を受けて以来、王都の外へ家族で出たことはない。旅行をしようと思ったこともなかった。

「おい、観光旅行は遠征じゃねえからな。旅行先に珍しい魔物のよく出る森とか、素材のよく採れる山とか選ぶなよ」

「ダリヤなら、その方が喜ぶ気がする」

「……そっか」

「……そうか」

観光旅行の同行者に、なぜかダリヤが組み込まれている。

ランドルフとドリノがぬるい視線を交わしていることに、ヴォルフは気づかなかった。

不意に、ばさりとテントの入り口をふさぐ布が揺れる。どうやら風が少し強くなったらしい。

今は夕食の時間だが、最近の遠征とは違い、静かなものだ。

「明日は大蜘蛛の討伐か。森大蛇《フォレストラスネイク》とか大猪《ビッグワイルドボア》なら、もう少し皆、やる気になったんだろうけど」

「大蜘蛛を食したという話は、聞いたことがないな。食べられるのだろうか？」

「いや、そもそも試したくもないだろ」

油紙を開け、それぞれ囓《かじ》りはじめるのは黒パンに干し肉である。

本日は故あって、以前の遠征食となった。

「久しぶりに食べると、また一段と噛《か》み応えがあるな。顎《あご》にくる」

「俺達、今までずっとこれを食べてたんだよね……」

「人間、贅沢《ぜいたく》には簡単に慣れるからな。そして戻りづらいものだ……」

久しぶりの黒パンと干し肉をもそもそと咀嚼《そしゃく》し、喉につかえぬようワインで流し込む。

食べられること自体はありがたいと思うが、正直、残念な夕食だ。

「第二騎士団はようやくテントが張れたみたいだ。食事ができるといいけど、これ、平気かな？」

「どうだろうな。喉に詰まらぬことを祈ってやるぐらいしかできん」

「つかえても、治癒魔法の使える魔導師がいるから平気だろ」

魔物討伐部隊のテントから少し離れた場所、入り口に赤い布をかけたテントが五つある。

中にいるのは、第二騎士団の副団長と騎士十二名。今回の遠征に同行している。

任務違いの彼らがなぜここにいるのか――それは少し前の予算確認会が発端だ。

魔物討伐部隊は、騎士団全体の対人模擬戦ではあまり勝ち星が多くない。対人向けの訓練量が少ないことと、人は魔物と違って加減がわからないためだ。

このため、騎士団内では力量がはっきり見えず、侮られてしまうことがある。

中には、魔物と戦うのは案外簡単なのではないか、自分ならもっと効率的に魔物を討伐できる――そんなことを考える者、言い出す者もいる。

第二騎士団の副団長もその一人だ。

侯爵家の出で、次期第二騎士団長とも言われ、確かに腕は立つ。模擬戦で相手を長剣で叩《たた》きふせる様は、騎士として見事なものだ。だが、魔物と戦った経験はない。

先日の予算確認会、隊長のグラートが親戚の葬儀で休みをとった。そのため、副隊長のグリゼルダが代理で出席した。

グラートがおらず、温厚に見えるグリゼルダが参加したことで、口がゆるんだのだろう。

予算確認会の終わり際《ぎわ》、第二騎士団の副団長はこう言ったという。

『魔物討伐部隊は遠征費がかさみすぎではないですか。もう少し遠征期間を短縮されては？』

第二騎士団の団長は慌てて止めたが、グリゼルダは怒りもせず、副団長へすかさず相談を持ちかけた。

『遠征期間を短縮したいとは思っていますが、魔物とどう効率的に戦うかで悩んでいるのです』

その後、グリゼルダが第二騎士団の副団長と、どう話を進めたのかはわからない。

大方、あの穏やかな表情と口調でじわじわと包囲網を狭め、己の望む方へ引きずったのだろうとは思うが。

「第二騎士団の副団長が私の相談に対し、第二騎士団の精鋭騎士を十二人も貸してくださった上、自らも参加を申し出てくださいました。名目は魔物討伐体験、実際は隊の助力と教育に来てくださるという、たいへんにありがたいお話です。今回は『魔物討伐部隊は、我々の見学でよい』とのことですので、先陣はお譲りしましょう」

遠征出発前、そう説明する副隊長の冷えきった笑顔に、全隊員が沈黙した。

霧のように漏れるその威圧に、前にいた新人達のほとんどが青い顔をしていた。

魔物討伐部隊副隊長のグリゼルダは、普段はたいへんに穏やかで優しい。任務にあたっても、とても冷静で落ち着いている。

ただし、魔物討伐部隊員が知る限り、それを崩すものが三つある。
一、訓練・戦闘中にふざけた者。
二、無能・やる気なしと判断された者。
三、大型の爬虫類《はちゅうるい》・両生類。
訓練・戦闘中にふざけた者は、もれなく水魔法で全身もみ洗いをされた後、大喝、大説教となる。

うっかりやらかした新人が通る道だ。

次に無能・やる気なしと判断された者は基本、存在をないものとされる。訓練や任務で最低限のやりとりはあるが、助言も励ましも一切なくなる。態度を悔い改めれば挽回も可能だが、なかなかに堪《こた》えるらしい。

そして、グリゼルダの忌避する爬虫類・両生類。特に森大蛇《フォレストラスネイク》や大蛙《ビッグフロッグ》などの大型爬虫類・両生類は、彼の視界に入ると滅される。慈悲はない。

なお、先日の遠征中に森大蛇《フォレストラスネイク》が出現したときは、干物にできぬほど破損させぬようにと、グリゼルダ本人が隔離された。

今回は魔物討伐部隊を軽く見られたことでお怒りなのだろう。だが、相手が第二騎士団の副団長ゆえ、耐えておられるに違いない――移動中、グリゼルダをそう心配する者も多かった。

だが、時間を経るに従い、グリゼルダの思惑を年長の隊員から順に理解した。

王都からここまで、朝から夕刻まで馬での移動。悪路で馬を走らせるには、コツと慣れがいる。休憩は短く、馬の世話、体調確認も必要だ。

限られた水かワインで黒パンと干し肉を噛む昼食、あとは馬上でドライフルーツなどを囓りつつ、ひたすらに移動する。

魔物討伐部隊にとっては慣れた移動でも、王城や王都内で活動することの多い第二騎士団には堪えたらしい。次第に口数は少なくなった。さすがに弱音は聞こえてこなかったが。

野営地に着いたときには、疲れ果てているのが透けて見えたが、ここからも一仕事である。

周囲の安全確認、馬の世話、見張り場の設定、トイレの場所の設定、整地して自力でテントを張るなど、やらなければならないことは山とある。

見張り場などは魔物討伐部隊が請け負ったが、第二騎士団の騎士は、草丈のある中、テントが張れずに苦戦していた。代わりに張ってやるべきか、それとも手伝うかと思いはじめたところ、グリゼルダがにこやかにテントの張り方の『指導』に行った。

その後の食事は遠征用コンロを使わない、以前の遠征食である。

第二騎士団も多少の持ち込みはしているだろうが、はたして満足に食べられているものか。そして、慣れぬ野営で今晩、疲れはとれるものか――時間が過ぎるに従い、少々同情のこもった視線が、赤い布をかけたテントに向くことになった。

もっとも、おかげで魔物討伐部隊員達も、本日は以前の遠征食となっているわけだが。

「やっぱり黒パンと干し肉だけだと味気ないなぁ……詰め込んだだけって気がする」

「ドリノ、クラーケンの干物食べる？」

「お前の胸ポケットは何が入ってるんだよ？　くれ」

ヴォルフから干物を受け取ったドリノは、礼を言って囓りはじめる。

すると、ランドルフが自分の鞄《かばん》から大きめの包みを取り出した。

「干し芋を持参したが食べるか？　甘いぞ」

「ありがとう。なつかしいな、子供の頃よく食べてた。どこで買った？」

「ロセッティ商会だ。この前、隊に来たとき、日持ちのする甘いものはないかと話したら勧められた。子供の頃のおやつだったそうだ」

「……そう」

「ヴォルフ、言っておくが、イヴァーノ殿だぞ」

尋ねてもいないうちにダリヤではないと説明され、ヴォルフは眉間に薄く皺《しわ》を寄せる。

軽く咳《せき》をすると、自分も鞄を開け、水筒を取り出した。

「東酒《あずまざけ》を持ってきたけど、飲む？」

「いや、俺は蒸留酒を持ってきた。ランドルフも飲まないか？」

「自分も持ち込みがある。下町の蜂蜜梨酒《なしざけ》だ」

鞄からそっと取り出されたのは、小さなガラス瓶だ。中には酒と共にぶつ切りの梨が入っていた。蜂蜜そのままのようなこっくりとした色合いは、見るからに甘そうだ。

「ランドルフ、貴族街の果物酒は飲まないのか。そっちの方がうまいだろ？」

「果物酒は貴族街のものより、下町の方が好みだ。甘さが強くて果物の味が濃い」

「確かに、貴族街だから、おいしいものがあるってわけじゃないからね……」

しみじみと言ったヴォルフに、ドリノがじと目を向ける。

「この野郎、またダリヤさんに食わせてもらったもんを思い出してるな。で、今回食べさせてもらったのは何だ？」

「銀刀魚《ぎんとうぎょ》の塩焼き」

「『下町魚《したまちうお》』か。ヴォルフ、あれ苦手じゃなかったか？」

「克服した。魚醤《ぎょしょう》と大根おろしとレモンで、すごくおいしかった。内臓《ワタ》もいけた」

「いい組み合わせだな……」

全員が少しばかり遠い目になり、薄く息を吐く。飲んでいるのに、喉の乾き具合が一段増した気がした。

「この話題、このへんにしとかないか。食べてるのに腹が減りそうだ」

干物と干し芋を肴《さかな》に、それぞれが持ち込みの酒を飲む。

おそらく周囲のテントでも、こっそりと持ち込みの酒を飲んでいるのだろう。低く話し声が響いている。あまり盛り上がってはいないが。

「今日は早めに休むか。明日の昼からはコンロ解禁だから、いいもんが食えるだろ」

「朝一で大蜘蛛を片付けなきゃいけないんだけどね」

「それな。第二騎士団の皆様がさくっと片付けてくださると、楽でいいんだけどなぁ……」

「ドリノ、希望的観測はやめた方がいい」

「俺はとにかく、明後日の夜までに帰りたい……」

魔導ランタンの元、ため息交じりの雑談が続く。

外は星空の下、秋の虫達が鳴きはじめていた。

◆◆◆

朝靄《あさもや》が消えると、目の前に碧《あお》い水面を揺らす湖が現れた。街と周辺の畑、その水を担うだけあり、対岸が遠い。

湖の手前、道沿いの木々に、巨大な蜘蛛の巣があった。緑の混じる白い糸は、蜘蛛の糸というより、もはやロープの太さである。

木陰にいるのは、体長四メートルはあるかと思える大蜘蛛だ。大きさ故に、ふさふさとした体毛が目立つ。胴体の濃い青から脚に向かって黒く変わるそれは、体に刺さるほど硬い、厄介な代物だ。

こちらが見えているのかいないのか、黒い八つの目は動かない。ただ陽光にてらりてらりと光っている。

「あれは『沼蜘蛛《マーシュスパイダー》』ですな」

「よくご存じですね」

第二騎士団の副団長である自分の言葉に、グリゼルダが整った笑顔で答えてきた。

自分とて、無計画にここへ来たわけではない。

確かに遠征の移動は慣れぬため、少々堪えた。だが、討伐対象は大蜘蛛と聞き、魔物図鑑と本を開き、魔導師に尋ね、対策は立ててきた。

濃い青から脚に向かって黒に変わる毛色は、沼蜘蛛《マーシュスパイダー》の特徴である。

沼蜘蛛《マーシュスパイダー》は、力が強いが毒はない。その弱点は火。

幸い、ここは湖のそばだ。延焼の心配は低い。魔法を使える者が沼蜘蛛《マーシュスパイダー》へ火魔法を叩き込んだ後、八本の脚を狙う。そして、足止めをしたところを斬ればよい。

指揮を執る自分を抜いても騎士十二人。八本の脚を斬るには問題はないだろう。そう判断した。

もしもの対策もしてある。本では、沼蜘蛛《マーシュスパイダー》の糸は火で燃えるとあった。そのため、第二騎士団の騎士には、魔導具でもある耐火で温度遮断機能のある鎧《よろい》を着せ、同じ機能の軍靴を履かせてきた。

もし、蜘蛛の糸で巻かれたところで、火魔法か、各自に持たせた火の魔導具で焼き切れば問題はないはずだ。

「では、当方で行かせて頂きます。魔物討伐部隊の皆様は、終わるまでご見学ください」

「わかりました。どうぞよろしくお願いします」

副団長と副隊長が、芝居じみた礼を交わす。

その後ろ、隊員達と騎士達が、ただ相手を確認するような視線を向け合った。

同じ王城勤務とはいえ、話す機会は少ない。模擬戦があるとはいえ、短期間の限定的なものだ。

お互いの力量や連携について詳しいわけではない。

冷えた笑顔のグリゼルダ、少し興味深そうな者、妙に目を細めている者――そんな魔物討伐部隊の面々に見送られ、第二騎士団は駆け出した。

「討伐開始！」

声と共に、二組六人ずつに分かれ、沼蜘蛛《マーシュスパイダー》に向かう。さすがに精鋭だけあり、重めの鎧を身につけていても動きは速い。

先を行く魔法騎士の四人が、火魔法を一斉に放つ。赤炎《せきえん》の中、蜘蛛は焼け焦げるかに見えた。

プシューと、どこか気の抜けた音がした。あたりに飛び散ったのは、細かな水のしぶき。

沼蜘蛛《マーシュスパイダー》が口から吐いた水に、火は呆気《あっけ》なく消える。

「水を吐くだと!?」

騎士達の口から驚きの声があがる。

沼蜘蛛《マーシュスパイダー》が水を蓄えて火を消すなど、本に記述はなかった。魔導師からも聞いてはいない。

実際は、魔物も戦いを学んで工夫する。大型の魔物ほど、成長して生き残れる個体は少ない。長く生きる個体ほど、学習傾向は強く、戦闘は多様化するものだ。

火が気に障ったのであろう沼蜘蛛《マーシュスパイダー》は、木の陰から騎士達に向かって跳んできた。

大蜘蛛だけあって、その跳躍力は凄《すさ》まじい。気がついたときにはすぐそばで、八つの目が自分達をにらんでいた。

「囲め！　後ろから火を放て！」

沼蜘蛛《マーシュスパイダー》を囲み、火魔法をもう一度叩き込むべく動く。

だが、一手早かったのは、蜘蛛だった。しゅんと空気を揺らし、ロープのごとき糸が伸ばされる。

とっさに飛びのいた騎士と、その後ろ、動けなかった騎士がいる。

巻き付いた糸を斬り裂けず、後方の騎士はあっという間に絡めとられた。

「火を！」

その声に、騎士達は慌てて火魔法を放ち、炎を出す魔導具を起動させた。

しかし、糸は薄く白い煙を上げただけで、燃えはしなかった。

「糸が燃えないだと!?」

沼蜘蛛《マーシュスパイダー》の糸は、確かに火で燃える。だが、それは糸が乾いていればの話だ。

大型になるまで生き残ってきた沼蜘蛛《マーシュスパイダー》ならば、それなりに知恵はついている。水で湿らせて重くし、速度を増した糸を使うなどの対応の変化はよくある話だ。

沼蜘蛛《マーシュスパイダー》にとっては、口元に来たものはすべて獲物だ。

がぶりと腕を噛まれた部下が、耐えきれず絶叫する。そのまま引きずられ、次に狙われるのはその頭――

「させんっ！」

本来なら救助の指揮を執るべきところ、体が動いた。

自分の判断の甘さでこうなったのだ。こんなことで大事な部下を死なせるわけにはいかない。

大蜘蛛に向かい、剣で口を無理矢理こじ開けた。そして、部下を背中からつかみ、後ろに全力で投げ飛ばす。後は誰かが拾って助けてくれることを祈るだけだ。

己の目前、振り下ろされた黒毛の脚を剣で受け止めた瞬間、肩と肘がぎしりと痛んだ。

地面を踏みしめる足には、糸がべたりと絡む。もはや一歩も動けない。

蜘蛛の黒い顎と白い牙、そして赤い口。

風魔法を発動しようとし、集中できないままに不発に終わった。こんなことは初めてだ。

みしみしと音を立てる剣と、たちまちに低く押される体に、自分の力負けを悟る。

騎士団で『豪腕』と呼ばれた力も、大型の魔物相手では比べものにならぬ。

そんな当たり前のことを自覚したのが死の手前とは、なんと皮肉なものか。

魔物とは、まさに化け物。

魔物討伐部隊がどのようなものと戦っていたのか、今さらながら理解した。

人ならざる魔物との戦いの意味を、驚愕《きょうがく》を、恐怖を。

己の思い上がりと高慢、そして弱さを。


「先駆け！」

鋭い声と共に、銅鑼《どら》が三度鳴った。

不意に視界をよぎる、鮮やかな赤。

緑の森、碧の湖、そこに浮き上がって見える赤の装い。魔物討伐部隊で最も危険な職務と言われる赤鎧《スカーレットアーマー》が、自分の元へ駆けてくる。

しかし、キチキチと音を鳴らし、自分を口に捕らえようとする顎《あぎと》、迫る白い牙の方が早い。

間に合わぬ、そう思ったとき、紺色の髪の男が自分と蜘蛛の間に滑り込んだ。そして、躊躇《ちゅうちょ》なく、蜘蛛の口内に両刃の短剣を持った腕を突っ込む。

沼蜘蛛《マーシュスパイダー》はその手を噛みちぎろうと、容赦なく口を閉じた。

「氷針《アイスニードル》！」

氷が先か血が先か、口の隙間から見えたのは、赤の混じる氷針《アイスニードル》の球。

紺色の髪の男は、己の左腕と引き換えに蜘蛛の口内をずたずたにした。

「ギシャーッ！」

沼蜘蛛《マーシュスパイダー》のかん高い叫びがあがった。

「失礼！」

目の前の状況が理解できず呆然《ぼうぜん》としている中、後ろから太い腕が自分をつかむ。

巨漢の赤鎧《スカーレットアーマー》は、蜘蛛の糸をものともしない。自分と部下を左右の腕で持ち上げ、後方に下がろうとする。逃がすまいと叩きつけられた蜘蛛の脚を、巨漢は逃げもせずその兜《かぶと》で受けた。

左右にずれれば、自分か反対の腕の騎士がやられると判断したのだろう。

ずしんと重い衝撃があったが、それでも腕は一切ゆるまなかった。

先ほど自分をかばった男はどうなったのか、必死に視線で追う。片腕を失った男は、血の吹き出す腕をそのままに、後ろへ下がるところだった。

代わって背の高い男が、二本の黒い長剣を手に、沼蜘蛛《マーシュスパイダー》へ向かっていく。

兜をつけぬ黒髪の男は、振り下ろされた蜘蛛の脚を足場に、高く高く飛び上がった。

風魔法の使い手か、魔導師が動きの補助をしているのだろう。人の跳躍とは思えぬ高さだ。

蜘蛛の背に降り立った男の剣が、銀線を描いて三度光る。

瞬く間に、沼蜘蛛《マーシュスパイダー》の八つの目はすべてつぶされ、触肢は斬り飛ばされていた。

「相変わらずえげつないな、うちの『魔王』は」

「早めに終わらせるぞ。手柄を『死神』にすべてもっていかれる」

どこからか、緊張感のない声が漏れ聞こえてくる。

それに反して、駆け出す戦闘靴の音は、ひどく荒々しく響いた。

「ギギーッ！　ギギーッ！」

錯乱し、ただ闇雲《やみくも》に脚をばたつかせる哀れな蜘蛛に、魔物討伐部隊員達が襲いかかる。

解体までは一刻とかからなかった。


「見事な陽動をありがとうございました」

「いえ、私は……」

背後の者達に見えぬよう、自分の言葉を手のひらで制止し、グリゼルダが笑む。

「無事討伐が終わったのです。魔物討伐部隊と本日お越し頂いている第二騎士団の皆様と、ここで打ち上げと致しましょう」

「打ち上げ、ですか？」

「ええ。最近、『遠征用コンロ』を導入しましたので、ご一緒できればと」

自分達、第二騎士団に気を使い、話を変えてくれる気なのだろう。

だが、グリゼルダが打ち上げの話をした途端、魔物討伐部隊員達の表情がぱっと明るくなった。

「グリゼルダ副隊長！　魚を獲《と》ってきてもよろしいでしょうか？」

「ええ、許可します」

隊員達が、速攻で長槍《ながやり》と網を持って駆けていった。どうやら湖から魚を獲ってくるつもりらしい。

魔物討伐部隊の遠征とはそういうものなのか、それとも、自分達に気を使っているのか、判断がつかない。

「怪我をした方はこちらへ！　治療致します」

神官と魔導師が手を上げて呼んでいる。

先ほど腕を噛まれた部下と、他にも怪我をしている者を連れ、自分もそちらに向かった。

「君達は、さっきの……」

神官と笑いながら会話をしていたのは、先ほどの紺色の髪の青年だった。横には首を確認されている赤銅の髪の巨漢もいる。

「礼を言う、先ほどは助かった。君達は大丈夫か？」

「問題ありません。自分は念のために診てもらうよう言われただけですので」

「ご無事でよかったです。私も大丈夫です。腕もこの通り、治してもらいましたので」

袖のない服からのぞく白い腕に、安堵《あんど》しつつ驚いた。

「そうか……その、痛みはないか？　しばらくは動かさぬ方が」

「本当に大丈夫です。こういった怪我には慣れております」

「慣れている？」

魔物討伐部隊は重傷者も多いとは聞いていた。

だが、腕を噛みちぎられることが複数回あっても、慣れられるとは思えない。自分の身に置き換えて考えても、絶対に無理だ。

「魔物に手足をやられることはよくあります。この腕なら十回は超えてますし、足も何度かやっております」

「それで、平気なのか？」

「筋肉がちょっと落ちるので、しばらく鍛えないと使いものになりませんが」

白い腕を揉《も》みながら笑んだ青年に、気負いは感じられない。

「こちらでたいへん迷惑をかけた。この埋め合わせは……」

「魔物に関しては皆さん初陣《ういじん》でしょう？　緊張するのは当たり前ではないですか」

神官から手首の治療を受けている壮年の騎士が、会話に加わってきた。

「対魔物戦が初陣といわれれば、確かにその通りですが……」

「では当たり前ですよ。私は小鬼《ゴブリン》相手の初陣で動けず、先輩に襟をつかまれ、後方へ投げ飛ばされましたよ」

「自分は重いので移動させられず、邪魔だから地面で平たくなっていろと言われました。戦闘が終わるまで亀になっておりました」

隊員達が苦笑を込めて言い合う中、魔導師が遠い目をする。

「私は岩山蛇《クラギースネイク》の怖さに魔法が使えず、悲鳴をあげて齧《かじ》られかけたことがありました。注意を引ける良い生き餌だったと、隊の皆様に褒められましたが」

「生き餌……」

魔導師の言葉を、部下が青い顔で繰り返す。

「魔物討伐は、命がけなのだな……」

「魔物も生きるのに必死ですし、私達はこれが仕事ですから」

紺色の髪の青年は、当たり前のように答えた。

部下の腕の治療後、自分も神官から肘と肩を癒やしてもらう。

たいしたことはないと思っていたが、鈍痛が消えて初めて怪我の度合いに気づいた。

ようやく一息ついた視界の隅、沼蜘蛛《マーシュスパイダー》から採った素材が馬車で運ばれていく。牙は武具、毛は防具の付与素材に、そして心臓は薬になるという。

素材を採った後は、近くに掘った大穴に骸《むくろ》を埋葬し、酒をかけ、隊員それぞれが祈るのだと説明された。

魔物討伐部隊が魔物を丁寧に葬るということも、今日、初めて知った。

「副団長、準備ができましたので、こちらへどうぞ」

いつの間にか草地に防水布が敷かれ、遠征用コンロや革袋のワインが並んでいた。

グリゼルダの隣に招かれたので、気まずさを隠して座る。

近くでは、黄金の目の男が、遠征用コンロで小魚を焼いていた。よく見れば、沼蜘蛛《マーシュスパイダー》の目をつぶし、触肢を斬り飛ばした者だ。身につけている赤鎧《スカーレットアーマー》の表面には、無数の傷がついていた。

声をかけるべきか迷っていると、男は美しい笑顔を向けてきた。

「湖魚《こぎょ》の塩焼きです。獲りたてですので、ぜひどうぞ」

こんがりと焼かれた串刺しの魚を渡され、どう食べていいものか迷う。

横を見れば、グリゼルダがそのままがぶりと齧りついていた。

おそらく、魔物討伐部隊ではこういった食べ方をするものなのだろう。そう考えて真似をする。

おそるおそる齧れば、熱く焼けた身が、はくりと口にほぐれてきた。

脂はそうのっていないが、新鮮で素直な味がなんともいえない。わずかに甘さを感じる白身に、少し強めの塩加減がちょうどいい。身には小骨もあるのだが、まったく気にはならなかった。

「これは……うまいです」

近くの騎士達もとても驚いた顔で食べている。

ただ塩を振って焼いただけの湖魚が、ここまでうまいとは思わなかった。

「以前は、昨日の黒パンと干し肉が遠征の毎日毎回の食事でした。よくて薄い野菜スープがつくらいで」

「たき火で食事を作るなどは、なさらなかったのですか？」

「遠征では湿地や砂場なども多く、たき火ができるところは少ないのです。遠征用コンロのおかげで、隊員達に温かな食事をとらせることができると、隊長はたいへん喜んでおりました。このため今期は少々出費がかさみました。それでも納入する商会は、隊を応援するためにと、益がないほどに価格を下げてくださいました」

「そうでしたか……」

グリゼルダは遠征用コンロをひっくり返し、刻まれた『ロセッティ』の名をじっと見る。

「遠征先で、もしかすると、隊員の『最後の晩餐』になるやもしれぬ食事です。私も、なんとしても導入したかったのです」

静かに言った横顔は間違いなく、魔物討伐部隊を率いる男の顔だった。

「……私は、魔物のことも、戦闘のことも、何もわかっておりませんでした。副隊長、いえ、グリゼルダ・ランツァ殿」

謝罪するために姿勢を変えようとした時、グリゼルダがワインの革袋を渡してきた。

湖と同じ碧の眼が、自分に向いた。

「副団長殿、もし謝罪を口にしようとしているのならおやめください」

「しかし」

「職務が違うのです。それぞれ得手不得手があって当たり前ではないですか」

「ですが、私が不甲斐《ふがい》ないせいで、そちらの隊員に怪我を負わせてしまいました」

「今日ぐらいの怪我はいつものことです。それも全員治っております。何より、誰も欠けてはいないので」

「誰も欠けていない……」

口の中で反芻《はんすう》し、ぞくりと背中に冷えを感じた。

先ほど失いそうになった部下の命、そして、魔物に力負けし、終わるかと思った自分の命。

自分は魔物と戦う怖さを知らず、死の覚悟もなかった。

「本日、当方の隊長が王城残りでよかったです。今日のような状態では、副団長殿もお叱《しか》りを受けていたでしょうから」

「……そうでしょうね」

今回のことは、自分の大失態である。嫌みを言われて当然だ、そう思って身構える。

「先日、私も隊長から、『傷を負った部下をかばいに行くうちは、隊長職が譲れん』と、お叱りを受けました。指揮を執るのが隊長の仕事であって、一人の部下を助けに行き、全体を把握できず、隊そのものを危険にさらすようなことはするなと……まったく、『長』のつく役職というのは、難しいものですね」

「……ええ。本当に、難しいものです」

グリゼルダも、思わず部下を助けに行ってしまったことがあるらしい。

副隊長、副団長としては反省すべきことだが、その気持ちはとてもわかった。

だが、決定的に違うことが一つある。

グリゼルダは自分とは違い、本物の人格者だ。

これだけの失態と失礼を重ねた自分を、見殺しにすることも、馬鹿にすることもなかった。ただ静かに、温和に、行動で諭してくれた。

人間としての出来か、器の違いか、深く反省しつつ、願いを述べる。

「副隊長殿、足手まといでご迷惑をおかけすると思いますが、また、遠征に同行させて頂けないでしょうか？　もちろん、ご都合のよろしい時だけでかまいません。当方の学びのためにお願いしたいのです」

「歓迎致します。こちらも対人戦の訓練をご一緒できればと……そうですね、王都に戻ったら、隊長と団長をお誘いして、懇親会などいかがでしょうか？」

「ありがとうございます。ぜひ、ご一緒させてください」

どちらが先に革袋を持ち上げたのかわからない。ただ二人、当たり前のように乾杯の動作をした。

あたりからも隊員と団員の話し声が、混じり合い、波のように広まっている。

追加の湖魚を焼く者、肉や野菜を焼きだす者、追加のワインを馬車から運んでくる者――次第ににぎやかになる湖畔で、距離の近づいた男達の打ち上げは、長く続いた。

これ以後、第二騎士団員が、魔物討伐部隊の遠征に定期的に同行することとなった。


なお、この遠征の帰路、一行は岩山蛇《クラギースネイク》と遭遇した。

運のない岩山蛇《クラギースネイク》が、縄張り争いで岩山から滑り、先頭集団のグリゼルダの真上に落ちたのだ。

グリゼルダは即座に水槍《ウォーターランス》を放ち、ただ一人で身の丈以上もある岩山蛇《クラギースネイク》を仕留めた。

後方にいた第二騎士団は、しばしの足止めの後、遅れてその話を聞くことになった。

率いる副団長は、『グリゼルダ殿は本物の人格者であられるだけではなく、戦いの腕もそこまでか！』、そう感嘆の声をあげたという。

ちなみに、副団長に『本物の人格者』と評されたグリゼルダは、部下達に必死に止められてなお、岩山蛇《クラギースネイク》に魔法を叩き込んでいた。

細切れとなった岩山蛇《クラギースネイク》から採れた素材は、灰色の牙一本だけだった。

ロセッティ商会の懇親会

ロセッティ商会の懇親会は、ヴォルフの推薦で港近くの『黒鍋《くろなべ》』で行われることとなった。

黒のレンガに黒い屋根の店は、まさしく黒い鍋を思わせる。魚介から肉類まで、予算に合わせてしっかり食べられる店である。

店の奥、予約した個室で楕円《だえん》のテーブルを囲んだのは、ダリヤとイヴァーノ、そして小物職人のフェルモだ。

フェルモの希望で、皆に知らせた時間よりも少しだけ早く場を設けた。グラスと酒は並べられているが、料理は他の者達が来てからと店に頼んである。

「ダリヤさん、懇親会前に悪いな」

今日のフェルモは、装いをきちんと整えていた。

白髪交じりの茶髪に櫛《くし》の跡がきれいに残り、髭《ひげ》の剃《そ》り残しも一切ない。真っ白なシャツに、新しく仕立てたらしいモスグリーンのダブルのスーツ、濃茶のストレートチップの靴も、光を反射するほど艶《つや》やかに磨かれている。

今までのラフだった彼とは一線を画《かく》しており、ダリヤは少し落ち着かない気持ちになった。

「改めて礼を言う。泡ポンプボトルの収益のおかげで、うちの工房は完全に立て直せた。見込み収益も年単位である。妻のバルバラも一角獣《ユニコーン》のペンダントで、仕事に復帰できた。本当にありがとう。全部、ダリヤさんのおかげだ」

「お礼の言葉はありがたくお受けします。でも工房を立て直せたのは、フェルモさんの腕と、工房の皆さんががんばったからです」

泡ポンプボトルの改良では、ダリヤの方がむしろ助けられた。遠征用コンロもそうだ。構造設計では何かとフェルモに相談している。

フェルモは人差し指で頬《ほお》をかくと、濃緑の視線をまっすぐ上げた。

「制作品が多くなって、工房の面積が限界だ。弟子も増えた。だから、西区に家付き工房を建てる予定だ。今、緑の塔からもそれなりに近い土地を見繕っている」

「西区って、中央区じゃなくていいんですか？」

「西区の方が土地が安い。中央区は高いから、広い区画は買えない。倉庫が欲しいから西区にした。それに、ダリヤさんが西区にいるからな」

「私、ですか？」

意味を図りかねていると、フェルモは角形の革鞄《かわかばん》から書類の束を取り出した。

「六種ある。見てくれ」

テーブルに積み重ねられたのは、各種小物の仕様書と、構造設計書だった。

「一、泡ポンプボトルの大型版、足踏み式で大量に泡ができる。泡風呂や洗濯に便利だ。魔石も使わない。仮予約がもう入ってる。二、飛距離を伸ばして長めのノズルをつけた泡ポンプボトル、二階の窓ぐらいまでならいける。こっちは清掃業者向けで相談がきてる。三、大きめの泡ポンプボトルで壁にセットできるタイプで、安い石けん液でも沈殿しないよう、攪拌《かくはん》できるようにした。店や仕事場で手を洗う人が多いと便利だろう。近所の鮮魚店に試してもらったが、現物がもう戻ってこなくてな……」

「どれもすごいです……」

ダリヤは構造設計書を見ながら、フェルモの腕と発想に感動する。

泡ポンプボトルはすでにいろいろな形で作ってもらっていたが、今回のはまた別物だ。大型で足踏み式にするのも、そこまで飛距離を伸ばすのも考えつかなかった。

一日に何度も手を洗う、あるいは手を洗う者が多いところなら、沈殿しやすい安い石けん液を使えるのも助かる。

「四、これが濃い石けん液で、硬さのある細かな泡を作る泡ポンプボトルだ。洗顔向けだな。細工がちょっと手間で高くなるが、ガブリエラさんが言うには貴族によく売れるだろうって話だ」

こちらは構造を少し変えてあり、外観も凝った作りだ。描かれたデザインパターンも複数ある。何より、繊細なガラスカットで銀の飾りがついた美しいボトルは、ダリヤも欲しくなったほどだ。

「四種も作ったんですか、フェルモさん……」

「まだだ。五、遠征用コンロの鍋、あの魔鋼を加工して、滑りのいいフライパンと浅鍋を作った。クレープもくっつかない、油も少なくて済む、洗うのも楽だ。六、屋台の鉄板の加工品。こっちは滑りがいい上に、はがれづらい塗装加工をした。この二つは鍛冶屋と提携するから、実質の作業はあっちだ。利益から分配金だけもらう形になるな」

「たいへんありがたいことです」

イヴァーノは先にフェルモに聞いていたのだろう。まったく驚くこともなく、ただただ笑顔だ。

「ということで、六枚とも『共同名義』の署名をしてくれ。利益は半々で」

手渡された六枚の書類――商業ギルドに提出する、小物製品の利益契約書だった。

「あの、フェルモさん、私はこれを見て初めて知ったのですが……」

商業ギルドに登録した魔導具は、売上利益があがる度、一定の金額が開発者に入る。

今回はフェルモがすべて行った形だ。

泡ポンプボトルの改良版であればまだわかるが、フライパンや鍋に関してはほぼ新規だ。

何の相談も受けていない自分が共同名義に名前を連ね利益を半分にしていいとは思えない。

「泡ポンプボトル、遠征用コンロ。どれもダリヤさんが最初に作ったものだ。俺はそれを改良して『共同開発』したわけだ」

「最初に作ったのは確かに私ですが、これはもう改良版というより新規で、完全に別物ですよね？特に滑りのいいフライパンとか、屋台の焼きものの板とか……こっちは書類も新規のものじゃないですか。フェルモさんが新しく作り出したものはフェルモさんの名前にすべきですし、取り分が半分ずつというのはおかしいのではないかと」

「俺は、ダリヤさんと初めて会った日に言ったよな？」

話している自分の言葉を、フェルモは容赦なく折ってきた。

「『いい物を考えて片っ端から作って、いずれ、俺の方がロセッティさんに儲《もう》けさせてやる』って。ダリヤさんは、もう覚えてないか？」

「いえ、覚えています……」

最初に会った日、フェルモに言われたことだ。

工房が傾いていても、施しならば受けたくはない――そう言い切った先輩職人は、あの日の借りをきっちり返してくれるつもりらしい。

「先輩職人の俺に共同名義のサインをさせたんだ。今度はダリヤさんが、俺と名前を並べてくれるよな？」

いい笑顔のフェルモに、否定することができない。

職人らしいやり方でやり返された。しかも実質六倍返し。さすが先輩、と言うしかない。

「……わかりました。署名させて頂きます」

なんだか暴利の高利貸しになった気分だが、今後のお付き合いで返していこう――そう思いつつ、利益契約書にサインをしていく。

それでも、上下に並んだ名前を見るのは、ちょっとうれしかった。

「さて、これで貸し借りなしですね、フェルモ」

「ああ、全力で口説かせてもらおう」

イヴァーノがフェルモに向けて、意味ありげに笑う。何の話になっているのかわからない。

フェルモが立ち上がり、ダリヤの隣にやってきた。

一度深呼吸をした彼は、ひどく真面目な顔で口を開いた。

「ダリヤさん、いや、ロセッティ会長。俺をあんたの元に置いてくれ」

言葉と共に右手を差し出す。

その手のひらにのるのは、美しいガラスケースに入れられた、火の魔石二つ。

「フェルモさん!?」

名前を呼んで凍る。

オルディネ王国では、『火の魔石を胸に投げ込む』というのは、恋に落ちるという比喩だ。

意中の人に火の魔石を贈った場合、『自分と恋に落ちてほしい』『自分と共にいてほしい』という意味にとられることもある。

だが、フェルモは既婚者だ。自分を口説くとは絶対に思えない。

混乱しまくるダリヤに対し、彼は言葉を続けた。

「ダリヤさんの下で新しいものが作りたい。誰も見たことのないようなものが作りたい。魔導具でも小物でもどっちでもいい、人の暮らしを変えるものが作りたい。そして、一緒に作ったものを、この王都に、国に広めたい。だから俺をあんたの下に、うちの工房を、ロセッティ商会の専属工房、下請けにしてくれ」

あまりにまっすぐな声と、まっすぐな目。

相槌《あいづち》すら打てず、ダリヤはただ聞いた。そして、真剣に考える。

フェルモの腕、その発想はすばらしい。職人としては、自分よりはるかに上だ。

魔導具師と小物職人、職種は違うが、フェルモはオズヴァルドと並ぶように思える。

そんなフェルモに専属工房や下請けになってもらえれば、きっと心強い。開発も楽になるだろう。

いろいろと相談もできて、解決策を教えてくれるに違いない。

けれど、どうしてもひっかかることがあった。

フェルモの深緑の目に、父カルロを思い出すことがある。

彼は父と同じ職人だ。オリジナルの製品が作り出せる職人だ。

一つの製品があれば、それを自分の感性と技術で作り変えることもできる、腕のいい職人だ。

自分の部下や下請けという形が、彼の進むべき道とは思えない。

下請けではなく、ロセッティ商会の専属工房でもなく、職人『フェルモ・ガンドルフィ』として、今後の製品にきっちりその名を刻んでほしい。同じ職人として、そう願う。

「フェルモさん、ありがとうございます。でも、専属工房や下請けというお話はお断りさせてください」

「そうか……残念だ」

言葉通りの顔はしたが、フェルモは一度頭を振って笑顔に戻した。

「ま、一度フラれたぐらいじゃあきらめがつかないからな。もっとすごいものを作って、もう一度口説かせてもらうさ」

「いいえ、フェルモさんと一緒に仕事はしたいです。でも、部下じゃなく、同じ職人として、仲間でいてほしいんです」

「仲間、か……」

「ええ。工房を西区に建てるんですよね？　近くなるのはうれしいです。でも、私だけじゃなく、いろいろな職人や魔導具師がフェルモさんに相談できれば、もっといいものができると思うんです」

そう告げたが、フェルモには正しく伝わっているのかどうか。少し渋い顔をされている。

なんとかわかってもらう言い方はないかと考え――ふと、過去の自分が重なった。

「そうだ！　フェルモさん、商会を立てませんか？」

「は？　商会？　俺が？」

おそらくは以前の自分と同じ、唖然《あぜん》とした顔で聞き返された。

「はい。私は商会開設の保証人には入れませんけど、一般保証人になら、なれます」

商会開設の保証人は、商業ギルドに登録している商会の会長・または副会長を三年以上やっているか、商業ギルド、または、運送、服飾などの関連ギルドに三年以上勤めているギルド員、もしくは子爵以上の貴族でなければならない。ダリヤではまだ年数が足りないのだ。

だが、ゾーラ商会の保証人になったように、追加として名前を連ねることはできる。

「商会を立てれば、私と一緒で商会長ですし、下請けじゃなく、業務提携にできるじゃないですか。工房や倉庫の開設も商会の方が信頼度は上がりますし。他の保証人も、ヴォルフやガブリエラに相談してもいいですし、フェルモさんなら、ギルドで声をかければすぐ見つかると思います」

「待て待て待て！　商会を開くってのはいろいろたいへんでな……」

慌てたフェルモが、下げかけていた手のひらから、火の魔石が入ったガラスケースを滑り落とす。

ダリヤは慌ててそれを拾った。

「俺でよければ、各種手続きや書類のことは喜んでお教えしますよ、『ガンドルフィ商会長』」

「おい、イヴァーノ、からかうな！　そもそも下請けを勧めてきたのは、お前だろうが」

「うちの会長の希望ですから、俺はそのまま推しますよ」

三人の中で一人だけ落ち着いているイヴァーノが、涼しい顔で応答している。

「商会保証人はそろえられますし、今の予算の倍、いや三倍は簡単に融資を増やせますよ。どうせなら、工房も倉庫も住居もがっちり建てちゃいましょう。最新の機材と希少金属と素材、隣にはガラス工房も置いて。いい職人もいるじゃないですか。後で追加で建てるより安くて済みますよ」

「イヴァーノ、いきなり話を大きくしすぎだ」

「でも、今回のものを作るのにも面積はいりますし、材料と倉庫も広い方がいいですよね？　西区からだと、中央区のようにこまめにギルドに持っていけませんし……イヴァーノ、うちからも融資ってできますか？」

「もちろんです。がっつり出しましょう！　いい投資になります。業務提携は決まっているようなもんですし」

「いや、しかしだな、俺もそう若くはないし……」

言いよどむフェルモに、紺藍の目が細められた。

「フェルモ、ここまで来て歳《とし》のせいとか、男らしくもない。本気で口説いたんじゃないんですか？　ダリヤさんの下じゃなく、横なら上等でしょう。なんなら、上になってみます？　うちの商会を追い抜ければですが」

「相変わらず、お前は口と性格が悪いな……」

目を細め合ってやりとりを交わす二人を止めようとし、自分の手にはっとした。

先ほど落ちそうになった火の魔石のケースを、ダリヤはそのまま持っていた。

「フェルモさん、これ、お返しします」

「……返されたくないってのは、そういうことだよな……」

フェルモは受け取らぬままに天井を仰ぎ、顔をダリヤに向け直した。

「よし、決めた！　ガンドルフィ商会を立てる。ロセッティ会長、メルカダンテ副会長、うちに力を貸してくれ。西区にでかい工房と倉庫が欲しい。この際だ、横にガラス工房も建てたい。だから、その魔石は今日の記念としてもらってくれ」

「ありがとうございます」

ダリヤは言い切ったフェルモに笑顔を返す。

「じゃ、確定ですね。そのお祝いも、今日、皆さんにご報告してご一緒に！」

「イヴァーノ、お前、速攻で退路を断つ気だろ……」

「え、まさかフェルモ、怖《お》じ気《け》づきました？」

「んなわけねえだろ！」

「今さら怖じ気づいても言質はとったので、絶対逃がしませんけどね！」

じゃれあいのような二人の会話の中、ダリヤは迷いつつ尋ねる。

「フェルモさん、あの、この魔石は本当に受け取っていいものなんでしょうか？」

「ああ、末永く一緒に仕事をしたいから受け取ってくれ。バルバラなら勘違いしないから大丈夫だ。ダリヤさんのような娘が欲しかったと今まで百回は聞いててな。そのうち、嫁じゃなく、『娘に来い』とか言い出しそうで心配だが……」

フェルモの冗談に笑ってしまった。『娘に来い』、なかなか斬新なフレーズである。

「ついでにそのガラスケースを作ったのは、うちのバルバラだ。先月から職人に復帰した」

「バルバラさん、ガラス職人だったんですか？」

この凝った作りのガラスケースを、フェルモの妻が作ったことに驚いた。

だが、その後、すぐ納得する。洗顔用泡ポンプボトルのガラス瓶は、このガラスケースと同じ種類の繊細な美しさがあった。

「ああ。バルバラは、俺が弟子だった時分、近くにあるガラス工房の見習い職人だった。俺の親方の初孫でな……」

「職人同士なら話も合いそうですよね。どっちかの工房で出会ったんですか？　それとも、親方から嫁にどうだと打診されたとか？」

「その……道端で声をかけた。で、家に呼ばれたら工房の隣――親方の住まいだった。バルバラはガラス工房に住み込みだったから、それまで会ったことがなかった」

「わぁ……」

道端でナンパした女性が親方の孫。運がいいのか悪いのか、謎である。

いや、ここはご結婚なさっているのだから、大幸運と言うべきだろう、きっと。

「フェルモがナンパとは……」

「いや、イヴァーノ、そこは運命の出会いとかなんとか……言い方があるだろうよ？　その後は少しいろいろとあったが、まあ、真面目に付き合って一緒になったからな」

「運命……ええ、逃れられない運命ですね……」

二人の会話が、少々トーンを落として続く。

ダリヤはふと、『運命』という単語に、屋台の前でナンパされたことを思い出す。『俺、君に運命を感じたのだけど』と言った男とは、あれ以来会っていないので、運命はなかったらしい。

それよりは、森で会い、その後に街中で再会したヴォルフの方が、よほど運命的ではなかろうか――そこまで考えて、ダリヤは斜めになった思考を振り払う。

友人に対し、運命という言葉を使っていいものかどうかはわからない。

だが、とりあえず、自分はヴォルフと出会えてとても幸運だった。

「失礼します」

三人のいる部屋をノックしたのはマルチェラとメーナだった。

二人とも上下色をそろえた、少しだけあらたまった装いだ。マルチェラは鳶色《とび》、メーナは薄青で、それぞれ目の色に近いスーツを選んだらしい。よく似合っていた。

マルチェラの袖先、金に柘榴石《ざくろ》の入った婚約腕輪が光っているのが見えた。

「マルチェラさん、イルマは元気？」

「すっごく元気だ。毎食、きっちり三人前食ってる。あと、毎日砂を作ってる」

「土魔法の砂？」

「きれいな紅茶色なんですよ、僕も見せてもらいました」

「せっかくだから、俺が土魔法で固められるようになったら、レンガにしちまおうと思ってる。なんなら、ダリヤちゃん、花壇とか、塀の補修材にいるか？　俺のレンガ作りがもうちょっとうまくなってからになるが」

「お願いしてもいい？　いい記念になりそう」

「生まれる前から、目に見える記念品があるっていいかもしれませんね！」

笑いながら話していると、ノックの音が再び響いた。

「お招きありがとうございます」

店員のエスコートで、ルチアが部屋に入ってくる。その姿に、部屋にぱっと花が咲いた気がした。

白からアクアブルーに変わるグラデーションのワンピース。裾は膝下までふわりと広がり、繊細な白レースが胸元から二の腕までを飾っている。緑の髪は結い上げられ、耳にはアクアマリンのイヤリングが揺れていた。

ルチアは普段からお洒落《しゃれ》だが、今日はいつにも増してかわいく、美しい。

「ルチア、きれい、すごく似合ってる！」

「おお、どこのお嬢様かと思ったぜ、ルチアちゃん」

「でしょでしょ！　前に描いていたデザイン画から、フォルト様と起こしたの！」

かわいく整えた見た目に反し、いつものルチアが口を開く。

作りたかったかわいい洋服を、また一枚、形にしたらしい。

「ダリヤもきれいよ！　それにとっても似合ってるわよ、そのドレス！」

「ありがとう。デザインした服飾師がいいもの」

「うふふ……うれしいわね、やっぱり」

ダリヤが着ているのは王城のプレゼンの日に着ていた、紺のドレスだ。

艶と深みのある生地は、角度によって青みを帯びる。こちらもルチアの作である。

「会長、ぜひご紹介を」

メーナが滑るように真横にやってきた。考えてみれば、他の者はすべて友人か顔見知りである。

紹介しようとした時、ルチアが先に笑顔を向けた。

「服飾魔導工房の工房長を務めております、ルチア・ファーノと申します。どうぞよろしくお願いします」

「ロセッティ商会のメッツェナ・グリーヴと申します。今日という日に、ファーノ工房長にお目にかかれたことをうれしく思います」

すらすらと述べるメーナに感心した。

なんという対人スキルだろう。初対面の相手に緊張感のかけらもないのは、本気でうらやましい。

ルチアはメーナと挨拶を終えると、フェルモに向いた。

「ガンドルフィさん！　この前の鍋、スライム液入れにしたら、使い勝手がよかったので追加で欲しいです。服飾ギルドでちゃんと買います！」

「ああ、あれな。もうちょっとしたら量産するから。ぜひ買ってくれ」

二人の会話に、イヴァーノが片手を少し持ち上げ、割って入る。

「フェルモ、ルチアさん、『スライム液入れ』って何です？」

「商業ギルドでファーノ工房長と会った時、グリーンスライムのくっつきづらい容《い》れ物はないかって言うんで、浅鍋を一つやったんだ」

「微風布《アウラテーロ》向けのグリーンスライムの入った液体って、容れ物にくっつきやすいの。でも、あの鍋だとくっつかないから。浅鍋だから、もうちょっと大きいといいんだけど」

「ルチア、今使っている容れ物と同じ形で作ってもらったら？」

遠征用コンロの鍋から派生した滑りのいい鍋は、服飾の染料入れにも適していたらしい。

せっかくだから、今と同じ容れ物に成形してもらえば、違和感なく使えるはずだ。

ダリヤの提案に、ルチアは露草色の目を輝かせた。

「それだと一番いい！　ガンドルフィさん、深型の円柱バケツで同じ加工ってできます？」

「ああ、できるが、浅鍋より値は上がるぞ？」

「かなり高くなります？」

「大きさにもよるが、蓋《ふた》なしなら三倍ってとこだろ。数がいるなら割り引くし」

「それなら、ぜひ！　あれなら、染料の混色にも使えそう。今度使っているバケツを持っていきます。あ、フォルト様が一度、ガンドルフィさんを服飾ギルドに招いてご挨拶したいって。他の容れ物の相談かも。混色用のパレットとかも、洗うのはたいへんだって言っていたし……」

「フェルモさん、パレットなら、屋台の鉄板を加工してできませんか？」

「パレットを見たことがないんで確かなことは言えないが、平板ならサイズ指定があればそれで魔導具師と鍛冶屋に回すぞ。けど、服飾ギルド長との取引は、初回挨拶に行かないとダメなのか？ちょっと俺には敷居が高いんだが……」

　言いよどんだフェルモが、額に皺《しわ》を寄せる。

　ダリヤはフェルモの気持ちがよく理解できた。子爵であるギルド長などと会議に同席した時は、自分も胃が痛かったものだ。

「フェルモ！」

　不意に、イヴァーノががっしりと男の肩をつかんだ。

「服飾ギルドに行く前に、俺とよーく打ち合わせをしましょう。服飾ギルド長へ失礼があったらいけません。いろいろと教えたいこともあります。今日は飲んじゃいますから明日、みっちりと」

「そうか……そうだよな。挨拶だけっていっても、服飾ギルド長は子爵だし、失礼があったらまずいよな……」

「ええ！　そうですとも！」

以前の自分を重ね、フェルモに同情した。

商会長として貴族付き合いとなると、覚えることは山とある。礼儀作法や貴族独特のルールはとにかくややこしい。自分など、数ヶ月かかってもいまだに抜けだらけだ。

イヴァーノやガブリエラ、オズヴァルドがいなかったら、とうに大きな失敗をしでかしていただろう。対応の早さは、さすが、イヴァーノだ。

フェルモの今後を見越し、礼儀作法を教えるつもりなのだろう――そう納得した。

「ルチアさん、ちょっとお返事は待ってくださいね。フォルト様に聞かれたら、『イヴァーノが、ガンドルフィ会長を捕まえててダメだった』って言ってもらえればいいので」

「イヴァーノさん、それはかまわないけど、『ガンドルフィ会長』って？」

「ええ、フェルモは商会を立てるので」

怪訝《けげん》そうに尋ねるルチアに、イヴァーノがさらりと答えた。

商会の話は立てると決めたばかりだ。フェルモは何の準備もしていない。

それでもイヴァーノは先ほどの言葉通り、しっかりこの場で公表し、祝うつもりらしい。

「そうなんですか、おめでとうございます、ガンドルフィ会長！」

「おめでとうございます！　じゃ、今度は商会取引ですね！」

「あ、ありがとう」

なし崩しの公表を周囲から祝われ、フェルモが固い笑みを浮かべている。

けれど、工房長として経験は長く、弟子もいる彼だ。すぐ商会長にも慣れ、めざましく活躍するだろう。

むしろ自分の方が、商会長としても職人としてもがんばらなければ――そう思う。

決意を新たにするダリヤの向かい、イヴァーノはフェルモに向かってささやいていた。

「フェルモ、商業ギルドか服飾ギルドかはわかりませんが、どのみち商会を立てることになってましたよ。これこそ、運命ってヤツです」

話の切れ目に、店員がノックの後、黒髪の男を部屋に案内してきた。

「遅れてすまない」

「大丈夫です、ヴォルフ。乾杯はまだしてませんから」

予定の時間からはまだ五分しか過ぎていない。

ヴォルフは王城からよほど急いで来てくれたのだろう、額と首筋には汗が浮いている。

シルクタフタの白いシャツと黒のトラウザースは、王都で再会した時と同じ服装だ。何度か見ているはずなのに、どこかなつかしく感じた。

「ええと、この中でヴォルフが会ったことがないのは、メーナだけですね」

部屋の奥、窓際でルチアと話していたメーナを、イヴァーノが呼んでくれる。こちらに来た彼は、水色の目を大きく見開いた。

「商会保証人の、ヴォルフレード・スカルファロットです」

「……スカルファロット、様？」

つぶやいたメーナが、刺すような視線を返す。

敵意があるともとれる水色の目に、ヴォルフが軽く身構えた。

「……まったく、不条理だ……」

振り絞られた声は、まるで怨嗟《えんさ》だ。悲しみさえこもっている気がした。

ヴォルフは身構えつつも怪訝そうで、ダリヤは困惑する。

「ダリヤちゃん、ヴォルフ、どうかしたか？」

その背後から、マルチェラが歩みよってくる。

メーナの表情が見えないので、ダリヤ達が固まっているのが気になったのだろう。

他の者も不思議そうにこちらを見ている。

「あの、メーナ、どうしたんですか？」

ダリヤの問いかけに、メーナは一度深呼吸をした。

「……たいへん失礼しました。実物のスカルファロット様を見たらちょっと取り乱しました。商会員になったメッツェナ・グリーヴです。メーナとお呼びください」

「こちらもヴォルフでかまわない。君と会うのは初めてだと思うのだけれど？」

ヴォルフが尋ねると、メーナは素直にうなずいた。

「ええ、初めてです。今まであちこちの女性に、スカルファロット様は王都一の美青年とか、男でも振り返る美しさとか聞かされてたんで、どれだけ美形なのかと思ってたら、本当に心底うらやましいほどの美形でした。お会いできて光栄です」

「……あまりうれしくない話をありがとう」

ヴォルフは表情筋を笑みの形にしただけで、珍しく棘《とげ》を含んだ返事をする。それでも、先ほどの構えた感じは消えた。

「悪い、ヴォルフ。メーナ、あんまり冗談飛ばすな。大体、お前だって顔はいい部類だろうが」

「マルチェラさん、ちびっとといいぐらいと、最高級の美形を一緒にしないでください。僕は街を歩いてもたまに声かけられるぐらいですけど、スカルファロット様なら、逆ナンパで歩くのに困るぐらいでしょう？」

無言のヴォルフだが、気配が少しばかり冷えた。

メーナは褒めているつもりなのかもしれない。だが、ようやく平和に王都で一人歩きをし、食堂に行けた、屋台に行けたと喜んでいる彼に、言ってほしいことではない。

「メーナ、そういう言い方はやめてください。ヴォルフに失礼です」

思わぬほど厳しい声が出てしまった。

「申し訳ありませんでした、会長。以後、気をつけます」

メーナの謝罪に静まりかえった中、すかさず声をあげたのは、イヴァーノだった。

「では、そろいましたので、乾杯のために席についてくださーい！」

部屋にいるのは全員大人だ。むし返すようなことはない。

それでも気がかりで、テーブルに移動してから、ヴォルフに声をかけた。

「すみません、ヴォルフ」

「ダリヤのせいじゃないし、気にしてないよ。ドリノと会ったばかりの頃を思い出したな」

「ドリノさんも、あんな感じだったんですか？」

「ちょっと違うけど、あのノリは似てる。最初の酒の席とか、ナンパの餌にされた時とか、あんな勢いだった」

苦笑するヴォルフだが、怒ってはいないようだ。

こちらを見る黄金の目が細くなり、楽しげな笑みに切り替わっていく。

「俺はもう、平気なんだ。君にこれを作ってもらったから」

胸ポケットに伸ばした手、革ケースの中にある妖精結晶の眼鏡。それをつければ、彼は緑の目の持ち主として、自由に王都を歩ける。

作った自分が誇りに思えるほどの笑顔を向けられ、ダリヤも笑み返した。

「じゃ、ロセッティ商会の新しいスタートと、フェルモがガンドルフィ商会を立てるので、共にお祝いしたいと思います！」

「フェルモ、商会を立てるんだ？　おめでとう！」

「ありがとう、ヴォルフ様。まだ決めて間もないんだがな」

フェルモがふっきれた顔で返している。

決めた三十分後に祝われている商会開設である。幸先がいいと言うべきかもしれない。

話している間にグラスに注がれたのは、金の輝きを散らすスパークリングワインだ。お祝いに似合いの華やかな色の酒から、甘い香りが立ち上る。全員がグラスを持って立ち上がった。

「ヴォルフ様、乾杯の言葉をお願いできますか？」

「え、俺？」

「ええ。こういう時、乾杯は前からいた商会員ですが、俺は進行役なので。ヴォルフ様は開始時点から一緒ですし。失礼ですが、俺としてはもう保証人というより、敏腕営業で会長の隣にいる人という認識なんで、お願いできません？」

言い得て妙なたとえだが、ひどく納得した。

ヴォルフはイヴァーノの表現がおかしかったのだろう。大きく笑いながらうなずいた。

「では——新ロセッティ商会の始まりの日、ガンドルフィ商会の間もなくの誕生を祝うと共に、これからの全員の繁栄を願って、乾杯！」

「繁栄に乾杯」

「始まりに乾杯！」

静かな声、にぎやかな声が混じり合い、グラスが繰り返しぶつけられる。

全員の笑顔を見ながら飲む金の酒は、とてもおいしかった。

乾杯後、最初に配られたのは、薄切りの黒パンに山羊《やぎ》乳チーズの塩漬けをのせたものだった。

一つのパンを参加人数分に切り分け、上にチーズをのせたものを共に食べる——それで親睦を深める意味がある。

ちなみに、人数が多い時は、一つのパンは無理なので、同じ釜のパンになるそうだ。

ダリヤは、山羊乳チーズの塩漬けを初めて食べる。

少しクセはあったが、塩が利いた濃厚なチーズだ。加熱でとろりと溶けていて、パンによく合う。

小さいカットなのがもったいない、そう思えたところで、酒と料理が一気に運ばれてきた。

テーブルの中央に、肉や魚介類、野菜などの揚げ物、ムール貝に似た細長い貝のオーブン焼き、スモークチキンやソーセージの盛り合わせなどがぎっしりと並ぶ。

それと共に、赤と白のワイン、濁りのある東酒《あずまざけ》、炭酸水と果物のジュースがワゴンにそろえられた。各自の好みで自由に選べるようにしてくれたらしい。

続いて、各自の前に皿が二つ置かれた。

白磁の上、少量をきれいにまとめた赤と白のパスタ、おそらくはクリームとトマトソースだろう。その横には、肉団子やマッシュした野菜を丸くオーブンで焼いたものが、色よく並べられている。

そして、もう一皿。木板の上の黒い金属皿に、厚めに切られ、焼かれた肉がのっている。火が通っているのか尋ねたいほど赤い。

思い当たる食材に隣のヴォルフを見れば、こちらを見て口を開きかけていた。

「紅牛《クリムゾンキャトル》ですよね？」

「ああ、そうだと思う」

この店へ最初に二人で来た時に食べた、ちょっと珍しい食材だ。

隣国が養殖に成功した、牛の魔物である。

他の者達が不思議そうに赤い肉を見ている中、湯気の立つソース壺《つぼ》を持った副店長が入ってきた。

「紅牛《クリムゾンキャトル》で子牛のヒレ肉ステーキです。森のキノコ入りソースをおかけします。熱いのでお気をつけください」

各自の皿にたっぷりとワイン色のソースをかける。細かく切られているのはキノコだろう。

まだ熱い金属皿の上、キノコソースの芳香がぶわりと立ち上った。

「では、熱いうちにごゆっくりどうぞ。何かございましたら、ベルでお呼びください」

副店長と店員達が部屋を出ると、ダリヤは全員に向けて声をかける。

「皆さん、今日はありがとうございます。しっかり食べて、ゆっくり飲んでください」

それぞれが好みの酒を手にし、二度目の乾杯と食事が始まった。

熱いうちにということだったので、すぐに子牛のステーキにナイフを入れる。

前世今世とも、子牛のステーキを食べた記憶はない。どんな味だろうと想像しつつ切っていると、かわいい子牛が荷馬車に揺られ、悲しげに鳴く映像がBGM付きで浮かんだ。

それはそれ、これはこれである。全力で振り払い、柔らかな肉にフォークを刺した。

最初の一口は、ソースをつけずに食べることにする。

口にした肉は、舌にとてもしっとりと当たった。肉質がとてもきめ細かいようだ。

ゆっくりと噛《か》めば、予想以上の軟らかさで、甘い肉汁と肉自体が口内にほどける。クセも脂っぽさもない、素直な味だった。

二口目からは、かけられたソースをつける。ソースは赤ワインベースで、香り高いキノコをみじん切りにして入れたもののようだ。素直な子牛の味には、このソースがよく合った。

「うわ……この肉、軟らかいな。それに甘くてうまい」

「肉もいいが、ソースとものすごく合うな。ワインがすすむ」

「こんなにおいしいのって、紅 牛《クリムゾンキャトル》だから？　それとも子牛だから？」

「どっちかわかんないですが、本当においしいですね！」

口々に賞賛し、子牛のステーキを味わう。

ダリヤとフェルモを除いた五人は、追加で二枚目を焼いてもらうことになった。

ダリヤが思いとどまった理由は、着ているドレスのウエストである。

そこからは全員、ひたすらに食べて飲み、話に興じた。

遠征用コンロなどの商品の話、それぞれのギルドの話、王都で流行している服や靴――全員が満腹になるまで歓談は続く。

その後、追加のデザートやつまみをとりながら、時折、相手を代えて話す形になった。

ダリヤが気がかりなのは、メーナである。先ほどヴォルフのことで、思わずきつめに言ってしまった。

彼に視線を向ければ、水色の目はちょうど自分を見ていた。片手に持ったグラスのワインは、半分しか空いていない。すでに何杯か飲んでいるのかもしれないが、顔に酔いは見えなかった。

「メーナ、新人歓迎会でもありますので、遠慮なく飲んでくださいね」

「はい！　ありがとうございます、会長」

素直な返事とその笑顔に、少しほっとする。

「さっきはすみません！　あまりのうらやましさにおかしなことを言ってしまいました」

「いえ、次から気をつけてもらえれば大丈夫です」

メーナはすでに予想していたらしい。先に謝罪された。その隣、マルチェラがこちらに向き直る。

「ダリヤちゃん、俺も入りたてほやほやの新人なんだが？」

「だって、マルチェラさんは何も言わなくてもしっかり飲むでしょ？」

「そりゃあもう。それに、家ではもう飲まないからな」

「イルマ、お酒の匂いがダメになったの？」

イルマは悪阻《つわり》が始まったのだろうか？　心配になって尋ねると、マルチェラは首を横に振った。

「いや、そういうのは全然ない。けど、イルマはしばらく飲めないだろ。俺だけ飲むのはちょっとな。気にしないで飲んでいいと言われるんだが、何かあるといけないし。今日はイルマの父さんと母さんが来てくれてるから、遠慮なしに飲むが」

「ふふ、マルチェラさん、やっぱり素敵なパパになりそう」

「子煩悩なお父さん確定って感じだ」

「ダリヤちゃん、ヴォルフ、頼む、それは照れそうだからやめてくれ……」

鳶色の目を細めて頭をかくマルチェラは、すでに照れているように見える。幸せそうなその顔を、からかう気にはなれなかった。

「ルチアさん、ワインですか？　こちらの果物水もおいしいですよ」

「赤ワインで！　大丈夫、フォルト様に教えられて、前より飲めるようになったから」

ルチアのグラスが空になったので、勧めにいったらしい。二つの瓶を持つメーナが、ルチアに果物水を飲ませようとしてワインを指定されている。

服飾ギルド長のフォルトが教えたというところが少しだけ気にかかったが、聞かないことにした。

ルチアは半分まで注がれたグラスを持つと、ダリヤに向けて悪戯《いたずら》っぽく笑う。

「今日の会、フォルト様がうらやましがってたから、『ダリヤに呼ばれてないじゃないですか』って言ったら、子犬みたいにしゅんとしてたー！」

「ぐふっ……」

ルチアの言葉に、酒が変なところに入った。

けほけほと咳《せき》をしていると、左のヴォルフが心配し、右のイヴァーノが苦笑する。

「フォルト様も今日お呼びしたいところでしたが、また今度ということで。まだ緊張する方がいそうですし」

「フォルト様って、服飾ギルド長で子爵ですよね？　僕は部屋の外で待機希望です……」

「俺も行儀作法はわからんし、会うにはちと気合いがいるな……」

「貴族の行儀作法は、ややこしいからなぁ……」

メーナとフェルモ、マルチェラがそろって眉を寄せる。

「緊張しますよね……」

以前急に会うことになった自分を重ね、ダリヤは深く同意した。

「お三人ともお忘れのようですが、ヴォルフ様は貴族です。まあ、来年はうちの会長も、貴族で男爵になるんですけどね！」

「ぐっ……」

止まりかけていた咳が再度出た。イヴァーノ、なぜそこでその話を持ってくるのだ。

今度はヴォルフまで苦笑している。

「そっちは別だ。ダリヤちゃんもヴォルフも、俺らに不敬とか細かいこと言わないだろ」

「あれ？　そういえば、マルチェラさん、なんでヴォルフ様を呼び捨てなんですか……？」

遠慮なく言うマルチェラに、メーナが訝《いぶか》しげな目を向ける。

「友達だから」

「ああ、あっちこっち飲みに行ったりもする仲だ」

すかさず胸ポケットの白いハンカチを取り出したメーナが、端を噛みながら言った。

「ひどい、マルチェラさん！　僕というものがありながら……」

「そのネタはやめろっつってるだろ！　毎回冷たく笑われるんだよ。あと、俺にそれを言っていいのはイルマだけだ」

「こうして、しっかりのろけるんですよ、うちのマルチェラさんは」

「うちのって、俺はお前のじゃねえ……」

「ロセッティ商会のという意味で、商会《うち》の、って言ってますけど？」

ハンカチをたたみながら、メーナがしれっと答える。

マルチェラは鳶色の目を閉じると、がくりと肩を落とした。

「ダリヤちゃん、すまない。妙なのを商会に連れてきてしまった」

「いえ、あの、明るくていいんじゃないでしょうか」

「会長はすごく優しいですね。高齢退職までついていきます！」

明るく笑ったメーナに安堵《あんど》しつつ、高齢退職という言葉を新鮮に受け止める。

「それまで商会がきちんとあって、お仕事がうまく回るようがんばりますね」

前世も今世も、ダリヤは部下を持ったことはない。

自分にもしものことがあればイヴァーノに任せればいい、そう考えて副会長をお願いした。

だが、それだけではいけないのかもしれない。魔導具師の研究と勉強、商会長としての仕事と学び。やらなければいけないことも、やりたいことも山とある。

「ダリヤ、『うちの会長』こそ、今日はしっかり楽しまないと」

考え込んでいた自分に、ヴォルフがグラスを手に笑いかける。

金の目に気負いを見透かされたようで、少し気恥ずかしかった。


「発表ー！　来年の微風布《アウラテーロ》を準備中です。目標、来年の夏までに今季の百倍作ります！」

勢いよく言うルチアの声が、少しばかり高い。酔っているのかもしれない。

その手元を見れば、さっきの赤ワインのグラスがすでに空いていた。

「そりゃすごい。服飾魔導工房の皆さん、がんばってるんですね」

「ええ、ものすごく！　騎士のアンダーとか、貴族女性のドレスの裏地とかいろいろあるけど、来年の夏には、庶民も一枚は手が届くくらいまで広めるのが目標！」

微風布《アウラテーロ》が普及するのは、開発者のダリヤとしてはとてもうれしい。しかも、百倍とはものすごい数字である。

だが、作る人員も設備もいきなり百倍になるわけはないので、ただただ苦労が偲《しの》ばれる。

「微風布《アウラテーロ》って、あの涼しい布だよな？　あれ、夏にあるとありがたいな。運送ギルドの連中が喜ぶ」

「ルチアさん、いい感じで進んでます？」

「ええ！　服飾ギルドの研究員達のおかげで、微風布《アウラテーロ》の使用期間も三倍ぐらいに延びたから、長持ちするし。剥《は》がすのが簡単にできないか、付与を重ねがけできないか、今、研究中。グリーンスライムは養殖場の方ががんばってくれてるから間に合いそう。制作の方も増員したんでかなり楽になったの。でも、王城担当は爵位持ちしかできないから大変だって。爵位を配りたいくらいらしいわ」

「あはは、配れる爵位ですか！　それはいいですね」

メーナがうけているが、おそらく冗談ではない。王城へ納める場合、関係者の身元保証も必要だ。その上で、デザインや着心地、安全検証など、指定と確認が山とあるだろう。

「すごいわね、服飾魔導工房って……」

「何言ってるの？　ロセッティ商会の方がずっと有名じゃない。あたしが服飾ギルドに行くと、ダリヤとロセッティ商会のことをよく聞かれるわよ」

「え？　私？」

「何を聞かれます、ルチアさん？」

ダリヤはイヴァーノと同時に聞き返す形になった。

「微風布《アウラテーロ》に五本指靴下に中敷き、あれを開発したロセッティ会長は、どんな人かって」

「ああ、ルチアさんがダリヤさんの友達なのも知られてますからね」

「ええ、隠してないもの。あたしが魔導服飾工房の工房長をしてるのだって、ダリヤのおかげだし。だから、ダリヤのことは真面目で、腕のいい職人で、どこまでも魔導具師ですって説明してるの」

「どこまでも魔導具師――」

そこだけを切り取って復唱するヴォルフに、マルチェラやフェルモがうなずいている。

悪くない喩《たと》えだが、『腕のいい職人』という言葉は、半人前のダリヤとしては、ちょっと恥ずかしい。

「商会員のイヴァーノさんのことも聞かれたので、頼れる商人で、計算が速くて、フォルト様と親しいですって言っておきました！」

「あ、ありがとうございます……」

礼を述べた後、『フォルト様と親しい……』とつぶやき、額に指を添えたイヴァーノに関しては、そっとしておくことにする。

「服飾ギルドの商会は、冬前に大型倉庫を予約することが多いんだけど、今年は夏からずっとロセッティ商会が確保してるじゃない。だから余計に話題になるんだと思う」

「靴乾燥機向けの倉庫ですね。素材と部品もあるので、大型倉庫二つでは足りなくて、あちこちで追加してもらったんで」

いつの間にか、ロセッティ商会で借りている倉庫が増えていた。

冬は靴が乾きづらくなるので、冬前に一気に納品したいところである。

「倉庫も要りますけど、ギルドの商会部屋も、書類置き場が足りなくなってきましたよね」

メーナの指摘通りである。先日、棚の書類がついに大雪崩を起こした。床に積み上がる箱も次第に増えている。どうにも床面積が足りない。

「いっそ西区にどかんと四階ぐらいのを建てたらどうだ、ダリヤ会長？」

先ほどとは逆に、いい笑顔のフェルモに提案された。

そこまで大きいものを建てる気はない――そう言おうとしたとき、隣のヴォルフが話しだす。

「商会の住所はうちの屋敷だから、そのまま越してくればいいよ。部屋は余ってるし、兄の了解はとってあるから」

ロセッティ商会の住所は、緑の塔ではなく、スカルファロット家の別邸である。

ダリヤが女性の一人暮らしということでこの形を取らせてもらっている。だが、本当に商会の部屋――書類置き場として借りていいものだろうか。

書類の棚を今の倍、そして小型の魔導具の箱が置けるくらいの床面積が借りられれば助かる。そうなると一部屋か二部屋だろう。

だが、あの屋敷に通うのは緊張しないだろうか。賃貸料をヴォルフに支払う形になるだろうか――そんなことを考えていると、イヴァーノが笑顔で言った。

「この際、会長ごと引っ越してしまえばいいんじゃないですかね？」

「え……？」

「いえ、イヴァーノ、魔導具作りは塔の仕事場でやりますので」

商会と仕事場が同じ建物であれば大変便利だろう。だが、自分は家である緑の塔で魔導具を作るのが一番作りやすい。それにヴォルフもそこまでは考えていなかったのだろう。目を丸くしたまま固まっているではないか。

「意味がこうも通じないこともあるものなんですね……」

「あるようだな……」

フェルモとメーナがそろってうなずいている。

話が見えずに尋ねようとしたとき、イヴァーノが再度口を開いた。

「ルチアさん、他にも何か新しいものはやってます？」

「今は微風布《アウラテーロ》と冬物作りと春物考案で手一杯。でも、一山越えたら、デザイン性のあるアンダーとか、華のあるランジェリーとかも作りたいのよね。そっちは微風布《アウラテーロ》を使わなくてもいいんだけど、貴族も庶民も男女も関係なく、楽しめるようにしたくて」

「華美で高いアンダーは庶民には売れるかね？　特に男には難しいと思うぞ」

「庶民だから質素って時代でもないでしょ。男の人だって、ただただ地味っていうのもおかしくない？　デザインも色も似たようなのって飽きない？」

「俺は特に飽きないし、困ったこともないがなぁ」

ルチアの問いに窮するかと思ったが、フェルモが気負いなく答えている。

「せっかく好きなものを着られる国と時代なんだもの、どうせなら着たいし、着せたいじゃない！大体、地味は無難だし、清楚《せいそ》はウケがいいけど、それだけでも飽きるし、つまらないでしょ。違うものを身につけてみたいと思わない？」

「ああ、ファーノ工房長は、服とランジェリーが同じ感覚なんですね？」

「そう！　わかってる、『グリル』さん！」

ルチアはやはり酔っているらしい。自分の名の発音違いに、メーナがにこりと笑う。

「『メッツェナ』も『グリーヴ』も呼びづらいですよね。よろしければ『メーナ』とお呼びください、ファーノ工房長」

「じゃ、こっちも『ルチア』でいいわ。あと、喋《しゃべ》り方で気を使わなくていいわよ。工房長は成り行きだし、庶民で地はこれだから」

「じゃ、遠慮なく喋らせてもらいます、ルチアさん」

なんだか意気投合したらしい。どことなく似ている感じがする二人だ。

「でも、アンダーは、そう人に見せるものじゃないですからね」

「見せる時は見せるでしょ！　それに、商人なら商品は包装から箱まで気にするものでしょう？　ねえ、『ガンドルヒー』会長！」

「まあ、それはそうだな。小物はデザインも箱も大事だからな、同じだな。ああ、ついでだ。俺も『フェルモ』でいいぞ。『ガンドルフィ』は言いづらいだろ」

さらに発音のあやしくなったルチアに、フェルモも提案する。

「フェルモさん！　じゃ、あたしも『ルチアちゃん』でお願いします！」

「……ル、ルチアちゃん」

「はい！　それで！」

フェルモが目を押さえて肩を震わせている。ルチアが一気に身近になったようだ。

「大体、包み紙に関してはそっちの方がわかると思うの。例えばよ、自分の恋人とか妻が、白いフリル系のネグリジェと、黒のキャミソールだったら、すごく違うでしょうが！」

「ル、ルチア！」

待て、今ここで、男性陣にその話題を振ってどうする？

誰か止めてくれるか、笑いになって終わるかと期待したが、ひどく真面目な顔が並んだ。

「……絶対に違いますね、それはもう、全然違う」

「……違うな、確かに」

「イヴァーノ、フェルモさん……」

真面目に答えた二人の名前を呼ぶくらいしかできない。しかも何の抑止にもなっていない。

「ダリヤー、止めないの。これ、商品としての真面目な話よ。きちんと聞いておきたいわ」

「え、ええ、ルチア」

自分を見る露草色の目が据わっている。完全に酔っているようだ。

止める止めないの前に、ここから全力で逃げたい。

「髪の色と目の色は定番だから外さないわよね、やっぱり」

「ですね。あとは白と黒は基本として、俺は本人に似合う淡色を推したいですね」

「イヴァーノさんに同感です。あと、僕としては深いカットでレース飾りとか、重ねでチラ見せ系とか、遊び心があるのもいいと思います」

「メーナさん、それ、もっと詳しく！　具体的に！」

食いついたルチアに引きもせず、彼は持論を述べていく。

「例えば、こう胸とか背中側のカッティングを思いっきり下げてそこにレースとか、隣国のズボンみたいに、重ねにした裾に深いカットが入ってて、歩く時だけチラっと見えるとか……」

「メーナさん、待って！　描くから、それ描くから！」

ルチアがバッグから小さなスケッチブックを取り出した。

問われるがままに説明するメーナは、それなりにこだわりがあるらしい。鎖骨や太股《ふともも》といった部位の単語が飛び交う中、ルチアがうなずきつつ真剣にメモを取り――そのまま一気にデザイン画を描きはじめた。酔っていても絵がうまい。

この際、メーナを服飾ギルドに出向させるべきかもしれない。

「あと、リボンと紐《ひも》タイプなんかも、外せないと思うんですよ！」

「おい、メーナ……そのへんにしとけ」

持論をさらに展開しようとするメーナを、マルチェラが少々怖い声で止めた。

「えー、マルチェラさんだって、イルマさん用にいろいろ買ってたじゃないですか。マルチェラさんの好みは……」

「や・め・ろ」

マルチェラがその大きな手でメーナの頭をつかんだ。

『本気で痛いです、つぶれます』と、メーナが騒ぎだしたが、誰も止めない。

話がここで終わるのを期待し、ダリヤは黙ってワインを口にする。

隣のヴォルフが無言のまま、追加の赤ワインをグラスに注いでくれた。

「……ああいった攻めのランジェリーとかも悪くないですけど、俺は白いブラウスとか、紺のスカートとかが、やっぱり鉄板だと思うわけですよ」

「まあ、あんまり奇をてらわない方が好みではあるな。飾りの少ない肩紐のワンピースとかな」

「それにアップスタイルの髪ですか、うなじ派としては？」

「いや、ショートヘアもいい」

一部、服にヘアスタイルの話までが混ざりはじめている。

「破壊力から言うなら、雨の日の白いワンピースが最強でしたね……」

「なるほど。それもわかるが、俺としては自分のシャツを着てるのが最強だな」

「そうきましたか……」

イヴァーノとフェルモが肩を寄せて話しているが、こちらも酔っているらしく、やや声が大きい。

よって丸聞こえである。

「ヴォルフ様！　ヴォルフ様の好みってどんなですか？」

「……俺は、特に『外装』にこだわりは……」

不意にルチアに話題を振られた彼は、視線をグラスから一切外さない。興味なさげに、ただ白ワインのグラスを空けている。

そもそも『外装』とは何だ？　服装にまるで興味はなく、中身だけあればいいのか。

いや、中身の方が確かに大事かもしれないが、ならばどんな好みなのか。やはり腰派についてか？――そこまで考えて、ダリヤは鈍い頭痛を感じた。

なぜ、自分がヴォルフの好みを詮索《せんさく》する必要があるのだ？　きっと、自分も酔っているに違いない。一度、部屋から出て酔いを醒《さ》まし、落ち着いた方がいいだろう。

「私、ちょっと身繕いに……」

「ダリヤ～、いろいろあったのは知ってるけど過ぎたことでしょ。もうちょっと柔軟に寛容になりなさいよ。女の話と男の話は方向がちょっと違うだけだし。どっちも知ってる方が、魅力的な服はもちろん、いい魔導具作りにつながるかもしれないじゃない」

「そうかもしれないけど……」

友にきっぱり言われ、耳が痛い。わからなくはないが、ちょっと苦手である。

「大体、ダリヤは恋話すらずっと避けてるじゃない。婚約しても恋も愛もなかったっぽいけど」

「それは……」

否定できない自分がいるが、認めるのも微妙に寒い。

あと、他の者がいきなり口をつぐんだこの状況もきつい。絶対に気を使わせている。

恋話に関しては恥ずかしい云々《うんぬん》の前に、恋心を正しく理解できぬ自分が口を開けぬだけなのだが。

「ねえ、ダリヤはこう、見ててかっこいいなって思う装いとか、惹《ひ》かれる服装ってないの？　別にアンダーじゃなくてもいいから」

「……うーん」

「この際、誰かに『これこそ似合う服』というのでもいいわよ」

それはすぐに頭に浮かんだ。ヴォルフの魔物討伐部隊の騎士服や、王城で見た鎧《よろい》姿はとてもかっこよかった。しかし、あれが『これこそ似合う』姿だとは言いたくない。

彼の普段着もかっこよくはあるが、それは本体の問題だし、ヴォルフの名前を出すのも恥ずかしい気がする。

他に思い浮かぶ者は一人しかなかった。

「……仕事を一生懸命にしてる人の、作業着姿とか？」

「待って、ダリヤ。それ、思い浮かべた人は誰よ？」

ルチアの細くなった目に、そこはかとない敗北感を覚えつつ、白状する。

「……父さん」

静まりかえった部屋の中、ルチアがテーブルをべしべし叩《たた》く。

「もーっ！　初等学院の生徒じゃないんだから、そこでせめてかっこいい人、素敵な人の一人や二人は言えるようになりなさいよ！　カルロさんが出てくるとかありえない！　まだトビアスさんが出てくる方がマシだったわ……」

「どうしてここでその名前が出てくるのよ？　思い浮かばなかったんだから仕方ないじゃない！

そもそも、ルチアは素敵な人とか、すぐ言えるの？」

「もちろんよ！」

思わず反論した自分に対し、友は右手の拳を握って即答する。

「フォルト様の王城用の三つ揃《ぞろ》え。きっちりしてるのに、動作が優雅でしびれるわ。絶対、王城の騎士服も合うわね。夏に何度か着ていた、珍しい模様のある麻のシャツも、雰囲気が変わって素敵だった。秋に入ってからの白にわずかな色の入ったドレスシャツもかっこいいの。フォルト様って指が長くてきれいだから、手袋も合いそう。コートとブーツもきっと似合うから、冬が楽しみだわ。フォルト様は普段の着こなし全部が素敵で、よく見惚《みと》れるわよ」

「ルチア……」

かなわぬ恋か、憧れか――貴族当主で既婚者、服飾ギルド長であるフォルトの名を繰り返すルチアに、少しせつなくなった。

「それから服飾ギルドの護衛の人、立ち姿がすっごくかっこいいの。胸のチーフの色が毎日違うのよね。冬のコート姿も楽しみ！　あと、服飾魔導工房の副工房長、オリーブ色の濃淡でスーツを組み合わせてて、すごいお洒落なの。あと、一緒に仕事をしている人、手足が長くてスタイルがよくて、かわいい大人服も着こなせるの！　それと、フェルモさんの今日の上着姿、貫禄があって素敵！フェルモさんて絶対上着はダブルの方が合う。あ、イヴァーノさん、三つ揃えになってから、男っぷりがすごく上がったわよね。さすが、フォルト様の見立てだと思ったわ！」

「ルチアー……」

せつなさを返してほしい。しかし、思えばルチアはこういう人だった。

気がつけば全員が納得の顔で笑っている。

「お褒めの言葉をありがとうございます。ルチアさん、本当に服がお好きなんですね」

「大好きよ。でも、服は着る人があってこそよ。土台がないのに家は建てられないもの」

礼を言うイヴァーノに、ルチアが明るく答える。

「それに、立場や見た目で『似合う』っていうのはもちろんだけど、どうせならその人らしく、着ていて楽しい装いであってほしいと思うの。着ていて、笑顔になれるような……」

服飾師であるルチアらしい言葉に、ダリヤはとても納得する。

「確かにそうですね。商売も買い手と売り手がいなければ成り立ちませんし、どうせなら、俺も笑顔で取引したいです」

「なるほどな。小物も魔導具も、作り手の他に使い手がいなけりゃ試作品で終わるな。どうせ使うなら、便利だと喜んで使ってもらいたいもんだ」

しみじみと話す男達の横、マルチェラがルチアに果物酒のグラスを渡した。

「ルチアちゃんなら、中身より服と言うかと思ったが」

「マルチェラさん、ひどいー。イルマに言いつけようかしら？」

「いや、イルマもうなずくと思うぞ」

「しかし、娘にかっこいいと言われる服装ですか……」

「イヴァーノ、お前はもう三つ揃えで娘に言われたろ。俺んとこなんて息子だけだからな」

「俺にも縁がなさそうな話だなぁ」

「マルチェラさん、何を言ってるんですか？　十年後は我が身かもしれませんよ、『パパ、かっこいい！』」

「やめろ、メーナ！」

口は災いの元と理解しないメーナが、本日二度目でマルチェラに捕まった。

今度は両肩をぎりぎりつかまれて声をあげているが、やはり誰も助けない。

笑い声と雑談、一部悲鳴が聞こえる中、ダリヤの隣、ヴォルフがぼそりと言う。

「魔物討伐部隊は魔物が出てこないと成り立たないけど、お互いのためには、出てこない方がいいな……」

言われてみればそうである。魔物と人の領域が分かれていたなら、魔物討伐部隊の出番はない。素材としての採取で、冒険者は魔物の領域に戦いに行くかもしれないが。

「そうですね。そうしたらお互い平和になりますね」

「ああ。俺の仕事はなくなるけど」

「その時は商会《うち》に就職すればいいですよ。お待ちしています」

つい口にしてしまった言葉は、自分の本音だけれど。

思えばいくら親しい友達とはいえ、現役魔物討伐部隊員、そして伯爵家のヴォルフに対して失礼だろう。

だが、ダリヤが謝る前に、彼の唇が大きくUの字を描いた。

会ってから今までで一、二位を争う美しい笑顔で、ヴォルフは応えた。

「隊を辞めたら、ぜひよろしくお願いします。ロセッティ会長」

幕間　黒の革手袋

一人きりの馬車の中、東ノ国《あずまのくに》の酒瓶を布で包みながら、マルチェラは窓の外を見た。

ぽつぽつと降りだした雨に、不意に、後発魔力を手にしたときのことを思い出す。

生涯知らぬままでいいことを知った日だった。


マルチェラは、生粋の下町育ちだ。生まれは王都によくある苗字《みょうじ》のヌヴォラーリ家。

父は大工、母は洗濯店で働き、弟二人もいて、年中にぎやかな家だった。

自分はお腹にいた頃から大きく、母は妊娠中、早くから動けなくなり、王都外の実家で産んだという。難産で、産後の肥立ちも悪くて大変だったそうだ。

初等学院に入ったが成績はあまり芳《かんば》しくなく、体力だけは自信があったので、それを活かせる仕事に就こうと決めた。父と同じ大工になりたかったが、手先の器用さは残念ながら自分を飛び越し、弟達に受け継がれたらしい。

たまたま小遣い稼ぎにした荷運びで、運送ギルドの職員に声をかけられた。身体強化魔法があるおかげで、重い荷物も苦ではない。身体を動かすのも好きである。マルチェラはその場で受けた。

初等学院卒業後、しばらくは運送ギルドの見習いとして過ごした。

縄の結び方、荷の積み方と運び方、そして、馬と馬車の扱い、王都と周辺街道の地理をみっちり学んだ後、正式に運送ギルド員となった。

新人の仕事のほとんどは、近場の倉庫や商業ギルドとの行き来、そして荷下ろしだ。

いつか王都の外へ自分で荷馬車を走らせてみたい――それが新人達共通の希望だった。

そんなある日、いつものように倉庫に行こうとしたら、上役の一人に声をかけられた。

「マルチェラ、急で悪いが、今日はジュゼと一緒に西街道に行ってくれ」

本来行くはずだった先輩に、昨夜、少し早く子が生まれたのだという。めでたいことなので、喜んで受けた。

空は泣きそうな曇り空だった。

ギルドから共に出発したのは、ジュゼという名の先輩だ。

すでに髪は白く、皺《しわ》もそれなりにあるのだが、いまだ荷下ろしもする現役の運搬人である。顔色一つ変えずに小麦袋を三つ持つあたり、かなりの身体強化があるのだろう。

「おい、『ひよっこ』、そこの箱、縄目が甘いぞ」

「結び直します」

そして、新人達を名前ではなく『ひよっこ』呼ばわりし、口うるさいことで有名な先輩だった。

その指導に辟易《へきえき》し、来年の引退は喜んで祝ってやると言う新人もいたほどだ。

それほどに会話も弾まず、そのまま昼ちょうどに宿場街に着いた。

荷下ろしの後、馬に水と餌をやり、自分達も食事をした。そして、帰りの馬車に野菜の木箱を積み込み中、ジュゼがばたりと膝をつき――動かなくなった。

「ジュゼ先輩！」

「騒ぐな……腰にくる……」

見事なぎっくり腰であった。ポーションを飲むほどではないと言い張るので、痛み止めを飲ませ、馬車の荷台に毛布を敷いて寝かせた。

帰路はマルチェラが馬車の手綱を取り、王都に帰ることになった。

自分で手綱が持てるのは、ちょっとうれしかった。だが、半分も進まぬうち、強い雨が降りはじめた。マルチェラは蝋《ろう》引きの上着を肩に乗せ、うらめしげに空を見た、そのときだった。

突然出てきた小さい熊に驚き、二頭立ての馬車、その若い方の馬が暴れた。マルチェラでは制御しきれず、馬車は道を外れ、道の脇へ進んだ。運悪く、そこは少しの段差があった。

「あっ！」

御者台から転げ落ちたマルチェラが見たのは、己の上に落ちてくる横倒しの馬車だ。

一瞬、全てが止まって見えた。

ああ、これは死んだな――妙に冷静にそう思えた。

二頭立ての馬車だ、下敷きになったらどうやっても助からない。

ガツン！　と、ものすごい衝撃があった。

しかし、己の両腕はぶるぶると震えながらも、馬車の側面をぎりぎりで持ち上げていた。

「マルチェラっ！　大丈夫か!?」

ジュゼが荷台から這《は》い下りて自分を呼ぶ。しかし、返事をする余裕はない。

彼は必死に自分の元にやってくると、馬車を持ち上げようとする。いくらなんでも無理だろう。

身体強化があっても、二頭立ての馬車、しかも荷物満載のものを持ち上げられるとは思えない。

「今、馬に馬車を引かせ……いや、駄目だ、動かす方がまずい」

馬に馬車を引かれたら、マルチェラは持ち上げる部分がずれ、つぶされるだけだ。

ジュゼは暴れていた馬達を懸命になだめ、大人しくさせた。

その間にも、マルチェラが両手で必死に押し上げる馬車は、さらにずしりと重くなる。

肘がみりみりと鳴き、胸を馬車が押しつぶしはじめた。

はっきり認識するのは、自分の死。

俺が死んだら、親父とお袋が泣くな。弟達も、友達も泣くだろう。入って間もない運送ギルドにも迷惑をかけてしまう——そんな当たり前のことを考えた。

やりたかったことは、まだまだあった。

友達との魚釣り勝負は、いまだに一回負けている。

父母を、中央区のちょっといいレストランに連れていっていない。

上の弟が大工になったら、新しい家を建ててもらいたかった。

下の弟は家具職人を目指している、だから、その新しい家に家具を頼みたかった。

それに結婚までは夢見ずとも、せめて一度、かわいい女の子とデートしたかった。まったく、この強面《こわもて》のおかげで一度もそんな機会には恵まれず——

「おい、マルチェラ！　俺が横に入る。その間に出ろ！」

ジュゼの叫びに、思わず耳を疑った。

馬鹿じゃないだろうか。そう親しくもない間柄だ。来る時だって、ろくに話も続かなかった。かばってもらう筋合いはない。そんなことを言おうとしても、噛《か》みしめるので精一杯の口からこぼれるのは血で——馬車はさらに重くなり、自分を押しつぶそうとする。

「若いのは年寄りより長生きしろ！　すぐ出ろよ、ひよっこ！」

その自分の横、了承もしていないのに、ジュゼが滑り込もうと身を寄せてきた。

ぎっくり腰も治しておらず、苦悶《くもん》の叫びを殺しながら。

ひよっこと呼ぶ、親しくもない俺の代わりに、何を犠牲になろうとしているのか。

あんたは来年には引退で、悠々自適な隠居生活をすると言っていたじゃないか。

まったく、心底、頭にくる。

「ひよっこ扱いすんな!!」

瞬間、体が爆《は》ぜた――マルチェラはそう錯覚した。

頭のてっぺんから爪先まで、燃えるように熱い。怒りと混乱で叫ばずにはいられなかった。

「うおぉーっ！」

己の声に応えるかのように、自分と先輩の左右から、岩が長く伸びた。

地面から生まれた岩に弾《はじ》かれた馬車は、あっけなく道に戻って元通りに立った。

「は？」

「え？」

寝転んだまま、先輩と二人、間の抜けた声をあげる。自分達の上にはすでに何もなかった。

どちらからともなく見つめ合うことしばし――大笑いになった。

その後、先輩が腰のポーチに入れていた非常用ポーションを半分ずつ分けて飲んだ。

小降りになった雨の中、御者台に並んで座り、王都に向かって馬車を走らせた。

「……お前、土魔法が使えたんだな」

「え？」

「俺達の横から岩が出てたろ、あれ、土魔法だ。もしかして、今まで使ったことなかったのか？」

「ああ、あれが……」

「後発魔力か、運が良かったな。魔力も四じゃねえな。この馬車が持ち上げられるんなら七はある。それで土魔法が使えるんなら、いい給金で貴族に仕えられるかもしれないぞ」

「いや、堅苦しいのは苦手なんで、今のままでいいです」

貴族の屋敷への届け物は、確かに見知らぬ場が見られることに心が躍った。

広く美しい庭、細工模様の石畳、ふかふかの凝った模様入り絨毯《じゅうたん》、巨大な冷蔵室——だが、それは観光地を見るのと同じ感覚だ。あそこに住みたいとは思えない。

「お前の家は土魔法持ちが多いのか？」

「いえ、一人も——」

言いかけて、マルチェラは気づいた。

風魔法、水魔法、身体強化。どれも魔力値は大きくないが、家族や親類にはそれを持つ者もいる。

だが、土魔法を使える者は一人も知らない。

父は砂色の髪に濃灰の目。母は栗《くり》色の髪に薄青の目。弟達は砂色の髪に薄青の目。

祖父母も、黒と濃い灰色の髪と薄青と緑の目で——記憶にある血縁者をたどり、赤みのある茶色がいないことに初めて気づいた。

俺の土魔法はどこからきた？　この鳶《とび》色の目は、誰に似た？

「……ろくなこと考えてねえ表情《かお》だな。悪いことを聞いた、忘れちまえ」

「いえ——」

「今まで考えたこともなかったんだろ？　お前はちゃんと家族に育ててもらったんじゃねえか」

いろいろと考え込んでいると、彼の蝋引きの上着を肩にかけられた。マルチェラの上着は馬車の下でぼろぼろに破けてしまったのだ。

「まだ冷えるぞ、血を吐いたんだ、着てろ」

やたらと自分を心配する彼に上着を返し、俺の方が若いので大丈夫です、いいから着ろ、のやりとりを繰り返し、とうとう怒鳴られた。

「うるせえな、素直に着てろ！　俺も若い時分は助けられたんだから助けられとけ！」

「助けられた？」

「……国境沿いに薬を届けに行った帰り、森大蛇《フォレストラスネイク》が出た。先輩が俺ともう一人を箱馬車の後ろに押し込んで、一人で藪《やぶ》に逃げるフリをして……先輩も馬も森大蛇《フォレストラスネイク》に喰《く》われた」

森大蛇《フォレストラスネイク》――別名は『緑の王』。

見習い期間に重々教えられた。街道や森で遭うことは稀《まれ》だが、遠目でも見かけたならば荷と馬をあきらめ、後ろを絶対に振り返らず、ただ分かれて逃げろと、それほどに恐ろしい魔物だと。

ジュゼの若い頃は、今よりも魔物と野獣が街道で幅を利かせていたのだという。

犠牲になった運送ギルド員も、今よりはるかに多かった。

「縄目がゆるくて街道で荷物が崩れれば、積み直しで隙ができる。車輪の点検をさぼって、途中で不具合が出ても危ない。王都近くだから安全てわけじゃねえぞ」

その言葉に、この大先輩がどうして今まで口うるさかったのか、ようやく理解した。

「ジュゼ先輩……助けて頂いて、ありがとうございました……」

「俺の方が助けられたがな、ありがとうよ、『マルチェラ』」

「あ、名前……！」

「ひよっこ扱いすんなっつったのはお前だろうが！　荷はギルドに任せて、すぐ神殿に治療に行くぞ、マルチェラ。ついでに後発魔力のこともこっそり相談してこい」

「はい……」

マルチェラは蝋引きの重い上着を肩に、素直にうなずいた。


結果として、先輩の助言、『忘れちまえ』は実行できなかった。

向かった神殿で診てもらうと、マルチェラはポーションでは治しきれておらず、さらに治療を受けることになったのだ。

雨で冷えたのも悪かった。頭が混乱していたのもよくなかった。

自分はそのまま高熱を出し——気がつけば、神殿の小部屋、父と母がベッドの脇にいた。

二人とも本当に心配そうに自分を見ていて、つい混乱した。

「マルチェラ！　大丈夫か？」

「マルチェラ！　お水飲む？　お腹はすいてない？」

矢継ぎ早に聞いてくる二人に、聞かなければいいものを、自分は尋ねてしまった。

「なあ……俺の、ホントの、親父とお袋って……誰？」

「馬鹿野郎！　お前の親父は俺だ！」

間髪をいれず怒鳴った父に深く納得した。確かに自分の親父だ。

自分がくだらない思い違いをして馬鹿なことを聞いただけか――そう笑いかけたとき、母の頬《ほお》につたう涙を見た。

「マルチェラの母親は私だけど……もう一人、いるの……」

精一杯の声に納得した。確かに自分の母親だ。

だが、その言葉がとても悲しかった。


その後にぽつぽつと聞いたのは、血縁上の父と母のこと。

マルチェラの産みの母は、今の父の姉――自分が父母と思っていた二人は、母方の叔父と叔母だった。

本当の母は花街で働いていた。流行病《はやりやまい》にかかった己の父と弟、その薬代のために勤めはじめたという。二人が回復した後は、美容師の見習いをしながら花街で働き、お金を貯《た》めて美容室を開くのを夢としていたそうだ。

だが、ある日突然、結婚していた弟夫婦――今の父母の家にやってきた実母は、妊娠したと告げてきた。今、夫となる人とは会えないが、自分はこの子を愛しているから産むのだと。一緒になる約束をしていると。

相手についてはどうしても聞けず、本当に産むのかと三度確認し、今後について話し合った。

その結果、近場では噂《うわさ》になりやすいからと、育ての母の実家に移った。王都外の田舎、羊の方が人より多い村だ。

そこでマルチェラは生まれ、産みの母は翌日に亡くなったという。

そうして、育ての父母は、マルチェラを自分達の子供として育てることにした。

聞けば聞くほど、申し訳なくなった。そして、熱にうなされるままに尋ねてしまった。

「男に騙《だま》された馬鹿な女の子供なんて、育てたくない……そうは思わなかったのか？」

「馬鹿はお前だ、マルチェラ！　病気で姉貴に助けられたのは俺だ。それに姉貴は、お前が好きで好きで、ずっと腹に話しかけてた」

「本当よ、マルチェラ。お義姉《ねえ》さんは、いつもとても幸せそうで……一度も、あなたのお父さんを悪く言ったことはなかったわ」

最後まで調子よく逃げたのか、なんて男だ、そうとしか思えない。

「姉貴はずっと相手を待ってたんだ。『マルチェラ』は、姉貴の名で……いつか探しに来たら、わかるようにって、姉貴が、お前につけた……今まで黙ってて、すまない……」

「ごめんなさい、マルチェラ……」

なぜ自分が、この二人を泣かせなくてはいけないのだ。

熱で頭がぐるぐるする。額と目元を押さえると、ぬるくなった濡《ぬ》れ手ぬぐいを、母、いいや、叔母が替えてくれた。

ひんやりとした手ぬぐいに小さく礼を言い、マルチェラはかすれた声を出す。

「……こっちこそ、すみません……迷惑をかけないよう、なるべく早く、家を出るから。育ててもらった分は、給与から毎月返して――」

「この馬鹿息子がっ！　独り立ちなんざ、嫁を見つけてからでないと許さんぞ！」

「マルチェラ、馬鹿言わないの！　お前はうちの子よ！　お嫁さんをもらってもうちの子よ！」

最後まで言えぬうち、叔父と叔母に同時に怒鳴られた。

「……二人そろって、馬鹿馬鹿言うなよ……」

あと、嫁の話もやめてほしい。

死にかけたときの自分の一番最後の願いを思い出し、今度は死にたくなりそうだ。

まったく、涙が出る。

「何も変わらないぞ、マルチェラ。俺はお前の親父だし、こいつはお前のお袋だ」

「ええ、そうよ、マルチェラ」

自分の気持ちをすべて見透かし、二人は一点の曇りもなく笑う。

父母かどうかなど、その絆を疑ったことなど、ただの一度もなかった。

裕福ではなかったけれど、食事に困ったことはなく、いつも腹一杯食べさせてもらった。

悪戯《いたずら》をしたら叱《しか》られたし、勉強や手伝いを頑張れば褒められた。病気になれば母につきっきりで看病され、派手に怪我《けが》をしたときは父におんぶされ、神殿に走って連れていかれた。

弟達と差別された覚えもまったくない。

ああ、そうだ。この父母こそが、自分の父であり、母だ。

他に父母がいるなど、生涯知らぬままでいいことだった。

だから、マルチェラは無理矢理起き上がり、思いきり叫んだ。

「ああ、そうだな。俺の親父とお袋は……親父とお袋だけだ……！」

自分をきつく抱きしめる二人の温かさを感じながら、産みの母、血筋の父については二度と口にするまい、そう決めた。

翌日、神殿の一室で、父に付き添ってもらって測定した魔力は、十四。

確認した神官はその目を大きく見開き、魔力値の証明書を書こうと提案してきた。

マルチェラは、笑顔でそれを断った。

そのまた翌日。ジュゼに『俺の勘違いでした！』と伝えると、そのまま飲みに連れていかれた。

彼の奢《おご》りでいろいろな酒を飲ませてもらったが、どれもひどく苦かった。

◆◆◆◆◆◆

馬車の着いた先、マルチェラは己の襟元が整っているかを、二度確認した。

貴族の屋敷に荷物を運んだことは何度もある。

だが、まさか自分が『騎士』として廊下を歩む日がくるとは思わなかった。

マルチェラは右手と右足が一緒に出そうになりながらも、従僕に案内され、廊下を進む。

自分の教育係の老騎士に『ようやく主《あるじ》に会わせられる』と言われたのが本日午前。指定は本日の午後一。せめて明日にしてくれぬものかと思いながら、昼の時間に慌ただしく準備をした。

そして今、教育係の教え通り、背筋を正し、身体を揺らさぬように歩いている。

ここはスカルファロット家の本邸だ。

白い壁に紺の屋根。銀枠で飾られた窓ガラス。庭の芝生は緑の絨毯かと思うほど均一に刈りそろえられていた。廊下は汚れ一つない青の絨毯、一区画ごとに繊細な絵画が壁を飾る。

庶民で目の利かぬ自分でも、それなりに金額をかけているのはさすがにわかった。

屋敷のかなり奥まで来ると、両開きの艶《つや》やかな黒いドアが内側から開かれる。

広い客室の奥、自分を招いた男が座っていた。

「ようこそ、マルチェラ」

自分の名を親しげに呼び捨て、銀の髪、青い目の男が笑う。

ヴォルフの兄だというのに、似ているところがまるで見つけられなかった。

「はじめまして。スカルファロット様、この度は本当にありがとうございました」

部屋に入ってすぐ、頭を深く下げ、心から礼を述べた。

イルマの治療のため、完全治癒魔法をかけられる者に頼んでくれたのがこの男だ。

いくらかかったのか、あるいはどんな対価を支払ったのか、一切聞かされていない。

それどころか、弟であるヴォルフもわからない、教えてもらえなかったと言っていた。

「君の奥さんと子供達が無事でよかったよ。そこに座って楽にしてくれ。私のことは『グイード』と呼んでくれてかまわない。ヴォルフとかぶるからね」

「お気遣いありがとうございます、グイード様。こちら、お口汚しですが、よろしければお召し上がりください」

ソファーに座る前にテーブルに載せたのは、濁りのない東酒《あずまざけ》だ。手が届く範囲で、一番高い大瓶一本を買ってきた。

その横には、イヴァーノが準備してくれていた金属缶がある。中身はクラーケンとイカの干物だ。

本当にこれでいいのかと二度確認してしまったが、ヴォルフも兄の好物だというので持参した。

「遠慮なく頂くよ。それと、こちらからも君に、ロセッティ商会に入るお祝いだ。一応、私はロセッティ殿の貴族後見人なのでね」

グイードは従者から銀の魔封箱を受け取ると、マルチェラの前に置いた。

魔封箱の表面には、スカルファロット家の紋章が刻まれていた。

「騎士の剣はヴォルフから贈らせるが、私としてはこちらの方が君向きだろうと思ってね。合うかどうか気になるから、今、試してもらえるかな？」

「……ありがとうございます。失礼します」

マルチェラは緊張しつつ、銀の蓋《ふた》を開ける。

中には、少しばかりごつい、革の手袋が入っていた。

艶やかな黒い革はそれなりに厚手だ。指の根元には銀色の飾り鋲《びょう》、手袋の甲部分には、革と革の間に薄い金属板が入っているらしい。手袋というよりは打撃系の武器にも思えた。

指を入れ、端を手首の上まで引き上げれば、ずっと前から使っていたもののように、しっくりと馴染《なじ》む。

「つけた感じはどうだね？」

「ぴったりで、とても使いやすそうです」

軽く拳を握り込めば、全体を巡るゆるい魔力を感じた。

「それはよかった。ブラックワイバーンの手袋だ。内側に付与つきの黒鋼《くろはがね》が仕込んである。それなりの魔導具だから、強化した壁ぐらいは打ち抜けるはずだ。使いこなすまで少し時間がかかるかもしれないがね」

ブラックワイバーンとは、高級な素材である。

一体この手袋一つでいくらするのか、強化した壁を壊せるとはどれだけの破壊力か、この魔導具であれば、ダリヤが絶対に食いついてくるに違いない――いろいろなことが一気に頭を巡った。

だが、声にできたのは一言だった。

「私などが頂いて、よろしいのでしょうか？」

「もちろんだよ。ヴォルフやロセッティ殿を守るときでも、君の家族を守るときでも、必要なときは遠慮なく使いたまえ。たとえ『度を超した』としても、後の処理はすべてこちらでする」

「……ありがとうございます」

耳にひっかかった言葉はあるが、マルチェラは聞き返さない。

スカルファロット家の騎士となり、ロセッティ商会に入った日の夜、イヴァーノと腹を割って話した。このグイードの有能さも、怖さも聞いた。

だが、無理を通して妻子を救ってもらったのだ。清濁併せ呑《の》む気でここに来た。

そのグイードが、一度だけ、小さく咳《せき》をした。

「君に一つ話しておきたいことがあるんだが――気を悪くするかもしれないことだ」

「それは……その、話さないという選択肢もあるのではないでしょうか？」

あせった自分の質問には答えず、グイードは赤い封蝋のついた羊皮紙をテーブルに載せた。

「君の父親を調べた。予測通り貴族だが、名乗りをあげるかい？　君の血筋と魔力量であれば、これからでも一族に迎え入れてもらえるだろう。それなりの爵位も手に入ると思うよ。君が望むなら、私が橋渡しをしよう」

「いえ、結構です」

一瞬で納得し、即答で断る。

自分には必要のないつながりだ。貴族として生きていくつもりはない。

「少し、昔話をしようか——二十何年か前に、国境沿いに九頭大蛇《ヒュドラ》が出た話は知っているかい？」

「はい、存じております」

王都では有名な話だ。

国境沿いに突然現れた九頭大蛇《ヒュドラ》。

街道を行き来する旅人や商人、そして近隣の村々が襲われ、多数の犠牲が出た。そのため、魔物討伐部隊の他、多くの騎士や魔導師が討伐に赴いた。

大型で魔力も強い九頭大蛇《ヒュドラ》との戦いは過酷を極め、その強い毒で溶け、遺体も残らなかった騎士や魔導師がいたという。

貴族墓地の入り口にある合同の墓には、いまだ花が絶えることがない。

マルチェラの家でも、父方の祖父母の墓参りに行ったとき、そこへ花を捧《ささ》げたことがあった。

「その戦いで、オルディネ王国の魔物討伐部隊と魔導部隊、合わせて十四名が名誉の地に渡った。その中に、土魔法と身体強化の得意な、鳶色の目の騎士がいた。高位貴族に生まれながら、花街の女性に惚《ほ》れ込んで、九頭大蛇《ヒュドラ》討伐が終わったら、勘当されても結婚すると言っていたそうだ。九頭大蛇《ヒュドラ》の七番目の首をつぶした、勇敢な騎士だ」

それが誰のことなのか、聞かなくてもわかる。

ずっと知らなかった男のことをきっちり胸に刻むと、マルチェラは尋ねた。

「できましたら、その騎士のお名前をお教えください。家名はいりません」

「ベルナルディ殿だ」

「……ベルナルディ」

名前を口の中で小さく復唱する。初めて聞く名なのに、なぜか、ひどく馴染みがよかった。

「ベルナルディ殿が九頭大蛇《ヒュドラ》の討伐で使った戦鎚《ウォーハンマー》は、毒の研究用として王城に保管してあった。経年数もあって腐食していたが、無事だったところを鋳直し、その手袋に加えておいた」

「……ありがとうございます」

なぜか、手袋が少しだけ重くなった気がする。

握りしめた拳の中、自分に応えるように温かな魔力が揺れた。

「名乗りをあげないという気持ちに、変わりはないかい？」

「変わりません。私は妻子が一番大事です」

「それなら、もしもに備えて、こちらで君と母君の『跡』を、できるだけたどれないようにしておくかい？」

「お願い致します」

「わかった」

グイードは、火のない暖炉に羊皮紙を投げ込んだ。そして、斜め後ろの従者にちらりと青の視線を向ける。無言で暖炉に近づいた錆《さび》色の髪の男は、右手で真っ赤な炎を投げた。

めらりと燃え上がった羊皮紙は、独特の匂いをさせながら燃え尽きていく。マルチェラはその炎が消えていくのを見ながら、疑問に思っていたことを、つい尋ねてしまった。

「なぜ私に、ここまでしてくださるのですか？」

自分は高めの魔力があるだけで、実の父方の貴族は利用できない。金銭的にも裕福ではない。いいや、むしろスカルファロット家に雇われ、騎士教育を受けさせてもらい、少なくない給与をもらうことになる。

いくらヴォルフの兄とはいえ、グイードが、自分にここまでしてくれる理由がわからない。

「君をうちに取り込むためだね。あとは規定の給与内で、できるだけがんばって働いてもらえるようにかな。じつは、君の魔力値からすると、雇うには安い給与なんだ」

「そこはもう少し取り繕われた方が……」

「そうか、勉強不足だった。次からはそうするよ」

グイードの軽い口調に、思わず失礼になりそうな言葉を返してしまった。

だが、彼は楽しげに微笑《ほほえ》んだままだ。

「私は臆病者でね。だからマルチェラに頼みたい。君に守ってほしいのは、ヴォルフとロセッティ殿だ」

「ヴォルフ様は俺、いえ、私よりお強いです」

「それはどうかな。守るものがなかった頃はそれなりだったけれど、今は手を広げたからね」

手を広げたというのはダリヤのことだろうか？　疑問を顔に出してしまった自分に、深い青の目が揺れもなく向いた。

「ヴォルフの守りたいものは、その手だけでは足りなくなる日がくるかもしれない。それにロセッティ殿が爵位と富を手にすれば、厄介事が起こる可能性もある。だから、信用できる、力のある守り手が必要なんだ。二人を危険からかばい、もしものときには、その手とその身を赤く染めてくれる者がね」

「護衛ですので、覚悟の上です。皆様に妻子を助けて頂いたご恩は、絶対に忘れません」

マルチェラはまっすぐに答える。

あきらめかけた子供の命も、妻の命も救ってもらったのだ。

ダリヤとヴォルフを守れと言われたなら、命を懸けることもいとわない。

「その言葉をうれしく思う。君に何かあれば、妻子、ご両親の面倒はこちらで見る。生涯一切の不自由はさせない。万が一、君と妻の一族に害なす者があれば、必ずその報いを倍にして受けさせる。グイード・スカルファロットの名にかけて約束する——神殿契約は必要かな？」

「いえ、結構です」

「では、契約の立会人は、子爵家のヨナス・グッドウィンとしよう。ヨナス、私の言葉を覚えていてくれ」

「承りました」

従者の錆色の目が、じっと自分を見る。

その表情はまるで動かないのに、わずかに笑んだ気がした。

「マルチェラ、ヴォルフとロセッティ殿を守るため、その拳を振るってくれるかい？」

マルチェラは拳と拳を胸の前で合わせ、硬質な音を響かせた。

答えなど、とうに決まっている。

「全力で、守らせて頂きます」

番外編　父と娘の魔導具開発記録～レインコート～

「完成！　父さん、これが『レインコート』！」

娘のダリヤが淡い青の、とても薄手で軽いコートを手に駆け寄ってきた。

コートそのものは、友人であるルチアに仕立ててもらったものの、一番上のボタンはダリヤが今、目の前でつけていた。カルロのイニシャルの刻まれた、象牙に緑文字の飾りボタンである。

「おお、こりゃ軽い！」

袖を通し、肩まで入れて驚いた。思ったよりもはるかに薄く、軽く、そして柔らかい。布に蝋《ろう》を塗った蝋引きのコートとはえらい違いだ。

「完璧な仕上がりだ！　ダリヤ、よくやった！」

「うふふ！　だからできるって言ったじゃない！　あっ、出かけるためにまとめたばかりなのに、ぐしゃぐしゃにするのはやめて！」

とうとうこの日がきてしまった――頭を撫《な》でるのを娘に拒否される日が。

うちのダリヤもずいぶんと大人になったものである。もっとも、子供の頃に髪をぐしゃぐしゃに撫でてしまったときは、ダリヤの友人に怒られたが。

「よし、今晩はレインコートの完成祝いだ！　店に行くぞ！」

「ええ、ちょうど外は雨よ！」

ひどい雨の夜、親子二人でレインコートを着て、近所の食堂へ夕食をとりに行った。

大雨のおかげで、食堂はほぼ貸し切り状態。お任せを頼んだら、大盛りのビーフシチューに、自分にはピクルスが、ダリヤには果物サラダが追加された。

熱々のビーフシチューに黒パンを浸し、冷やさぬエールで乾杯した。

一人前になった娘との夕食は、最高にうまかった。

レインコート――ダリヤが言い出した、雨を弾《はじ》く軽いコート。

ここまでくるのにいろいろあった。レインコートに使用された布は、『防水布』である。

ある日、『水を弾く布を作りたい』と言い出した娘に、蝋引きの布がすでにあるからかぶるだろうと言ったが、納得してもらえなかった。

「大体、父さんは重いからって、雨でも蝋引きのコートを着ないじゃない」

娘の言う通りである。蝋引きのコートは暑く、重い。どしゃぶりの雨ならばともかく、夏の日には着たくない。あと、四十すぎた肩にもあの重さはちょっとくる。

「レインコート……ええと、雨を弾くコートよ！　だから、布は軽くて、薄くて、きっちり防水してくれるものがいいの」

「うちの娘さんは、また無茶をおっしゃる……」

拳を握って力説する娘に、そう冗談めかして答えつつも思う。うちのダリヤならば、なんとかするのではないだろうか？、と。

翌日から、娘は魔導具関連の本に追加して、魔物図鑑と薬品、布に関する本を積み上げ、深夜まで読み込んでいた。

体を壊すなと注意した翌週、色とりどりのスライムを取り寄せ、塔の屋上から庭まで埋め尽くし、幼馴染《おさななじみ》に悲鳴をあげさせていた。

干すだけ干したその様は、運送ギルドの屈強な男達までも、門から先へ進むのを躊躇《ちゅうちょ》させたほどだ。

だが、ご迷惑ではないかと一番心配したご近所さんからは、おおむね一言で済んだ。

『ロセッティさんのところだから』

おそらく、父と自分の魔物素材加工のせいだろう。

昔は今ほど魔物の加工品が出回っていなかったので、自分で素材を作るしかなかったのだ。

カルロの父は庭で水魔馬《ケルピー》の骨を削っていて、一部をご近所の犬に持っていかれたことがある。

追いかけたが、玄関先で犬が大変おいしそうに齧《かじ》っていて、取り返せなくなったと笑っていた。

夜、青くなった飼い主が上等な酒を持って詫《わ》びに来て、結局一緒に飲んでいた。

自分も岩山蛇《クラギースネイク》の抜け殻がなかなかかわいい形だったので、庭で干すついでに、元の形に似せた立体にしたことがある。それを見たご近所の子供に悲鳴をあげられ、その後に大泣きされた。

かわいそうになったので、半透明の抜け殻の中に入れ、外を見せたら大変喜ばれた。

その後しばらく、ご近所の子供――その後に大人、そしてなんだか近所では見ない顔の者までが、代わる代わる岩山蛇《クラギースネイク》の抜け殻内体験に来ていた。

ちょっとした騒ぎになり、衛兵が聞き取りに来たが、中に入れたら笑って帰っていった。

なお、長く付き合いがあり、ダリヤと孫をよく遊ばせてくれていたご婦人は、色とりどりのスライムに関して、笑ってうなずいていた。

「水魔馬《ケルピー》や岩山蛇《クラギースネイク》と比べたら、スライムなんてかわいいじゃないか。やっぱりダリヤちゃんは女の子だねぇ」

ロセッティ家は無事、ご近所から正しい理解を得られているらしい。だが、娘の評判に関しては一抹の不安を感じた。

そうしてスライムを材料に研究しているうち、ブルースライムが防水布の条件に一致することがわかった。

その後は粉にするため、冒険者ギルドにブルースライムを大量発注した。

一度、匂うほど腐敗していたものが納品されたので、鮮度の良いものをお願いした結果、活きが良すぎるのが届き、自分が時折、生き残りのスライムを仕留めることとなった。

トビアスは時折遠い目をしつつも、スライム干しを手伝っていた。なんとも申し訳なかった。


飲みに行った後、ダリヤはレインコートの完成に満足したらしく、珍しく早く眠った。

カルロは満腹すぎて、仕事場で何をするともなく、レインコートを眺めていた。

ふと、ダリヤのレインコート、その一番上の飾りボタンの赤文字が目に留まる。

その赤に、一人の女が思い出された。

ダリヤの母は娘と同じく、艶《つや》やかな紅花詰草《ストロベリーキャンドル》の髪の持ち主だった。

二人で夢見た未来は泡のように消えてしまったが、それでも、娘だけはこの腕に残った。

娘、ダリヤと共にここまで生きられた。それだけで、自分は、自分の人生は十分に幸せだ。

作業棚から妖精結晶のランタンを取り出すと、カルロはそっとスイッチを入れる。

空中に見える幻は、どこまでも続く空と花畑――テリーザと出かけた、夏の終わりのダリヤ園。

付与はしていないが、そこで笑う赤い髪の妻が、はっきりと思い出せた。

「テリーザ……ダリヤは、本当に君に似てきたよ」

◆◆◆◆◆◆

「ロセッティ男爵、お届け物です。サインをお願い致します」

カルロは声渡りの調整を止め、門へと向かった。

秋の日差しの元にいたのは、二頭立ての黒い馬車、濃灰の上下を着た配達人だった。

受け取ったのは純白の封筒に金の箔《はく》押し。流麗な差出人のサインは、赤みを帯びた黒に金粉を散らした――王城のとある部署専用のインクである。

自分が受け取りのサインをすると、馬車はすぐに去った。

見送りながら、じわりと背中に汗がにじんできた。

ダリヤとトビアスは商業ギルドに納品に行っている。ちょうどいい時間だった。

カルロは仕事場ではなく、四階の自室に入り、手紙の封を切る。

差出人は、自分を王城魔導具師に三度誘った男だ。三度とも断った。

少し前、王族専用の給湯器が壊れたときに修理をしたことがある。魔力的に少々無理がある付与だったが、ちょっとばかり多めに金銭が必要で、その仕事を請け負った。

今回の依頼は、王族専用の給湯器、その改良品制作。

丁寧な依頼の言葉、続く文面に思わず手紙を強く握った。

『ロセッティ男爵でご無理な場合は、他の魔導具師をご紹介頂きたく。

いずれ制作できるようになる魔導具師で、お若い方でもかまいません』

若くてもいい、自分が紹介できる魔導具師、それはどう考えてもダリヤとトビアスのことで――

どうしても、『魔導具師ロセッティ』を、逃がすつもりはないらしい。

一瞬、銀髪銀目の後輩の顔が浮かんだ。しかし、それを即座に振り払う。

オズヴァルドは自分が助けを求めれば、二つ返事で手を差し伸べてくれるだろう。だが、それは、今の彼の家族にも害が及ぶかもしれぬということだ。絶対に頼めぬ、相談もできぬ。

次に浮かんだのは頼れる先輩だ。彼もきっと協力してくれるだろう。しかし、レオーネの立場は商業ギルド長であり、妻としたガブリエラは元庶民。その家族も巻き込むわけにはいかない。

次々と浮かぶ者達を否定し、そうして気づいた。

一番身軽なのは、自分だった。


数日後、カルロは迎えの馬車に乗り、持ち物検査すらもなく、王城奥へ入った。

「王の住まい、その入浴施設の大型給湯器の修理をお願いできませんか？」

黒の三つ揃《ぞろ》いに艶のありすぎる靴。黒い目の男は固めた笑顔でそう言った。

黒檀《こくたん》のテーブルの上、並べられた仕様書と設計図に、カルロは緑の目を曇らせる。

入浴施設の給湯器には、熱湯も水蒸気もいらない。なぜサウナをはるかに超える高温の水蒸気を、広範囲に飛ばす必要があるのか――横にあるのは魔封銀で囲った通路。そこを通らなければ、王の住まいには入れない。

熱湯よりも熱い水蒸気の吹きつける中、魔法無しで進める者はまずいない。

なるほど、見事な防衛装置——いいや、対戦装置だった。

「お話の一つですが、これの小型化は可能でしょうか？」

「私には無理ですね。温度は——もう少し上げられるかもしれませんが」

給湯器、いいや、水蒸気噴射機の小型化は、できるかできないかで言えば、おそらく可能だ。だが、そうすればこの男は、王の守りではなく、外の戦いに持っていくだろう、そう思えた。

魔導具は武具にはなるが、武器ではない、少なくとも、自分には。

「ロセッティ男爵、もし、あなたが『大出力ドライヤー』を本気で作ったら、大型の魔物も一気に倒せるものができるでしょう。それがどれだけの民を救うか、この国を豊かにするか、お考え頂けませんか？」

ぬくみを一切感じさせぬ黒の目が、揺るぎなく自分に問いかけた。

「私では力不足です。視野が狭く、魔力も足りません。効力のある武具は作れないでしょう」

「ご謙遜を。金貨でも地位でも素材でも、お望みのものをおっしゃってください。できるかぎり添いましょう」

「そうじゃないんです——武器としての魔導具、それは悪いことじゃありません。国を守る力の一つになるならすごいことでしょう。ただ、私は作れない、それだけです」

男が自分に向けわずかに瞳孔を広げる。どうやら己の返事は、その神経を逆撫《さかな》でしたらしい。彼は一度だけ、浅い咳《せき》をした。

「男爵から子爵。業績によっては、あなたの次世代に伯爵の地位をお約束しましょう。『ダリヤ・ロセッティ伯爵』……なかなか良い響きではありませんか？　すべてにおいて安泰だ」

男が初めて心から笑いかけてきた。まるで勝ち名乗りだった。

この野郎――まったく、俺の弱点をよくご存じだ。腸《はらわた》が焼けるほどに理解した。

「大変魅力的なお誘いですが、私どもは、生活向け魔導具を作る職人です。騎士でも商人でもありません。今回の王の大型給湯器は、私が魔導具師としてお受け致します。できるかどうかはやってみないとわかりませんが」

男は笑みを消すと、二度、指先で黒檀のテーブルを叩《たた》く。

「ロセッティ男爵、希望の報酬額は？　できる限り応じましょう」

「私の希望は二つです。うちの弟子二人とも、生涯、王城の魔導具制作に声をかけないでください。それと、ランベルティ伯爵家に国からの援助金を戻してください」

「受けましょう。共に信用のない間柄です、神殿契約を行い――」

「いえ、結構です。代わりに公証人による書類を。公証人はこちらで出します。もちろん、公《おおやけ》にするつもりはありませんので、名をそろえて保管を頂ければと」

男が疑いを込めて目を細める。無理もない。

目の前の彼であれば、簡単にもみ消すことができる条件だ。いや、その前に自分を葬り去ることもたやすい相手だろう。

約束は、貴族である彼が背負う名、その名誉に懸けた方がいい、カルロはそう判断した。

「わかりました。その条件をお受けしましょう。私から二つ質問です。もしあなたの弟子が王城魔導具師を希望した場合は？」

「本人の意志を尊重してやってください」

「ランベルティ家――元細君の実家には、あなたの口利きだと知らせますか？」

「いえ、知らせないでください」

「本当に理解できない……」

ぽつり、その薄い唇から言葉がこぼれた。当人も驚いたのか、そっと指で口を押さえる。

しかし、次に自分を見つめ返したときは、見事な固定形の笑顔だった。

「カルロ・ロセッティ男爵、この名にかけて、以後はお声がけ致しません。ですが、王城魔導具師、いいえ、私の元で魔導具師になってもよいと思われた日は、いつでもご連絡を」

それは四度目の、そして最後の、王城魔導具師への誘いだった。


その後、確認のため、王の住まいに通じる通路を通り、脇の小部屋に入った。

移動は男と自分、そして護衛騎士の一人だけ。通路手前には何人も騎士がいたが、そこまでだ。

そこからは誰とも会わなかった。

「中で挑戦している者がおります。おそらくは無理でしょうが」

冷たい声を聞きつつ、給湯室のドアを開ける。

まぶしい光に思わず目を閉じかけ、はっとした。

誰かの付与魔法の途中だ。この魔力量であれば魔導師か――叩きつけるような強く荒い魔力に、素材が唸《うな》るような強風を返す。

ずるずると崩れかかる男の前、テーブルの上に見えた、天狼《スコル》の牙。

咄嗟《とっさ》に駆け込んで、男をテーブルから引き剥《は》がし、倒れる前に支えた。

「大丈夫ですか？」

「……すみません」

消え入るような声が帰ってきた。カルロから見ればまだ若い、墨色《すみいろ》の髪に藍鼠《あいねず》の目をした青年だ。

支えた身体は、思わぬほど冷たかった。テーブルの上、丸い白銀の結晶体が光っている。

「結晶化はなんとかなったか。天狼《スコル》の牙が無駄にならずによかった」

平坦《へいたん》な声で言いながら、黒衣の男は倒れた彼に魔力ポーションを投げ渡す。

「付与の方はなんとかなりそうか？」

「申し訳ありません。二度、失敗を……」

懸命に身を起こして答える青年を支え、魔力ポーションを飲ませる。自分が青年を支えても、黒衣の男は目を細めるだけだった。

「これが魔導回路です。理論上は作れます。しかし、王城の魔導具師達二人が失敗、魔力豊富な者でさえ、この通りです」

壁一面を使った巨大な魔導回路。仕様書と設計書よりも一段ひどい。何よりひどいのは――

「天狼《スコル》の牙の付与は、一気に引かないと魔力線が途切れる場合がありますから、これは、早さと魔力量の両方が要りますね……」

天狼《スコル》の牙はやんちゃでわがままな素材だ。勝手に魔力を引きずって持っていく。足りなければ付与者が止めようと思っても無理に剥がしていく。それは素材をこんなふうに結晶化するときだけではない。魔導回路を引き、定着させるときも同じだ。

この回路を引き切るには、魔力ポーションを飲みながら挑むしかない。

一体、何本いるものか――限界まで魔力を上げたカルロには、もはや、余裕はない。

「ここをご覧頂いた以上、守秘がありますので、お断りされても困りますが。ロセッティ男爵だけでご無理なら、ご希望の魔導具師を呼びましょう。どなたでも結構ですよ」

これがこいつのやり方だ。自分の周り、蜘蛛《くも》の糸を張り巡らせるように取り込もうとしてくる。

そうして、自分も、自分が願った者も、逃げることはできなくなる。

だが、逆に手はある。カルロが一人でやり――誰も呼ばなければよい。

「魔力ポーションを一ダースほど頂けますか？」

「構いませんが。それはご無理のない範囲ですか？」

「報酬を、どうぞよろしくお願いします――」

その後に爵位付けでその名を呼べば、初めて男が狼狽《ろうばい》した。

口を開き、何かを言いかけ――その黒い目で、じっと自分を見つめる。

カルロは無言で、笑みだけで答えた。

何もかもを謀《はか》ってきたであろう、目の前の男。だが、きっと自分のことは理解できまい。

「わかりました。すぐ届けさせます。それと――うちの者に付与を教えてやってはくれませんか？魔力はそれなりにありますが、攻撃魔法も治癒魔法もなく、魔導具師にしかなれない男です」

うちの者というのは、藍鼠《あいねず》の目をした男――まだ若いこの青年のことらしい。

うつむいた彼は、きつく唇を噛《か》んでいた。

魔導具師にしかなれない男――魔導具師になれたら上等ではないか。それだけを目指してきた俺の前で、よくそれを言い切った。まったく、わかり合える気が微塵《みじん》もしない。

「弟子ではないのでお教えはできませんが、魔導具師同士なら観《み》せることはできますよ」

「個人の魔導具師は付与を観《み》せないことが多いと伺っていましたが、ロセッティ男爵もそうですか？」

「はい、魔導具師以外の、『他人』がいると集中できませんので」

『だからお前はさっさと出ていけ』、その思いを込め、笑顔で言ってやった。

「わかりました。では、後はどうぞよろしくお願いします」

男は拍子抜けするほど素直に、護衛騎士を伴って出ていった。

後に残されたのは、墨色の髪の青年と自分だけ。青年は即座に深く頭を下げてきた。

「申し訳ありません！　私が不甲斐《ふがい》ないばかりにご迷惑を……」

「お気になさらないでください。私が若い頃は、失敗に次ぐ失敗で、うまくいかないことの方が多かったものです。ええと……」

「カルミネ・ザナルディと申します。『カルミネ』とお呼びください、ロセッティ男爵」

その後、しばらくカルミネと話した。

彼はダリヤが作った防水布に、いたく感心していた。罠《わな》かと思ったがそうではないらしい。

カルミネもまた、防水布に似たものを目指していた。その試行錯誤がダリヤに重なるほどだった。

一度ダリヤに開発話を聞いてみたいと言う彼に、並べたら面白そうだと思ってしまった。

そんな彼がなぜ、大型給湯器をと思ったが、魔力の多さだけで命《めい》を受けたが、天狼《スコル》の牙を扱ったこともなく、魔力の制御も下手で失敗続き、今回限りで元の仕事に戻れと言われているそうだ。

おそらくはこの者も、武具としての魔導具開発は向いていない、そう確信できた。

『多いだけでまっすぐにも進まない魔力』――そう卑下するカルミネに、近くの金属板を一枚持たせ、魔力を布にして巻く方法を教えた。なかなかに呑《の》み込みが早く、魔力ポーションが届いたときには、金属板をきれいに均一な魔力で覆っていた。

その後、二人そろって、壁の巨大な魔導回路に向かう。

白壁に薄黒いインクで下書きはされている。後はカルミネが先ほど作った天狼《スコル》の牙の結晶体、そして、準備された炎　龍《ファイヤードラゴン》のウロコなどの結晶を一緒に付与するだけ。

「カルミネ様、途中で絶対に止めないでください」

上着を脱ぎ、シャツの袖を肘が出るほどまくった。久しぶりに、結婚腕輪なんぞをつけてきた。赤い石のついたそれを、わざと外さぬままに付与を始める。

魔力ポーションの瓶を空け、テーブルに並べた。カルミネが早くも声をあげそうになっている。止めてくれるなよ、目だけでそう伝えると、青年はぎゅっと拳を握っていた。

カルロは右手を挙げ、ゆっくりと魔力を流しはじめる。

薄い虹色の己の魔力、そこに乗る白銀と深紅の光――左から右へ描いていく魔導回路は、細かい上に魔力をとてつもなく吸う。一定に揺らぎなくと気をつけていても、わずかに集中が切れればブレる。

今している魔導回路構築、そして付与魔法は、きっとダリヤには怒られる。

身体を壊すことを承知で魔力ポーションを飲み、魔導具を仕上げる――魔導具師の師匠としても、父親としても、泣いてひっぱたかれるぐらいに怒られる自信がある。

だが、やらなければならない仕事、誰にも譲れない役目というものはあるのだ。

子を守るためならば、親という生き物は無茶もする。すべての親がそうではないかもしれないが、少なくとも自分は、そのぐらいには娘が愛せた。

その盾と成《な》れるのならば、白い砂となっても幸福だと言い切れる程度には。

「くっ……」

鼓動が速くなり、息が苦しくなり、吐き気がこみあげたところで魔力ポーションを瓶から直飲《じか》みした。魔力切れが、思ったよりずっと早い。

二本、三本、四本と、瓶を床に投げ捨てながらの付与になった。

ありがたいことに、新しい魔力ポーションの瓶は、カルミネが蓋《ふた》を開けて手渡してくれた。

七本目を飲んだ時、身体の内がきしんだ。そして己の魔力が一段、ぶわりと増えた。

虹色が一段濃くなり、白銀と深紅の光を巻き込むように付与が続く。

こんなときなのに笑えた。学生時代、あれほど憧れた高魔力。こんな形で実現するとは考えもしなかった。魔力の増える高揚感に、ほんの少しだけ、吐き気が引く。

しかし、そのまま壁面の九割を付与、八本目を飲んだところで、視界が一瞬暗くなった。

「くっ！」

魔力に、身体がついていかない。自分には過ぎた魔力に、己が喰《く》われはじめている。

それでも止めずにいると、虹色の魔力が、血の赤を帯びていく。

奥歯を噛みしめてさらに魔力を流せば、頭ががんがん痛みはじめた。

揺らぐ視界、水に溺れたように呼吸は浅く、胸も痛い。

震える両手、割れる爪。大きくあふれた魔力が、赤黒い炎となって両腕を焼いていく。

喉を塞《ふさ》いだ血を吐き捨て、カルロは懸命に付与を続ける。

そんな己を嘲笑《あざわら》うように、天狼《スコル》の牙、炎 龍《ファイヤードラゴン》のウロコ、その結晶が鮮やかに瞬いた。

「上等だ、魔物ども――！」

過去最高の素材、過去最高の魔力、これ以上の付与は二度とない。

倒れるな、『魔導具師ロセッティ』、それは父から継ぎ、娘と息子に継ぐ名だ。

魔物ごときに負けてたまるものか。

自分の魔力が虹色を完全に消し、赤くなり、そして――真っ黒に染まっていく。

胸の最奥、魔力ではなく、命が抜ける感覚を、カルロは初めて知った。

「定着っ！」

ひどく熱い風が吹き、壁一面が燃えるように赤く光る。

天狼《スコル》が、炎 龍《ファイヤードラゴン》が――ひどく哀《かな》しげに鳴いた気がした。

「これで、完成と……」

魔導回路が動くのを確かめた瞬間、視界がぐるりと回る。気がつけば、硬い床に転がっていた。

「カルロ殿！　しっかりしてくださいっ！」

叫びと共に、数本まとめてポーションを浴びせられるという貴重な体験をした。

運悪く鼻に入ってしまい、カルロは大きくむせる。頼むから顔にかけるのをやめてくれ。

「……大丈夫です。もったいないことをさせました……」

赤くぼろぼろに火傷《やけど》をしていた手は、痛みと痕を消していく。手の爪はすべて落ち、新しいものに替わっていた。形はちょっと良くないので、爪切りが必要そうだ。

残念ながら、袖の焼けたシャツは買い換えるしかない。

血が滲《にじ》むほど唇を噛んだカルミネが、黙ってハイポーションを差し出してきた。どうやら飲めということらしい。遠慮なく、礼を言って飲んだ。

さすが、高価なハイポーション、内側でくすぶっていた痛みまで一気に消える。

「なぜ、こんな無理をなさったのですか!?」

どうやら気づかれたらしい。血を吐き、身体を焼く付与である、隠しようがない。

「……一時《いっとき》も、目を離したくない魔導具師がおります……俺ができなければ、いずれその者がこの付与をするかもしれません。俺は、それが絶対に許せない……」

素直に、心のまま口にする。

「父親の、矜持《きょうじ》というヤツですよ」

「父親の、矜持……」

オウム返しに言ったカルミネの、聞こえぬほどに小さく続いたつぶやきは、『うらやましい』――ひどく痛い声だった。

付与を教わる楽しげな顔、自分を心配する懸命な顔、自分ができぬ付与に悔しがる意地――なんとも、この者は、ダリヤに似ている。

カルロに毛布をかけたカルミネは、血に汚れた喉や両腕を、自らタオルで拭いてくれている。顔は平然を装っているが、その目は真っ赤で、手はひどく震え、奥歯がぎりぎりと噛みしめられていた。その様を見ながら、思わず言ってしまった。

「カルミネ様、いつか、緑の塔に酒を持ってこっそり遊びに来ればいいですよ、娘を紹介します」

自分がその日まで生きているかどうかはわからない。

だが、魔導具の話を互いにできれば、案外、よい魔導具師仲間になれるかもしれない。

目眩《めまい》の強さに抗《あらが》えず、目を閉じていろいろ話しながら、カルロはいつしか意識を手放し――夜半過ぎ、カルミネに馬車で送られ、こっそりと塔に帰った。


翌週、友であるオルランド商会長からいつものように飲みの誘いがきた。けれど、指定された店はちょっとばかり遠かった。

南区の店、三階の個室で向かい合い、少しばかりいいワインと料理が並ぶ。奢《おご》りだという彼に甘え、ありがたく食事を終えた後、ずいぶんと年代物の赤ワインがやってきた。

何かあったと、ぴんときた。

「で、何があった？　テオ」

「カルロ、その――まだ誰にも言っていないのだが」

「なんだ、あらたまって。俺に愛の告白か？」

茶化して言った自分に、友はいつもの笑いを返さなかった。

「愛ではないが、親友への告白ではあるな」

「そうか。じゃあ吐け！」

「……私の時計の砂が、あと一年ない」

ごとり、持っていたグラスが転がった。

残りの酒は一口か二口。それがテーブルに広がるのもかまわず、カルロは聞き返す。

「おい、笑えない冗談は……」

言いかけて、友の目の色で理解する。

「妻には……もう少ししたら話そうと思っている。あれもあまり体調がよくないんだ。イレネオは心配ない。もう少し商会の取り回しを教えたかったが、時間さえあればできるだろう。あれはどこに出しても生きていける商人だ。気がかりなのはトビアスなんだ。だから――病気がわかったときから、ダリヤちゃんとの結婚を願っていた」

友人からは、息子トビアスとダリヤの結婚を何度か相談されていた。

双方とも年齢が近くて健康。同じ仕事をしていて理解はあり、親戚筋も問題はなく――条件としては悪くない。だが、兄妹のような二人に夫婦となる姿が想像できず、自分は話を進めずにきた。

「いくら友達のお前にでも一方的に願うだけでは、魔導具師、そして男爵に対して失礼だろう」

商人の声になって、テオは続けた。

「ダリヤちゃんが、お前の心配するような目立つことにならぬよう、うちの商会を傘として使ってくれ。イレネオにも伝えてある。もし、貴族の誘いでダリヤちゃんが望まぬものがきたら、うちで付き合いのある貴族に止めてもらえるように願おう。金貨も出せる限り積む」

それが効く相手だけではない、そう言いかけて、友の懸命さに黙り込む。

「大丈夫だ、カルロ」

昔から見慣れた悪ガキのような――いいや、今は互いにいい歳《とし》だ、まるで悪役商人のような笑いで、テオは続けた。

「もし、本当にまずい誘いがきたら、お前とダリヤちゃんとうちの息子を、他国へ長い旅に送るぐらいはできる」

それは内密にこの国から他国に出すということで――友の手も、いつのまにか長くなっていたらしい。だが、そんな危ない橋はもう渡らなくてもいいのだ。

「テオ、いつ知った？」

「一昨日だ。付き合いのあるお方から伺った」

「その件なら、先週済んだ。俺は、付与代わりに、弟子達に手を出さない約束を公証人入りで頼んだ。ああ、偶然だが、俺の持ち時間もそうなくてな。こんなところまでくされ縁か――」

「カルロ、お前っ……！」

笑い話に変えようとして失敗した。

自分とて、残り時間がそうないと言ったではないか。それよりも悲痛な声で、俺の名前を呼ぶのはやめてくれ。その右手で、痛いほどに人の左手をつかむのはやめてくれ。

ただ一度奥歯をぎりりと噛み、いつものように笑ってみせる。

「トビアスが気がかりだと言ったな。心配するな。あれは間違いなく腕のいい、一人前の魔導具師になる。それと――ダリヤとの結婚話を受けよう」

「……ありがとう、カルロ」

「礼を言うのはこっちだ」

互いに礼を言い合って、グラスに半分だけワインを注《つ》ぎ足した。

二度目の乾杯は，少しだけ湿った音がした。

「……俺の人生で、家族を除いたら、カルロに会ったのが一番の儲《もう》けものだったかもしれん」

「魔導具でそれなりに儲けさせたからな。俺の人生では――なあ、これ一歩間違うと、口説き文句にしか聞こえないんだが」

「やめてくれ、カルロ。妻に逃げられたくない」

「けっ！　あのオズから、かっさらったのに、何言ってやがる」

「カルロ、『あれ』は妻の仕事仲間だっただけだ。かっさらった覚えはないぞ」

「テオ、お前、オズがいないところでは『あれ』呼びで、絶対『オズヴァルド』とか『ゾーラ商会長』と呼ばないよな？」

じと目だけで答えた友は、だばりと赤ワインを足してきた。カルロはあふれそうになったそれをあわてて啜《すす》り、つい笑ってしまった。テオも続けて笑いだした。

砂がわずかとなった時計を背負いながら、それでもこんなくだらない話で笑えるのだ。出会った頃も今も、そう変わりはないのかもしれない。

できることなら、あちらでも酒を酌み交わしたいものだが――こればかりはわからない。

そして、一年どころか、わずかな季節の後、カルロは友の背をあちらへと見送った。

あまりに早すぎた。


塔での夕食中、カルロは深く咳き込んだ。口を押さえつつ、なんとか声を出す。

「か、唐揚げが、喉に……！」

「もう、急いで食べるから！　お水持ってくる！」

台所に駆けていくダリヤに隠れ、ハンカチで口の赤いものをきつく拭《ぬぐ》う。そして、上着のポケットに偲《しの》ばせていたポーションを一気飲みした。

すぐ痛みは薄れるが、もつのはせいぜい三日である。しかも効き目は次第に薄れている。

どうやら、過ぎた魔力は身を壊し、ポーションでも治らぬというのは本当らしい。

自分の砂時計も残りの粒が見えはじめたようだ。弟子達に気づかれぬよう、体調のいいときに付与を教え、それ以外は調べものだと言って書斎で休んだ方がいいだろう。

ふと気がつけば、ダリヤの髪が地味な濃い色味になっていた。『大人っぽくなったでしょう？』そう整えた笑顔で言われたが、おそらくは目立たせぬためだろう。

お前は紅花詰草《ストロベリーキャンドル》の髪が最も似合っている、そう言おうとしてやめた。

髪の色をすすめたのはトビアスか、それとも、ダリヤ自身がオルランド商会内での見た目を考えたか――ここから手を伸ばせなくなる自分が、聞いてはいけない気がした。

あと何度、こうして娘と食卓を囲めるのか。

皿の上、半分になった唐揚げは、まだ白い湯気を上げている。

せっかくの愛娘《まなむすめ》製、絶品の鶏唐揚げ、その味がよくわからなくなったのが残念だ。

こんなことなら、思いきり胸焼けをしてでも、元気なうちにもっと食べておくのだった、そんな後悔すら浮かんでくる。

当時もよく食べすぎて胃薬を飲んでいた覚えがあるが――自分はなかなかに強欲だ。

「はい、お水！　もう、涙目になるほどむせるなんて……」

「すまん！」

抑えていたが、目の水分が少々増えていたらしい。

ただ謝ることしかできず、カルロは水を飲み、二枚目のハンカチで顔をごしごしとこする。

「今度はちゃんと噛んで食べてね、父さん」

娘の笑顔に、まだ隠せる、まだ騙《だま》せると安堵《あんど》した。ずるい父親ですまない。

味のぼやけた唐揚げを、うまいと絶賛して食べた夜だった。


翌日、カルロはいつもは行かぬ貴族街の魔導具店へ足を向けた。

「魔導書を二冊――いや、一冊で」

二冊に分けずとも、二人で一冊を見てくれればいいだろう。

迷ったが、赤茶の革の表紙に橙紅榴石《オレンジ・ガーネット》のついたものを選んだ。

真っ白な魔導書、これを一冊埋め尽くすくらいの時間はあるだろう。あとは弟子達に、できるかぎり実技を教えてやるだけだ。

魔導書を持って塔に戻ると、本棚運びにかこつけて、トビアスを四階の書斎に呼んだ。

父を亡くした後、トビアスはひどく落ち込んでいた。それでも、付与は一つの不良品も出さず、きちんとこなしていた。気持ちと仕事はきちんと切り換えが利く、しっかりした男だ。

「トビアス、中身はこれから書くが、この魔導書に先に紅血《こうけつ》付与をしてくれ」

「師匠、まだ早いのでは？　俺はまだ未熟で……」

「もう大丈夫だ。それと――いきなりの話になるが、ダリヤを、守ってやってくれないか？」

えっ、と小さく声をあげ、弟子はひどく不思議そうな顔をした。

「俺は魔導具のことしかわからない男でな。ダリヤには、人付き合いも商売も教えてやれなかった。

できれば前に立って、かばってやってくれ。お前は商会の勉強もきっちりこなしていたし、しっかりしているからな」

「そんなことはありません、まだまだです。師匠、医者に酒を少し控えろって言われたからって、弱気にならないでください」

笑って答える弟子は、父親であるテオとよく似ていた。

そして、自分とも似ていた。

付与で、移動で、雑用で、ダリヤの安全を、気づかれぬように守っていた。

唯一の気がかりは、ダリヤが兄のような想《おも》いは持っていても、恋はしていないことだが――それでも、穏やかな家族として暮らしていければいい、そう思うことにする。

オルランド商会はテオが亡くなってから、いまだ勢いを完全には取り戻していない。イレネオが必死に取りまとめているが、できる息子とはいえ、いまだ父ほどの力はない。

いざというとき、ダリヤとトビアスをかばえるだけの力はないだろう。

今はとにかく、目立たぬ方がいい。オルランド商会が力を盛り返すまでは――数年かけて安定すれば、きっと弟子達は安全なままでいられるはずだ。

カルロはそう思いながら、一番弟子の紅血付与を見守った。

⬢ ⬢ ⬢ ⬢ ⬢ ⬢

春の日差しがあるのに視界が揺らぎ、足元が危うい。

カルロは眠気を装ってあくびをし、仕事場への階段をゆっくりと下りた。

「商業ギルドに素材の受け取りに行ってきます」

「帰りに食料品をまとめて買ってくるわ」

出かけようとするダリヤ達に、カルロはわざと明るい声で返す。

「ああ、よろしく。ついでに赤ワイン一ダースも追加で頼む！」

「もう、父さんたら！　今月は絶対飲みすぎ、働きすぎよ」

「師匠、ほどほどにしないと本当に医者行きになりますよ」

呼吸の合った二人に言われ、はいはいと仕方なさげに答える。予想通りだった。

「さて、俺はこれを調整するか」

カルロはダリヤ達の手前、椅子に座り、すでに完成した魔導ランタンを引き寄せる。

それを分解するふりで、立ち上がって見送ることはしなかった。

今日は少々、胸の痛みが強い。うっかりよろめけば、二人そろって心配させることになる。

「ああ、扉は開けておいてくれ。少し換気をしたい」

わかりました、と素直に返すトビアス、それに続くダリヤが、自分の前を歩き過ぎていく。

本当は、部屋の空気など悪くない。

ただ、これが二人を見る最後ではないかと、つい馬鹿なことを考えてしまった。

ちょっと調子が悪いだけで、ずいぶんと弱気になりかかっている。まったく似合わぬ話だ。

幸い、二人はカルロのあせりに気づくことはなく、慌ただしく荷物を持ちはじめる。

「ダリヤ、それは俺が持つよ。昨日雨だったから、足元が滑るし」

「お願い、トビアス」

素っ気なくも重い荷物を受け取り、娘の足元を気にする兄弟子に安堵した。

婚約したというのに、手をつないだ二人を見た覚えがない。顔を赤らめる場も、隠れて出かけているそぶりもない。

時折、盛り上がって聞こえてくるのは魔導具と素材の話ばかりで――どうにも兄と妹のようにしか思えない。

親の轢《ひ》いた轍《わだち》を進むのは、若人《わこうど》の本意ではないかもしれぬ。

恋に進まぬままの結婚に、まだわかり合わぬままの関係に、心配がないとは言えない。

できるものならば、もっと長く、もっと先まで、この二人を見守りたい。

道を間違えたら違うと言ってやり、転んで立てぬようであれば手を差し伸べたい。

魔導具師としての教えも足りず、父としてしてやれたことも少なく、未練は山とある。

だが、自分が二人にできることは、おそらくもう、多くない。

魔導書をできるだけ急いで書かなければ――


見送る自分に、ドアの前、二人が同時に振り向いた。

「行ってきます、師匠」

「行ってくるわ、父さん」

「二人とも、気をつけてな……」

カルロは出ていく二人に声をかけながら、内につぶやく。

助け合い、励まし合い、腕のいい魔導具師になってくれ。
健やかで、困りごとなく、傷少ない日々をおくってくれ。
ただ穏やかに、家族そろって長く共にいられること、それがきっと幸せな人生で――
いいや、それは本人が選ぶことだろう。
ただ、お前達それぞれに幸福であってくれ、それだけを祈る。

ドアの向こうからは、さわやかな春の風が吹き込んでくる。
陽光はひどくまぶしく、遠ざかる二人の背中が見えなかった。

MFブックス

魔導具師《まどうぐし》ダリヤはうつむかない
～今日《きょう》から自由《じゆう》な職人《しょくにん》ライフ～ 6

2021年4月25日 初版第一刷発行
2024年6月5日 第五刷発行

著者 甘岸久弥
発行者 山下直久
発行 株式会社KADOKAWA
〒102-8177 東京都千代田区富士見2-13-3
0570-002-301（ナビダイヤル）
印刷・製本 株式会社広済堂ネクスト
ISBN 978-4-04-680376-4 C0093

企画 株式会社フロンティアワークス
担当編集 河口紘美（株式会社フロンティアワークス）
ブックデザイン 鈴木 勉（BELL'S GRAPHICS）
デザインフォーマット AFTERGLOW
イラスト 景

本シリーズは「小説家になろう」（https://syosetu.com/）初出の作品を加筆の上書籍化したものです。
この作品はフィクションです。実在の人物・団体・事件・地名・名称等とは一切関係ありません。

ファンレター、作品のご感想をお待ちしています

宛先 〒102-8177 東京都千代田区富士見2-13-3
株式会社 KADOKAWA　MFブックス編集部気付
「甘岸久弥先生」係「景先生」係

二次元コードまたはURLをご利用の上
右記のパスワードを入力してアンケートにご協力ください。

https://kdq.jp/mfb
パスワード
i36ib

● PC・スマートフォンにも対応しております（一部対応していない機種もございます）。
●アンケートにご協力頂きますと、作者書き下ろしの「こぼれ話」がWEBで読めます。
●サイトにアクセスする際や、登録・メール送信時にかかる通信費はご負担ください。
● 2024年6月時点の情報です。やむを得ない事情により公開を中断・終了する場合があります。